UM CAPRICHO
DA NATUREZA

UM CAPRICHO DA NATUREZA

Mark Slouka

Tradução de
Flávia Rössler

Editora Record
RIO DE JANEIRO • SÃO PAULO

2011

CIP-Brasil. Catalogação-na-fonte
Sindicato Nacional dos Editores de Livros, RJ

S643b   Slouka, Mark
         Um capricho da natureza / Mark Slouka; tradução Flávia Rössler.
         – Rio de Janeiro: Record, 2011.

         Tradução de: God's fool
         ISBN 978-85-01-08512-2

         1. Romance americano. I. Rössler, Flávia. II. Título.

10-5976.   CDD: 813
                            CDU: 821.111(73)-3

Título original em inglês:
GOD'S FOOL

Copyright © Mark Slouka, 2002

Todos os direitos reservados. Proibida a reprodução, no todo ou em parte, através de quaisquer meios. Os direitos morais do autor foram assegurados.

Editoração eletrônica: FA Editoração

Texto revisado segundo o novo Acordo Ortográfico da Língua Portuguesa.

Direitos exclusivos de publicação em língua portuguesa somente para o Brasil adquiridos pela
EDITORA RECORD LTDA.
Rua Argentina 171 — Rio de Janeiro, RJ — 20921-380 — Tel.: 2585-2000
que se reserva a propriedade literária desta tradução.

Impresso no Brasil

ISBN 978-85-01-08512-2

Seja um leitor preferencial Record.
Cadastre-se e receba informações sobre nossos lançamentos e nossas promoções.

Atendimento e venda direta ao leitor:
mdireto@record.com.br ou (21) 2585-2002.

EDITORA AFILIADA

Para minha esposa, Leslie, e nossos filhos, Zack e Maya, que fazem
deste mundo tudo o que um homem poderia desejar,

para meus pais, Olga e Zdenek,
que sabem tudo sobre laços afetivos,

e para Sacvan Bercovitch,
que me apresentou à América.

No ar, como a respiração no vento.
Ah, se tivessem ficado!
— William Shakespeare

Agradecimentos

Meus agradecimentos sinceros — mais uma vez — a Sloan Harris, Jordan Pavlin e Colin Harrison, incentivador extraordinário, aos meus alunos e colegas do Departamento de Criação Literária da Universidade Columbia, que me ofereceram incentivo ou comiseração quando necessário, e ao National Endowment for the Arts, por ter encolhido minhas faturas.

Sou grato, no entanto, não apenas a amigos e instituições governamentais, mas também a alguns livros, em especial ao *Dr. Wilson's Cabinet of Wonders*, de Lawrence Weschler, que chamou minha atenção para o apetite do século XIX por "curiosidades", e ao magistral *London Labour and the London Poor*, de Henry Mayhew, que tornou as barracas dos verdureiros de Petticoat Lane tão vivas e familiares para mim quanto qualquer coisa na Broadway.

PARTE UM

I

Em um mundo vertical, um mundo de homens semelhantes a pinheiros, ou postes, mais separados do que imaginam, nós nascemos com uma ponte. Uma pequena ponte de carne do comprimento da mão de um homem e com metade da espessura (espessura suficiente para um menino brincar de fazer seus soldadinhos atravessarem a ponte, se cuidar dos passos deles e os mantiver em fila), ligando para sempre nossos dois reinos como um ato de Deus — e que se dane se os cidadãos desses reinos querem odiar-se um ao outro. Se uma vida for medida pelo número de metáforas que origina, de oportunidades que oferece à imprensa sensacionalista e a animadores circenses, a nossa foi sem dúvida muito rica; só no campo da gramática, fomos de uma riqueza a toda prova, uma verdadeira cartilha em carne e osso. Éramos os gêmeos hifenizados, como escreveu certo dia um simpático jornalista do *La Quotidienne*. Éramos uma conjunção viva, um *se*, um *e* ou um *mas* onde um ponto final teria sido tanto correto quanto bem-vindo. Éramos duas sentenças separadas, unidas por uma vírgula, um erro que ganhou vida. E eu poderia continuar com as analogias.

No dia em que viemos ao mundo, as parteiras fugiram de nosso monstruoso nascimento, deixando nossa mãe sozinha para cortar o cordão e nos banhar. Vinte anos depois, cidadãos de dois continentes vinham correndo nos ver. Eu os desprezava quase na mesma medida. Nunca mudei. Vejo isso agora como minha característica essencial: colocado contra a parede pelo homem ou por Deus, eu contra-atacava. Se o mundo arreganhava os dentes, eu armava uma confusão. Nasci desse

13

jeito, e mesmo que chegasse à idade de Matusalém, meu comportamento seria o mesmo.

O pequeno Charlie Stratton, do tamaninho de um dedal, um dia me fez um sermão sobre aceitação cristã:

— Devemos aceitar nosso destino com humildade e gratidão — disse-me ele, com sua voz impositiva de pato louco.

Lembro-me de ter ficado tentado a acrescentar "e sugá-lo como a uma teta, até que seque e definhe", mas não o fiz, distraído, suponho, pelo dedinho enfurecido que ele espetava em minha barriga a cada sílaba tônica (acei-*tar* nosso des-*ti*-no com humil-*da*-de e grati-*dão*), como um professor que vira personagem de um sonho infantil. Ah, mas como nos impressionava o "pequeno polegar" da trupe de Barnum, fazendo pose e se enfeitando para conselheiros e rainhas: ora era Rômulo que atacava corajosamente um vaso, ora Caim, com um bastão do tamanho de uma pena, ou ainda Robinson Crusoé vestido em peles como um esquilo naufragado. Mas éramos casos distintos, Charlie e eu. A humildade é prudente quando se tem o tamanho de um chapéu.

Aceitação não fazia parte da minha natureza. Já quase homem feito, eu tinha a impressão de que tudo no mundo conspirava contra o coração e, embora soubesse que o coração acabaria derrotado, não conseguia achar isso certo. Considerava injusto que as pessoas a quem tínhamos conhecido devessem nos deixar, que os jardineiros que repousavam à sombra precisassem se levantar, que a perfeição acabasse. Gideon gostava de apregoar que minha melancolia aumentava à medida que eu a regava, mas não era o vinho que tornava a transitoriedade das coisas tão dura para mim, assim como não é o vazio ao meu lado que me faz sentir a falta dele agora. Não; como Deus, eu tinha uma natureza ciumenta. Eu o teria conservado aqui, claro. Teria desenhado um círculo ao seu redor, como ao redor de todos os que conheci e amei. E de outros também. Nesse círculo, com as cabeças jogadas para trás para receberem um raio quente de sol (a marca da minha bênção), os jardineiros teriam podido rir para sempre, uma perna dobrada e a outra esticada, enquanto os cabos de suas ferramentas lentamente se desfariam em pó e as lâminas de suas foices mergulhariam na grama.

O círculo, no entanto, se desfez. Não consegui mantê-lo. A não ser em uma ocasião, talvez.

Antes do ataque no cemitério Ridge, dizem, os homens de Pickett esperaram nos bosques à beira dos campos abertos, observando os algodões-do-campo flutuarem no ar calmo como uma garotinha perdida. Eles sabiam. Cada homem e cada menino entre eles. Alguns rabiscavam bilhetes apressados apoiados na coronha de seus fuzis, nas costas de seus irmãos ou nas pedras de velhos muros cobertos de musgo que cortavam esses bosques como pespontos em uma colcha, marcando fronteiras há muito esquecidas — "Para a Srta. Masie", "Para meu pai", "No caso de minha morte" —, e depois os alfinetavam em suas camisas. A maioria estava sentada com as costas apoiadas nas árvores, os quepes pendurados frouxamente nas baionetas, aguardando.

Ninguém falava. Uma abelha zumbiu na flor de um arbusto que brotava na umidade e entrou no seu cálice. Uma lâmina abrasadora de sol iluminou o musgo sobre uma pedra e cortou a ponta de uma bota. Aqui e ali, homens deitados sobre folhas da estação anterior espiavam para o alto através dos galhos frondosos, como se contemplassem o próprio olho leitoso do céu. Mais adiante, onde uma velha estrada abria uma clareira através do teto de folhas, um fotógrafo com colete preto e chapéu de aba larga ocupava-se com seus instrumentos, que retirava apressado de uma pequena carroça quadrada.

De repente, um cantil caiu com um ruído metálico; uma folha cortada rodopiou devagar até o chão. Como dorminhocos que acabassem de acordar, eles ergueram a cabeça. O quepe de um soldado voou de um galho. Eles se levantaram de um pulo. O solo da floresta, como um pomar exageradamente grande, estava coberto de pequenas maçãs duras como nozes. Em poucos segundos, gritos alegres e selvagens devolveram vida à sombra. Homens corriam para o abrigo dos muros das pastagens e das árvores quebradas, uma das mãos firmando o quepe na cabeça, a outra aninhando as camisas recheadas de munição. Alguns disseram, mais tarde, que foi como se uma espécie de sonho estranho recobrisse a clareira. Por um breve instante, todos pareciam ter esquecido de onde estavam. O calor ondulante, a orla da mata, a ordem — que

15

não tardaria — de avançar pelos campos abertos (uma ordem que o próprio Longstreet precisaria dar com um sinal de cabeça, sem condições de falar): tudo isso se confundia como a distância em uma tarde de verão, e eles se divertiam. Como se divertem as crianças. Como se a morte fosse uma história que os fizesse, assustados, ir para a cama e na qual escassamente valeria a pena acreditar.

E eu pergunto a você: que espécie de Deus iria detê-los? Iria fazê-los colocar os pés no chão? Iria transformá-los, rindo, em sangue e osso?

Vejo Christopher, meu menino que ficou tão alto, tão magro, os pulsos se projetando 10 centímetros para fora das mangas. Posso sentir seu sobressalto com o impacto brutal, a pressão de uma pequena bolota verde em seu flanco. Eu me vi ali muitas vezes agora que minha imaginação tomou a cor de lembrança. Você diz que isso é errado? Quem foi, eu gostaria de saber, que primeiro separou do sonho a história, que meteu o dedo nas extensões do passado e decretou uma fronteira onde ela nunca tinha existido? Quando foi assinado o tratado que nos impôs este mapa maldito, e quem lhe conferiu autoridade? Não, direi de uma vez por todas: não há neste mundo, nem em qualquer outro, fronteira que o amor, o desejo ou a dor não consiga atravessar.

II

Ele dorme, o velho tolo, o rosto enterrado no travesseiro carmim, as mãos pendendo entre os joelhos. Como resmungou e bufou quando o acordei, sentando-se na beirada da cama como uma grande criança grisalha, manuseando seus botões com dedos desajeitados e queixando-se do frio. O fogo principiou depressa. Temos uma boa reserva de lenha cortada que sobrou do outono. Ele perguntou se era de novo a dor. Menti. Não quero andar pelo campo em uma noite como esta. O som do gelo nos chega do escuro; os ossos dos cães se fundiram com o chão de terra. Como se os ianques, após nos terem imposto sua vontade, agora se sentissem livres para nos impor também seu clima.

Gideon poderia me dizer o que me aperta o coração como uma batata no espremedor. Com Gideon morto, o melhor a fazer é ficar onde estou e confiar no destino, ainda que, ao ver meu irmão adormecido ao meu lado, seu rosto com costeletas brancas a 2 centímetros do meu ombro, o nariz tomado por minúsculos veios vermelhos, eu me surpreenda com minha fé. Talvez, como um cachorro velho, eu prefira um pontapé familiar a um sorriso desconhecido, à incerteza de uma fidelidade nova.

Inquietude, inquietude, minha cabeça cheia de sussurros que não consigo decifrar. Ao acordar para a escuridão esta noite, meus sonhos ainda pela metade, ouvi o rangido e a batida de portas se fechando no ponto mais profundo do cerne das coisas. O lago se ajustando. Quebrando contra o moinho d'água. Ou, como eu, resistindo à acomodação.

Ele contrai os punhos em seu sonho, depois se mexe, no frio. Ajeito o cobertor, colocando-o ao redor de nossos ombros.

III

No verão de 1856, a estrada para Kernville era pouco mais que um caminho de terra, fofa como talco, e quando a última chuva chegou, levantou em toda a extensão respingos de poeira que tinham a força de balas de revólver. Pequenos círculos escuros apareciam na carroça, nos arreios, nos pés das crianças. Depois sumiam. A poeira incorporou-se às camadas que já branqueavam como praga as amoreiras silvestres à beira da estrada, na altura e profundidade de uma carroça, e lá ficou. Nós nos apegávamos às coisas que conhecíamos — o cheiro da chuva, o machado lascado, o peso da lama ou das pedras —, mas até isso, parecia, insistia em nos escapar. Nada foi fácil. O milho cresceu devagar naquele ano, e em agosto mal chegava à altura dos joelhos.

Mesmo assim, lembro-me com carinho daquela época. Ainda vivíamos todos na casa de Mount Airy — Addy e Sallie esforçando-se como podiam, as crianças sempre por perto. Christopher, com apenas 11 anos e aparentemente convencido de que o mundo ficara surdo, não parava de escalar, como um grilo tentando sair de um pote, tudo que estivesse acessível. Josephine e Catherine tinham 10 anos e eram inseparáveis. Mães natas para homens e animais: com bálsamos e curativos sempre à mão, passavam os dias cuidando do que os cachorros não matavam — principalmente tartarugas de três pernas com estrelas nos cascos —, no hospital perto do galinheiro. Minha Nannie, que liderava os menores — James e Susan, Patrick e Victoria —, organizava os funerais dos que sucumbiam aos cuidados das irmãs e também da lista interminável de vítimas dos gatos: toupeiras e gambás recém-nascidos deixados noite após noite como oferendas vestais na soleira da porta ou no capacho da entrada.

Na hora em que acordávamos, a procissão estava em andamento sob as alfarrobeiras, passando pelas cabanas, até a clareira, perto do jardim. Lá os mortos eram sepultados com a devida solenidade (a não ser que um dos cachorros abocanhasse um deles, o que mudaria consideravelmente o espírito da cerimônia), sob uma cruz de galhos amarrada com barbante. Cada um tinha um papel. James sempre cavava, lembro bem; Susan colocava terra por cima; Patrick ou Victoria jogavam pequenos punhados de violetas ou magnólias. E tristes mas virtuosos, faziam o caminho de volta para casa. Como eram gostosos aqueles dias. Jamais vi tomates como os que cresciam em nossas terras, enrolando-se nas cruzes das crianças, fazendo-as cair sob o peso dos frutos.

Percepção tardia é a recompensa do Todo-Poderoso por ossos quebradiços e sono conturbado. Crescemos frágeis e imperfeitos, a metade de nossos órgãos ignora nossos comandos — ficam assobiando, por assim dizer, enquanto nos esforçamos para chamar sua atenção —, mas para equilibrar a balança somos autorizados a rememorar o passado, a revisitar os lugares de nossas antigas humilhações, a reler (sem a ajuda de óculos) nossos julgamentos errados. E o fazemos, convencidos de que foi em nosso passado que as melhores oportunidades de felicidade ficaram escondidas; de que em algum lugar naquele matagal, agora denso de autorrecriminações e tolices, escorria gota a gota uma fonte de alegria com força suficiente para nos redimir.

Já faz 58 anos que Chee-kou morreu, mas ainda sinto o calor das plumas na cavidade de suas costas, vejo o lugar à margem do Mekong onde a ensinamos a pular com uma perna só e a grasnar para pedir comida, a caminhar sobre um fio metálico — as asas abertas como um equilibrista de circo no arame — direto para meus braços. De onde estou sentado, vejo os arbustos aos quais amarrávamos o fio. Sinto o cheiro da lama, dos peixes que apodreciam entre as raízes; percebo o sol como uma febril mão pousada em nossas nucas. E então — como uma estocada rápida, tão repentina, tão indescritivelmente familiar — a voz de nossa mãe,

19

chamando-nos de volta para o barco, para casa. Vejo-a levantar os olhos de seu trabalho — *Onde estão eles?* — sem saber que seus meninos são aqueles velhos senis sentados diante de uma lareira a uma vida inteira de distância e que, sonhando seus sonhos de anciãos, de repente ouvem-na chamar seus nomes.

IV

Não se ouvia falar de chuva praticamente desde maio daquele ano. O gado mal se movimentava, as moscas estavam insuportáveis. Meu irmão não se perturbava. Vontade divina, dizia, olhando as fileiras de alfaces murchas no quintal. Eu ficava sem argumento. O Senhor, por um capricho Seu, parecia ter decidido cozinhar a todos, pecadores e salvos, sem distinção.

Nossas sessões matinais no pórtico tinham começado naquela época: duas vezes durante a semana e uma aos domingos ficávamos do lado de fora — meu irmão para estudar a sabedoria de Deus, eu para contemplar os múltiplos caminhos para a danação, como ele tão claramente afirmava. Não havia muito a fazer. Ainda nos vejo ali, com ar de escriturários atrás da velha mesa de jantar, ele lendo baixinho o Deuteronômio, eu tentando calcular o tempo aproximado que ele levaria, agora que tinha sido expulso do Egito, por assim dizer, para chegar à terra de Canaã. Na primeira hora ele virava a página uma única vez, eu juro, depois voltava atrás, aparentemente por ter deixado escapar algum detalhe. Por fim, tia Grace aparecia, com seu passo gingado, e perguntava se precisávamos de alguma coisa. "De libertação", eu respondia. Meu irmão não dizia nada, seguro em meu tormento.

Um verão de noites, como me surge na lembrança. Tudo que acontecia naquela estação parecia acontecer entre o crepúsculo e o raiar do dia. Nossos escravos, que trabalhavam sob o olhar pouco atento do contramestre, podavam e tiravam os brotos dos pés de tabaco de madrugada, abriam os sulcos à luz de lanternas. Nas noites de domingo, permitíamos que descessem à pequena praia que existiu logo abaixo do penhasco até as enchentes acabarem com ela em 1862. Mesmo nas noites mais escuras podíamos vê-la do promontório — um dente grande e afiado flutuando no escuro. As mulheres colocavam a comida na margem (era possível ver as melancias como um amontoado de ovos enormes e escuros deixados na lama para esfriar) e, em seguida, avançavam devagar pela corrente, os filhos menores nas ancas, seus vestidos por um instante girando como flores ao redor delas, e logo seguiam rio abaixo. Caminhavam com passo lento e pesado, os braços descrevendo um círculo, como se semeassem o rio com a broa de milho ou o pão de mel que ofereciam de vez em quando aos bebês que carregavam. Quem observava das árvores, como Eng e eu fazíamos, muito cedo, percebia de repente um dos homens mais velhos parado com água pela cintura e imóvel, o rio fendido na altura de seus quadris, observando a margem oposta. Perdido na sombra, segurando o chapéu no peito como um suplicante, parecia um velho cepo semissubmerso a não ser pelo rastro de fumaça que saía de seu cachimbo e se afastava no sentido inverso da corrente.

Eu me pergunto em que pensavam enquanto estavam ali. Estariam se lembrando de alguma mulher em um milharal após o anoitecer? Ou dos filhos que tinham perdido? Estariam se dirigindo mais uma vez a uma determinada encruzilhada, meio século antes — desejando que seus pés voltassem, voltassem aquele instante, enquanto ainda tinham a chance? Ou a estrada parecia reta como o cabo de uma pá para eles — homens nascidos escravos, privados de toda possibilidade? Parados na corrente, que exercia uma leve pressão em suas pernas, estariam eles maravilhados com a velocidade com que as cartas tinham sido distribuídas e jogadas? Ou, ao contrário, pensariam na habilidade com que o baralho tinha sido fraudado antes mesmo de eles entrarem no jogo?

Perguntas inúteis. No entanto, talvez eu as fizesse se um deles aparecesse naquela noite diante do fogo — feio e sábio como uma tartaruga aquática, passando a mão pelo couro cabeludo enrugado e marcado por cicatrizes.

V

O que posso dizer dele agora? O que pode um pai dizer de seu filho?

Eu poderia dizer que nos compreendíamos, que *conhecíamos* um ao outro, de um modo que nada tinha a ver com nossas vidas do dia a dia, mas que corria sob aquela paisagem como um veio de minério de ferro. Ou que seu sorriso me era mais familiar do que qualquer coisa que algum dia eu viesse a conhecer. Poderia dizer que ele foi o meu primeiro — o mundo corrigido, com todos os seus membros e único. Mas isso não o resume, nem de longe. Na noite em que nasceu, ele me olhou com seus olhos úmidos e avermelhados e eu senti que alguma coisa pequena e furiosa dentro de mim se acalmava de repente. Ele era minha paz, minha capacidade de compreensão, minha chave. Era minha resposta a perguntas que eu mal compreendia. Ele era lindo.

Embora eu o punisse com frequência, e Deus sabe disso, relutava em desapontá-lo. Ou em me colocar no seu caminho. Não que isso fosse necessariamente fácil. Mais do que qualquer pessoa que eu tenha conhecido, Christopher possuía suas próprias opiniões e obedecia tranquilamente ao que elas lhe impunham. Provocação — como um simples desafio, pelo menos — nada tinha a ver com sua postura; ele procurava me apaziguar sempre que possível. No entanto, quando tomava uma decisão, nada o demovia. Fazia as coisas do seu jeito. Eu podia cansar meu braço — e o cansei mais de uma vez — e não obter nenhum resultado.

Ainda me lembro de como fiquei surpreso na primeira vez que o vi no meio deles. Ele devia ter 11 anos na época, se tanto. Foi uma cena estranha, meu menino entre tantos negros — nem sei se de fato cheguei algum dia a me acostumar com isso. No entanto, deixei passar. As longas noites no rio não lhe faziam mal; seus estudos mereciam igual dedicação no dia seguinte e suas tarefas eram completadas no ritmo habitual. Quando percebi que ele criara laços de amizade com Moses, filho de Lewis, não o desencorajei. Foram amigos durante anos. Ainda os vejo descendo a colina gramada até a beira do rio, ou saindo do milharal, a corda entre eles esticada e pesada de tantos bagres bigodudos. Uma vez, quando os surpreendemos brigando na areia, rasgando as roupas um do outro e xingando-se com palavrões que nem sabíamos que eles conheciam, recuamos em silêncio e os deixamos continuar. Talvez minha reação tivesse sido diferente caso se tratasse de outra pessoa.

Tínhamos comprado Lewis, pai de Moses, em Richmond por 600 dólares. Quarto da fila, naquela manhã abafada e de ar parado, atrás de dois meninos com aspecto doentio e de uma jovem atraente de vestido azul, algo nele (embora estivesse sendo contido por dois homens, porque acabara de levar uma surra) chamou minha atenção. Seu jeito de olhar. Eng, embora cético, deixou-se convencer, e depois de nos garantirem que não houvera dano permanente e que seu estado geral de saúde era bom, o compramos, de um indivíduo gordo com cor de carne malpassada, que afirmou nos ter visto em um espetáculo anos antes. Tinha pensado que fingíamos, confessou.

— Pensou mesmo? — lembro-me de ter ouvido meu irmão perguntar.

— Pensei sim! — ele confirmou. — Havia um anãozinho também, veloz como um gato. Ele sim parecia real. E uma mulher, grande como uma casa.

Deu um tapa na mosca que pousara em seu pescoço, esmagou-a entre os dedos sem olhar e jogou-a no chão. Coçou a área vermelha da picada.

— Vi o Esqueleto Vivo, também. Os braços não eram maiores do que isto — disse, estendendo um dedo com a unha comprida e suja. — Tiveram de levá-lo ao palco em uma cadeira — acrescentou, balançando a cabeça ao lembrar-se. — Bem, boa sorte com o negro. Estou contente de me livrar dele.

E, com isso, foi embora.

Lembro que o levamos acorrentado, deitado em uma cama de palha que improvisamos na parte traseira da carroça. Uma hora ou duas após partirmos, me virei para trás e lá estava ele sentado, com as costas apoiadas nas laterais da carroceria, vendo o campo passar. Estava imóvel. Embora não houvesse dúvida de que ele percebera meu olhar (observava a paisagem além de mim à minha frente), recusou-se a me encarar e continuou sentado, a cabeça sacudindo de leve a cada solavanco, a cada balanço da carroça, o olhar perdido nos campos escaldantes da Virgínia, como se admitir minha presença não valesse o esforço exigido para girar a cabeça.

Esperei. Nada. Encarei-o, querendo que se virasse. Uma enorme mosca azul pousou em seu rosto, logo abaixo do lábio ferido. Nada. Observei-a subir até a borda do corte. De repente eu soube, tive certeza de que ele nunca olharia na minha direção do modo como eu queria, que poderíamos circum-navegar o globo uma dúzia de vezes, meu pobre irmão distraído no leme, e que, a não ser pela interferência de algo, continuaríamos exatamente como éramos, uma escultura em carne e osso, um estudo sobre a obstinação: *Chang contemplando o busto de um escravo*.

Seu orgulho — se era isso que ele sentia — deixou-me enfurecido. Pareceu-me quase contrário à natureza, como uma toupeira massacrando um mastim, ou um coelho mostrando os dentes. Contudo, havia também algo de fascinante nele. Limitado pelas circunstâncias, escravo a vida inteira, Lewis defenderia até a morte o conjunto de suas dignidades invisíveis, reivindicaria seu direito sobre uma pedra no fosso — não aquela, esta — e obstinadamente se recusaria a mudar de atitude. Eu ouvira falar de condenados que se recusavam a fazer a última refeição sem um guardanapo ou que se opunham com rebeldia a baixar a cabeça para que lhes enfiassem a corda no pescoço. Aquele não era diferente. E isso tornava as coisas difíceis. Não mudava nada.

Então compreendi. Eu lhe daria o guardanapo, por assim dizer, deixaria que ele enfiasse a cabeça no laço da corda. Eu falaria primeiro.

— Está com sede? — lembro-me de ter perguntado.

Ele virou-se para mim como se me visse pela primeira vez, o rosto inchado, a cabeça balançando apenas de leve. Alguma coisa — uma mistura negra inescrutável de surpresa e desdém — atravessou seu rosto. E naquele momento, embora sentisse uma vontade quase incontrolável de esbofeteá-lo, tive a certeza de que nos entenderíamos, de que havíamos encontrado um terreno sobre o qual nós dois poderíamos existir.

Ele respondeu com um sinal afirmativo de cabeça. Mergulhei uma concha no barril de água que carregávamos na traseira da carroça, e ele bebeu.

Ele casou-se no final do outono com Berry, uma moça equilibrada, de pele amarela, que tínhamos comprado alguns anos antes. Moses, se bem me lembro, nasceu no verão seguinte. Talvez o medo natural de perder sua família tenha contribuído. De todo modo, sua natureza mudou. Qualquer resquício de raiva que ainda lhe restasse ele transformou, com admirável sucesso, em trabalho. Tornou-se um empregado esforçado, um marido honesto, um bom pai para seu filho.

Ninguém conseguia melhor que ele seguir a pista de uma caça ou interpretar os cães. Ninguém era tão bom quanto ele na hora de arrancar as lebres das moitas ao longo de uma estrada, ou de descobrir os lugares onde as corças descansavam para fugir do calor. Quando Moses e Christopher tinham idade suficiente para tentar apanhar bagres nas armadilhas, à noite, foi Lewis quem os ensinou, quem lhes mostrou como não acabar como Toner Hugg, que, três anos antes, perdera a mão na boca de um peixe de rio do tamanho de uma porca; um peixe com a cabeça tão grande quanto a de um cavalo, bigodes da espessura do polegar de um homem.

Naquele mesmo verão, quando Christopher, tateando entre madeiras e galhos submersos, tirou o braço do rio com um bagre de 10 quilos preso na extremidade, foi Lewis quem agiu antes que alguém percebesse o que estava acontecendo, quem introduziu um pau nas guelras do peixe para que não arrancasse o braço do menino, quem enfiou uma faca na cabeça do peixe que se debatia no escuro, sem, no entanto, decepar a mãozinha que estava dentro de sua boca.

Christopher viveu o ano todo em função desse peixe. Como eu, mais tarde. Porque sempre que eu tentava reunir os momentos felizes de sua infância, como fiz algumas vezes nos anos que se seguiram — contando-os e recontando-os nas curtas horas de minhas noites, como se, ao contá-los, eu pudesse, por algum milagre, chegar a uma soma diferente —, aquele bagre de um passado distante corria para o topo da lista.

Naquele verão nenhum outro menino conseguiu aproximar-se dele. Lewis cortou a grande cabeça com suas grandes suíças e colocou-a em cima de um formigueiro nos fundos do pomar, e quando os ossos ficaram limpos, deu-a a Christopher, que a pendurou em um prego no galpão de armazenar tabaco após ter tentado primeiro pendurá-la acima da porta de entrada da casa principal. Era uma coisa que eles tinham entre si. A cabeça continuou pendurada durante 12 anos, lembro-me bem, muito depois de os dois não estarem mais lá para vê-la.

VI

O verão avançava. Os meninos discutiam e brigavam; hematomas apareciam e desapareciam; cortes criavam crostas e cicatrizavam. Um dos escravos de Matlack Benner, no meio de um tumulto, aproximou a cabeça do chão como se procurasse alguma coisa muito pequena e morreu.

Foi naquele verão que criamos o hábito de, após todos terem ido para a cama, caminhar 1 quilômetro ao longo do rio até a casa de Gideon para beber alguma coisa, nossa sombra dupla seguindo à nossa frente nas noites de lua. A casa de Gideon, com seu pórtico voltado para o oeste, tinha a localização perfeita para capturar a brisa, por mais branda que fosse, embora eu me lembre que naquele verão até o vento parecia estar morrendo. Transpirávamos sentados, sem nos mexer.

Posso ainda nos ver no pórtico do bom doutor, três sentinelas um pouco bêbados, já longe de serem jovens, tomando conta do que não podia ser salvo, fazendo companhia um ao outro. Não acendíamos mais a lamparina, e não por causa dos mosquitos, que pareciam sair-se igualmente bem com ou sem nossa ajuda e orientação, mas porque naquele mês de agosto, por suas próprias razões, a natureza decidira produzir uma geração extra de mariposas que se reproduziam em proporções bíblicas.

Atraídas pela lamparina, elas chegavam dos campos, das florestas, de sob as cascas que se descamavam das alfarrobeiras, e às 10 horas havia mil mariposas, talvez mais, descrevendo minúsculas parábolas e vastas e ambiciosas órbitas para se aproximarem daquele sol central. Nós as ignorávamos durante algum tempo, afastando com a mão as que roçavam nossos rostos, rindo quando os cães de Gideon tentavam mordê-las e apenas as lambiam, saltando cada vez que uma delas se esborrachava contra o vidro. Contudo, embora tentássemos ignorar o fato, havia algo de espectral na sua maneira de se precipitar na direção da chama, algo vagamente obsceno na sua ânsia de morrer. Não havia nada a fazer. Ficávamos o mais longe possível da tempestade, os pequenos corpos queimados empilhando-se ao redor da mecha, até a noite em que uma enorme bruxa preta, da metade do tamanho de uma andorinha, voou por cima da balaustrada, fez um giro ao redor do pórtico e, como se soubesse exatamente para onde estava indo, enfiou-se com precisão na garganta da lamparina. Tarde demais para voltar atrás, a vimos bloquear a luz por um momento, os hieróglifos de suas asas ampliados contra as paredes, e depois se incendiar de uma vez.

Durante um breve instante, ninguém falou. Na lamparina fumegante, dois pedaços de asas queimavam ainda, de pé como cartas de um baralho, como paredes de uma casa. Gideon inclinou-se e bateu de leve no vidro com o cachimbo. As cartas desmoronaram.

— Nem uma pena cai — disse, tranquilamente.

E, com um sopro leve, apagou a chama.

Ainda lembro que depois disso ficamos no escuro, atentos ao leve zumbido em nossos ouvidos, ao arranhar ritmado na grama densa e emaranhada, aos exércitos invisíveis que passavam para um lado e para outro sobre os campos... Mas mesmo depois que as mariposas se foram, a lamparina permaneceu apagada. Tínhamos passado a gostar que fosse assim. Nas noites particularmente escuras, eu tateava para encontrar meu tabaco, a garrafa ou um copo na mesa, ouvindo os pequenos movimentos de nossos corpos, o estalo da cadeira do doutor contra a parede, e havia, nessa história de saber sem ver, um conforto que a lamparina teria eliminado.

Conversávamos. Meu Deus, como conversávamos. Gideon tinha o dom de ver o mundo como outra pessoa veria uma pedra ou uma raiz; se a pedra fosse lisa, ele não a imaginaria de outro modo; se a raiz estivesse disforme, ele não a desejaria reta. Nem insensível nem complacente, ele simplesmente tinha, como explicava, um profundo respeito pela sua própria insignificância, uma firme crença de que, apesar de seus esforços mais louváveis, o sol continuaria a nascer e a tolice, a reinar. Em qualquer outro homem, esse tipo de fatalismo teria sido intolerável; em Gideon, temperado como era pela energia e solicitude que colocava em suas atividades diárias, suavizado pelo coração que ele tentava, e não conseguia, esconder atrás da muralha de sua rispidez, chegava a ser encantador. Ele e eu nos completávamos; brigávamos como gatos em um saco; enlouquecíamos um ao outro. Eu o amava como a um irmão — não, mais do que ao meu próprio irmão, que se tornava um estranho para mim à medida que os anos passavam e Jesus se interpunha entre nós. Na companhia de Gideon eu podia ser eu mesmo, e isso era possível, de certo modo, porque ele jamais tentou ignorar nossa condição peculiar, como a chamava Barnum.

— Bem-vindos, meus amigos hifenizados — ele costumava gritar do pórtico quando nos aproximávamos da casa, parecendo realmente o médico que era, em seu terno amarrotado (embora, com a barba e os cabelos brancos e o nariz adunco, ele pudesse facilmente passar por algum general exausto de tantas batalhas, e de fato se parecesse com um, apesar de que na ocasião ainda não podíamos saber, Bobby Lee um pouco encurvado) —, bem-vindos à nossa casa sem ar.

Na metade de agosto mantínhamos fogueiras acesas a noite inteira para atrair mariposas. Embora o calor fosse feroz para quem tomava conta do fogo, não podíamos deixar de acendê-las. Sem elas, o algodão teria desaparecido em uma semana. Do pórtico de Gideon, as fogueiras acesas ao longo do limite de nossos campos pareciam estranhamente vivas, como se ardessem no meio de uma tempestade de neve; de tempos em tempos, uma forma humana escondia as chamas como uma xilogravura tirada de Dante, jogava uma saraivada de faíscas na noite e desaparecia depressa.

Uma febre na terra. Creio que se tivéssemos ficado imóveis e escutado, a teríamos ouvido crescer. Aquele foi o ano em que John Brown, Deus cantando nos seus ouvidos, reduziu em cinco pessoas a população pró-escravagista ao longo do córrego Pottawatomie.

VII

A verdade é que eu nunca pensara muito na escravidão. Era um fato da vida no país para o qual tínhamos ido — um mal necessário, tão benigno ou brutal quanto os indivíduos nele envolvidos. Se a maioria dos negros carregava seu fardo com relativa equanimidade, eu tinha a impressão de que talvez fosse porque reconheciam instintivamente a necessidade de sua situação. Éramos todos escravos de alguma coisa, afinal de contas — do tempo, do amor. Talvez a razão para as plateias de Barnum jamais se cansarem de ir nos ver fosse que nosso "traço de união", como o Dr. Bolton sempre dizia, tornara visível uma condição universal. Éramos a palavra personificada.

Quando falei isso para Gideon uma noite, ele brindou à minha eloquência, depois sugeriu que eu oferecesse meus serviços ao *Charleston Mercury*. Se encontrássemos uma tribuna grande o suficiente para nos acomodar, poderíamos conseguir debater com o Sr. Wendell Phillips, tropo por tropo, verso por verso. Teríamos os abolicionistas de joelhos em pouquíssimo tempo, garantiu; nossos irmãos negros nos aclamariam. Deu um tapa no ar na frente do rosto, depois tomou um gole grande e meditativo.

— Escravidão é escravidão — afirmou. — Você pode alegar que ela é necessária. Pode considerá-la uma bênção e se mudar para Charleston. Pode chamá-la de vontade de Deus em todos os púlpitos da América, se quiser, mas não pode dizer que é natural.

Não respondi, se bem me lembro. Meu irmão também não. A essa altura já sabíamos que era melhor ficar fora do caminho de Gideon quando ele demonstrava esse estado de espírito. E ainda que na época eu não qui-

31

sesse admitir, sabia que ele tinha razão. Eu vira o suficiente na minha vida para saber que éramos todos, ao nosso modo, frutos da nossa condição.

Se os médicos do rei tivessem conseguido persuadir nossa mãe a nos separar com uma serra quando nascemos, eu ainda assim teria a mesma opinião? Se eu tivesse podido percorrer sozinho com Sophia as ruas de Paris naquele inverno de 1830, ou saltar do sofá onde meu irmão e eu nos encontrávamos agora e descer a rua correndo, ou sentar-me nos degraus com meu filho, sem outra companhia, eu teria assim tanta vontade de debater com o Sr. Phillips e seus amigos abolicionistas? De defender o princípio da sujeição universal? Ou teria corajosamente declarado a liberdade uma verdade universal e qualquer tentativa de frustrá-la uma ofensa ao homem e a Deus?

Fiquei calado. Não fazia tanto tempo, afinal de contas, que Eng e eu tínhamos nos informado, pela décima vez pelo menos, sobre a possibilidade de sermos separados, ou de o bom médico desunir, por assim dizer, o que Deus, em Sua sabedoria, tinha considerado justo unir. Gideon respondera, como sempre fazia, que nos separar não era o problema. O divórcio poderia ser realizado em questão de minutos, afirmou. Qualquer idiota munido de uma serra afiada e um estômago forte poderia realizar a tarefa. O problema, explicou, era que ele se acostumara à nossa companhia e por isso preferia adiar a fama que uma descrição científica de nossa condição traria até o momento em que nos tornássemos tão chatos ou irritantes que satisfazer nosso desejo começaria a parecer uma boa ideia.

— Além disso — ele nos tinha perguntado —, o que poderiam fazer separados que já não fizeram juntos?

— Nada. Mas poderíamos fazer sozinhos.

— E isso lhes parece interessante? Depois de viver e respirar juntos por quase cinquenta anos? Depois de tudo por que passaram?

— Com certeza — respondi, mais por hábito do que por convicção. Ele olhou para Eng.

— Você também?

Já tínhamos discutido isso antes. Era uma espécie de jogo que fazíamos, meu irmão e eu. Como crianças que continuam a pensar em um presente específico muito depois de o desejo real de recebê-lo ter desaparecido, que memorizaram os motivos pelos quais o queriam e os repetem, em ordem, ao menor indício, fingíamos querer de fato ser separados, sonhar com isso diariamente, quando na verdade nem imaginávamos mais que tal coisa pudesse acontecer.

Ele nunca respondeu. Baixando os olhos para o copo que segurava contra o estômago, meu irmão passou a unha do dedão em uma calosidade imaginária e fitou os campos ao longe, onde as fogueiras ainda ardiam e iluminavam a escuridão.

VIII

Samuel não tinha nem 2 meses quando morreu. Pequenino ser indolente, mal chegou e já partiu. Lembro-me de Gideon praticamente morando em Mount Airy durante as duas últimas semanas — ele foi presença constante o tempo todo — e, depois, dele parado diante da porta do quarto, balançando a cabeça, enquanto eu enfiava uma picareta no chão como se para matar algo que só meus olhos conseguiam ver.

Addy suportou o golpe melhor do que eu. Envolvi-me com tudo que me era oferecido, arrastando meu irmão de tarefa em tarefa, com medo de parar. Em menos de uma semana tínhamos levantado uma cerca de madeira de 400 metros e começado a construção de um novo galpão para armazenar tabaco. O sol não significava nada para mim. Eng, que jamais fraquejou, dava duro ao meu lado hora após hora, dia após dia. Trabalhávamos à luz das lamparinas quando não enxergávamos mais, dormíamos como pedras e começávamos de novo. Addy foi para a nossa cama naquela semana, mas embora tenhamos dado prazer um ao outro, transpirando na escuridão, nenhum de nós dois se sentia muito reconfortado com o que fazíamos. Era uma arma, nada mais — algo a brandir contra a dor —, e nós dois o sabíamos.

Se foi porque Eng, abalado por minha perda, tinha reprimido sua crescente insatisfação comigo, ou porque eu, distraído demais por meus próprios pensamentos, tinha simplesmente deixado de reparar em seus sentimentos, não sei, porém lembro que as divergências cada vez maiores entre mim e meu irmão pareceram retroceder ao longo daquelas semanas. A maré baixou, revelando aos poucos a paisagem familiar de nossa vida conjunta. Nós nos reaproximamos, nos deitando e nos levantando sem discutir, trabalhando horas a fio lado a lado — trocando ferramentas, antecipando as necessidades do outro — com uma espécie de correspondência da mente e do corpo que durante muito tempo tínhamos considerado algo natural.

No fim daquele verão, como fazíamos na metade de cada mês, carregamos o carroção e nos mudamos para a casa de Eng, viajando dessa vez tarde da noite, para evitar o calor do dia. Josephine, Christopher e Stephen foram na frente, com suas mães — os meninos para controlar os cavalos, e Josephine para ajudar com as crianças menores. Seguimos mais ou menos uma hora depois, minhas Nannie e Victoria sentadas atrás com Catherine e Julia; e James e Patrick sentados ao lado do pai, revezando-se nas rédeas.

Naquela época eu ainda gostava de voltar à fazenda de Eng. Era uma casa boa, confortável e bem localizada. Addy cedia com prazer o controle da casa à irmã por uma quinzena, e para mim não havia problema nessa mudança. As crianças, por sua vez, tinham se adaptado muito bem à rotina, e a tristeza de terem deixado os animais para trás era compensada pela alegria de reencontrar os que tinham ficado à sua espera. Jamais deixei de me espantar com a maneira como os mais novos aceitavam com naturalidade viver duas semanas na casa do pai e duas semanas na do tio.

Uma noite calma e quente. Lembro-me de ter passado pela propriedade de Stoneman, que me pareceu bem-cuidada e limpa mesmo na escuridão, a luz de duas lanternas desenhando faixas no escuro onde ficavam os depósitos de tabaco — Stoneman e os filhos consertando as prateleiras, sem dúvida. Gideon e Mary estavam em seu pórtico. Da estrada, mal conseguíamos divisar a palidez do terno claro e do vestido que se balançavam lado a lado no escuro como dois espíritos que brincassem de ser humanos. Acabáramos de passar pela entrada que levava à sua casa quando a voz de Gideon surgiu da penumbra. Eu tinha pensado que desta vez ele nos ignoraria, considerando o avançado da hora, porém Gideon, mais do que a maioria, apreciava os materiais a partir dos quais as crianças constroem seus mundos.

35

— Ei, quem está aí? — gritou. — Amigo ou inimigo?

— Amigos! — respondeu um coro de vozes na traseira do carroção.

— E por qual nome atendem?

— Bunker.

— Os Bunker de Mount Airy? Da corte de Gideon, o Sábio?

— Eles mesmos.

— Saudamos então a todos os Bunker! Saudamos os Bunker pequenos e os grandes! Que a sorte os acompanhe ao longo de toda a jornada.

— Podemos passar? — perguntaram as vozes alegres às nossas costas, embora não tivéssemos reduzido a velocidade e estivéssemos já bem adiante da casa.

— Sim, podem — foi a resposta, seguida de algumas palavras inaudíveis e do riso abafado de Mary. E de novo, mais baixo dessa vez, como se falasse para si mesmo: — Podem passar, amigos.

Uma enorme lua inflada, redonda como uma fatia de laranja, se levantara sobre o milharal quase seco a leste. Prosseguimos no ar quente impregnado dos cheiros de campo, cavalo e madressilva, James ainda segurando as rédeas e Patrick, dois anos mais novo, dormindo encostado no braço do pai.

— Este sempre foi dorminhoco — disse Eng.

Passou o braço ao redor do filho, fez com que ele se inclinasse no ritmo dos trancos e solavancos do carroção e depois puxou-o, mole como uma camisa, para seu colo.

— Segure as pernas.

Pés descalços de um menino em agosto: macios e secos como couro de vaca; a almofada embaixo do dedão formando uma pequena concha, dura como unha. Vestígios de trevos enfiados entre os dedinhos de seu pé direito davam a impressão de que queriam se enraizar. Observei-o dormir de boca aberta, a cabeça inclinada para trás sobre os joelhos do pai, o braço mole balançando na direção do chão.

— Eu gostaria de dormir assim — disse Eng.

— Você já dorme assim — retruquei.

Eng sorriu.

— Cansado? — perguntou, virando-se para James.

— Não, senhor.

— Acha que pode nos levar até a casa?

— Claro que posso.

— Muito bem, então — concordou Eng, com um aceno de cabeça. E virando-se para mim: — Pode segurar esta ponta?

Juntos, cada um de um lado, começamos a ajeitar a camisa desabotoada de Patrick. Um momento de paz, súbito, inesperado, efêmero como um aroma.

Em determinado ponto de nosso trajeto, ouvimos as crianças chamarem e olhamos para trás. Uma parede de poeira larga como uma carroça, semelhante à ameia de um castelo, erguia-se atrás de nós e engrossava a cada giro das rodas. Nós a construímos à medida que avançamos, separando milharal de milharal, vizinho de vizinho, fazenda de fazenda. Uma visão estranha e fantasmagórica: ainda que feita de ar, parecia uma parede tão sólida que quase esperei que ela continuasse ali quando, 15 dias depois, fizemos o trajeto no sentido inverso.

Por fim, claro, a poeira baixou, como sempre acontece às poeiras, ou uma brisa vinda de outra direção simplesmente apagou-a como se fosse um sonho. Nosso mundo real, lembro-me de ter pensado — nossos dias e nossos atos, os muros de nossas pastagens —, se parece com isso para os deuses; algumas noites, era possível quase ouvi-los rir, passando em suas carruagens celestes.

Poeira para os deuses, talvez, mas não para nós. Quando fazíamos a curva na encruzilhada e a casa surgia em nosso campo de visão — as luzes gêmeas nas janelas da sala parecendo muito frágeis contra a massa escura dos carvalhos —, mais uma vez eu me lembrava de que nada tinha mudado. Embora minha dor fosse ainda recente naquele verão, era pequena em comparação à dele. Eu mal tivera a oportunidade de conhecer Samuel, afinal de contas. Rosalyn, por outro lado, tinha chegado quase aos 2 anos — já conquistara um espaço nos corações de Eng e Sallie. Embora cerca de dois anos tivessem se passado, eu via que ele ainda se recriminava por tê-la deixado naquela manhã com uma menina que comprara apenas um mês antes. Eu percebia o silêncio que o invadia à medida que nos aproximávamos da fazenda; ele mergulhava mais fundo dentro de si mesmo a cada passo dos cavalos amaciado pela poeira, como se a dor fosse um lugar e não uma doença — uma câimbra implacável no coração.

Sei agora que o retorno de meu irmão à Igreja começou naquela manhã fria e triste em 1852, quando a terra ressoou como uma bigorna e Rosalyn entrou no fogo com seu passo vacilante, que a visão indescritível daquele horror (o modo como a pele de seu pequeno dorso tinha se soltado com o cataplasma, como a película que se forma em um jarro de leite fervido) o tinha jogado de cabeça nos braços de Deus e o afastado de mim, que nunca, afinal de contas, a tiraria dele, e que a pranteei mais do que qualquer Pai Celestial prantearia. Justiça, porém, nada tinha a ver com aquilo. Não, como uma pedra pequena desviada de uma maior, meu irmão tinha se voltado para o Onipotente, embora na minha mente os acontecimentos daquela manhã poderiam muito bem tê-lo lançado na outra direção.

IX

As chuvas começaram em setembro, uma tempestade após a outra rasgando o céu, embora seu único propósito em data tão tardia parecesse ser o de lavar as cinzas.

— O Senhor dará por chuva sobre a tua terra, pó e poeira — observara meu irmão no auge de nossas preocupações. Eu esperava um novo versículo dentro de pouco tempo.

Continuamos a fazer nossas peregrinações regulares ao pórtico de Gideon, no ar outonal subitamente cortante e impregnado de cheiro de sidra. Lembro-me de uma noite em particular — carregada e azul e bela. O pequeno lago de Stoneman estava parado e escuro como água em um balde. Quando passamos, vi um único círculo expandir-se contra o céu cada vez mais profundo, fazendo-me por algum motivo lembrar-me de uma noite na Escócia quando, com câimbras e doloridos de tanta estrada, convencemos o cocheiro — um velho com um sinalzinho preto saliente no lado do pescoço, que sempre fiquei tentado a puxar — a fazer uma pausa para esticarmos as pernas. Descemos sobre a terra batida de uma estrada campestre em algum lugar perto de Edimburgo. Ali também havia um pequeno lago. E uma estrela vespertina. E outro outono que se aproximava. Meu Deus, como éramos jovens. E com que rapidez o ponteiro do relógio avançou.

Lembro-me que Gideon, dono de um gosto literário que tendia para o pesado — quando não para o inescrutável —, andava lendo um romance de um escritor chamado Melville, cujas descrições de suas aventuras amorosas nos mares do Sul tinham, alguns anos antes, causado

39

grande estardalhaço e deixado o reverendo Seward e seus irmãos furiosos e de cabelos em pé. O novo romance, percebi, não era tão divertido. Nada de brisa acariciante. Nada de jovens marquesas nuas escalando correntes, as tranças pretas retintas gotejando água do mar. O Sr. Melville parecia ter trocado o deboche por Descartes, os deliciosos encantos de Fayaway pelos do Sr. Ralph Waldo Emerson, e produzido um volume cujo peso sozinho alegrava o coração do bom doutor.

Ele estava refletindo, explicou, sobre uma passagem em que o autor descrevia os mortos como viajantes que deixavam este mundo portando apenas uma bolsa simples, despojados de todos os seus pertences mundanos. Interrompeu o que dizia e fez uma pausa. Ainda posso vê-lo curvado à frente sem descruzar as pernas, abrindo a tabaqueira depositada ao seu lado e enchendo com cuidado o fornilho do cachimbo. Prendeu o tubo entre os dentes.

— O que você colocaria nessa bolsa? — perguntou, inclinando o vidro da lamparina com uma das mãos e com a outra aproximando um ramo seco do fogo. — Se pudesse levar um único objeto, uma única lembrança para o além, supondo por um instante que o além existe, o que levaria?

Que pergunta absurda para ser feita às 2 da madrugada. Somente os seres humanos, pensei, se preocupariam com escolhas que jamais lhes pediriam para fazer. Contudo, por não sei qual razão, a lembrança que passou pela minha mente não foi, como eu teria esperado, de algum momento tranquilo e sossegado da infância antes de a cólera atingir Mekong, ou do rosto de Sophia naquela noite de fevereiro em que passeamos ao longo dos muros e telhados cobertos de neve em Montparnasse, mas do rosto de Christopher ainda criança naquela tarde de abril junto do rio.

A primavera chegara tarde. As colinas, até onde era possível vê-las além das árvores, pareciam forradas de pele, macias como peliça. Nós o observávamos olhar de perto a água onde os camarões-d'água-doce subiam à superfície e voltavam em pequenos jatos de lodo, a corrente clara como chá explodindo em bolhas ao redor de suas pernas. À direita, na margem em suave declive, Sallie e Addy preparavam um piquenique à sombra.

— Repare, estamos diante de algo que não víamos há muito tempo — disse de repente meu irmão, apontando na direção do rio com o tubo de seu cachimbo.

Uma verdadeira nuvem de borboletas alaranjadas acompanhava a corrente, afundava, flutuava, voltava atrás. Aqui e ali uma delas atravessava um raio de luz invisível que se insinuava entre as folhas e sua cor cintilava.

Eng riu satisfeito.

— Até parece que elas vieram só para ele — disse.

Olhei para Christopher, que não tinha mais de 3 anos naquela época. O menino as vira chegar e estendera os braços como se fosse uma árvore. Lembro-me de ter sentido uma dor súbita ao antecipar sua decepção, ciente de que o mundo não vem a nós quando o desejamos. E então uma borboleta pousou no seu braço. Outra no seu ombro. Uma terceira na sua cabeça. Estavam todas sobre ele, equilibrando-se daqui e dali, escalando seus braços. Lembro-me de que uma delas acomodou-se satisfeita na ponta clara de sua orelha, mexendo lentamente as asas como uma flor em movimento. Um sorriso tão grande de felicidade iluminou o rosto do menino que tive de repente a certeza de que ele nascera com sorte.

Lembro-me de ter pensado que eu levaria comigo a expressão de seu rosto como uma recordação de tudo que amei.

A lua e o uísque já tinham descido um bom pedaço naquela noite quando a conversa — que vagueava como um cachorro sem pressa, de colheita para vizinhos e dali para política — estacionou por um momento no tema fotografia, que Gideon acreditava com paixão de convertido que algum dia provaria ser uma invenção tão importante quanto a imprensa ou a máquina a vapor. Ele visitara o ateliê de Henninger na Cooper Street e dali saíra entusiasmado com placas de vidro e iodeto de prata. Dentro de poucos anos, afirmava, teríamos nossas próprias coleções de fotografias, não apenas do Taj Mahal ou das pirâmides do Egito, mas também de nossos pais, de nossos filhos. Nada seria pequeno demais.

Lembro que discutimos. Afirmei que não saberia onde usar tamanha inutilidade. Que já conseguia ver o passado com bastante clareza. Que não precisava de provas das minhas perdas penduradas na parede.

41

Gideon não se convencia. Disse que minha índole era de remoer os pensamentos, e que quem remói assim, como a serpente mitológica, não apenas se alimenta de si mesmo como, ao fazê-lo, fica cada vez maior.

— É essa sua opinião profissional? — lembro-me de ter perguntado.

Fazia tempo que Mary tinha ido se deitar. Gideon estava recostado em sua poltrona, uma perna sobre a outra, a garrafa ao seu lado como um cachorro à espera de um afago. Era, confirmou. E ele a estava me oferecendo de graça. Respondi que imaginava que logo ele teria vontade de me sangrar por causa de meu humor negro. Ele disse que seria apropriado, dadas as minhas opiniões científicas.

— E para compensar a perda? — perguntei.

Receitaria um reconstituinte qualquer, afirmou, ao mesmo tempo que despejava em nossos copos um dedo de uísque. Algo para neutralizar o acúmulo de bile.

Ficamos em silêncio por um momento.

— A ciência é uma coisa maravilhosa, Gideon — observei.

— É mesmo. — Ele ergueu o copo. — À ciência, meus amigos. E ao destino, que o Sr. Melville aqui — completou, batendo com a palma da mão no livro gordo sobre a mesa ao seu lado — afirma desferir sempre o golpe definitivo.

X

Tínhamos emergido, depois daquela longa e sufocante estação, em um mundo purificado e, como viajantes que entram na luminosidade intumescida quando acaba a tempestade, inspiram o ar a plenos pulmões e olham ao redor como se se lembrassem, não sem ternura, de alguma pequena loucura da juventude, nos sentíamos total e alegremente vivos.

Todo cálculo final de felicidade na minha vida precisaria incluir aquele mês abençoado. A morte, por algum tempo, tinha sido banida do jardim. Éramos — cada um de nós — fortes e saudáveis. A comida era mais saborosa do que jamais tinha sido ou viria a ser. O riso surgia fácil. Saíamos para o ar fresco todas as manhãs como reis, ou crianças, e percorríamos nossas terras, olhando com prazer as coisas que nossas vidas nos tinham dado. O mundo vinha até nós quando assobiávamos e colocava-se aos nossos pés.

Perfeição. Até o tempo desempenhava seu papel. Após a troca da estação, a natureza despejou uma torrente de dias ensolarados e sorridentes, tão tranquilos, tão profundos, tão perfeitamente equilibrados no doce limite da tristeza, que era como se em algum lugar, onde a beleza pudesse ter sido maculada e a felicidade atingida, os trabalhadores tivessem descoberto uma reserva infinita de ouro e, descartando os metais menos nobres, os mais escuros, tivessem se dedicado a forjar um dia luminoso após o outro.

De manhã, a bruma permanecia até tarde sobre as terras baixas, cobrindo os lagos e as depressões com grossas e macias almofadas de nuvens, de onde um touro poderia emergir como Zeus descendo à terra para seduzir alguma criada de ancas largas, ou um bando de gansos deslizar como se puxados por uma corda. Não havia pausa no meio do dia; quando levantávamos os olhos do trabalho o sol já estava de partida. No entanto, não havia uma sensação de perda, nem a ideia de que as coisas tinham passado depressa demais. Ao contrário, as horas eram plenas e apropriadas. Havia silêncio naqueles dias — o latido de um cachorro ou o mugido de uma vaca tornavam-se fracos por outra coisa que não a distância —, como se o mundo estivesse à espera, atento a um antigo amor que com certeza chegaria.

A colheita, naquele Ano de Nosso Senhor Temperamental, 1856, já estava bem adiantada. Nossos 23 hectares de milho tinham rendido apenas 100 alqueires. As safras de batata-inglesa, batata-doce, ervilha e feijão tinham sido muito ruins, assim como a de algodão: não mais de 14 fardos para os 32 hectares que tínhamos plantado. No entanto, o ano que se anunciava calamitoso não foi tão ruim assim. As reluzentes folhas de tabaco nos salvaram. Nos jornais de Richmond, naquele outono, a procura e os preços estavam em alta, pois poucos fazendeiros haviam tido a coragem de se arriscar naquela cultura. Entre o tabaco e o gado, sabíamos que nos sairíamos bem, e talvez consideravelmente melhor do que imaginávamos.

Mas não foi apenas a colheita. Discórdias entre vizinhos morriam antes mesmo de a semente germinar. Stoneman, acompanhado dos quatro filhos, apareceu em nosso pórtico pela primeira vez em nove anos para nos perguntar sobre as reluzentes folhas que tínhamos plantado. Escutou-nos cortesmente, limpou a garganta e nos ofereceu sua colheitadeira — a única na região —, depois do quê balançou uma vez a cabeça, como se concordasse consigo mesmo, uma segunda vez direcionada aos quatro filhos corpulentos que esperavam junto à porta com os chapéus sobre a barriga, e partiu.

E a vida continuou. Embora meu irmão tivesse voltado às suas devoções, eu pouco ligava. Tia Grace tinha feito sua torta de ameixa, cuja receita pedia um copo de conhaque. Uma boa compensação. Assim, enquanto Eng lutava para chegar à terra de leite e mel, os corpos se empilhando às margens, eu habitava, satisfeito, uma Canaã pela qual valia a pena lutar, uma Canaã onde tortas de ameixa tão leves que alegravam os corações dos serafins celestiais tinham havia muito sido eleitas, sob ameaça de secessão, o único alimento apropriado para a alma.

Também não foi só a alma que recebeu o que lhe era devido naquela estação. Agora que o ar que sacudia as cortinas tornava mais uma vez bem-vindo o cobertor, Addy e Sallie tinham começado a passar de novo as noites conosco; Addy, em particular, cujo interesse em partilhar nossa cama tinha declinado nos últimos anos quase tão depressa quanto o de sua irmã, parecia ter encontrado recentemente alguma pequena nascente da fonte da juventude de Ponce de Leon atrás do jardim.

Nunca tínhamos sido particularmente loquazes em assuntos de amor. Embora ela tivesse no início se adaptado com bastante facilidade à nossa situação, o desejo que sentíamos um pelo outro tinha começado a diminuir e enfraquecer quase no mesmo instante em que se acendeu. Passei a compreender, pouco a pouco — uma falta geral de interesse, a mão gentilmente afastada —, que qualquer tentativa de minha parte para trazer alguma variedade às nossas vidas não seria bem aceita. Como reconhecia as muitas virtudes de minha esposa, fiz o que pude para respeitar os votos que pronunciara no dia de nosso casamento, embora, para ser sincero, eu tenha me aprimorado com o passar dos anos, e as lembranças do amor que um dia conheci e aos poucos perdi passaram a contar menos para mim.

E agora, de repente, um sussurro após o jantar, um sorriso por cima das cartas, uma disposição, se não de gostar, pelo menos de compreender meus desejos. Fiquei aliviado ao saber que, apesar dos períodos de abstinência que tinham pouco a pouco se prolongado de semanas para meses, eu não enfraquecera no ato do amor, e embora o rosto de Eng, quando eu conseguia distingui-lo ao luar, invariavelmente carregasse a expressão de um homem à espera de uma diligência, o olhar de surpresa de Addy diante do meu vigor de adolescente (o efeito de seu prazer diluído, de algum modo, pela tônica de seu divertimento) mais do que compensava. Em uma noite particularmente escura, no meio de nossa paixão, senti suas mãos pressionarem de repente minhas costas, puxando-me para ela. E embora mais tarde tenha me ocorrido que talvez sua intenção fosse apenas acelerar o momento e dar-lhe um fim (que foi exatamente o que aconteceu), eu nunca experimentara tanta ousadia em nosso casamento e me senti nas nuvens durante dias.

O clima não se forma no ocidente, Gideon gostava de dizer, e sim no quarto. E embora eu me lembre de que contestava essa afirmação — dias infelizes conseguem nublar a mente —, desde aquela época sabia que era verdade, por ter sentido na pele como um março chuvoso em Paris pode ser encantador. A calma geral que emanava do quarto parecia agora cobrir a totalidade de nossos dias.

De noite, após o jantar, as crianças menores ficavam ao nosso redor (Nannie quase sempre no meu colo, e Christopher, embora fosse então um menino já bem crescido, agarrado aos meus ombros). Eng e eu inventávamos histórias do Sião: de tartarugas que não envelheciam e serpentes da grossura de um homem, cujas peles tinham reflexos azuis como asas de borboletas, de tufões devastadores no mar de Andaman e da luz que brilhava na pele do Buda Esmeralda no dia em que fomos levados — nós, filhos de peixeiro — para encontrar Rama III no Salão de Audiências em Bangcoc, e muitas outras, tendo o relógio da entrada como única medida do tempo até que metade das crianças estivesse dormindo e os outros quase. Em determinado momento, muitas vezes no fim de uma história, Addy e eu nos fitávamos por cima das cabeças de nossos filhos e sustentávamos o olhar por um instante, até o rei bater suas mãos rechonchudas, o tigre desaparecer nas ruínas e nós quatro os carregarmos, um a um, para a cama.

XI

Ainda o vejo no grande espaço barrento entre o celeiro e o fumeiro, empurrando um carrinho de mão carregado de madeira. Do canto da cocheira vinha o ruído seco e estridente de uma tora sendo partida em duas, seguido do duplo baque das metades caindo no chão.

— Bom-dia, Lewis — disse meu irmão aquela manhã. — A lenha está quase pronta para o fogo, pelo que vejo.

— Tô trabalhando pra isso, siô — respondeu. — Não tá fácil.

— Sei que não — confirmou meu irmão, com um sorriso. — Já tem muita coisa pronta?

— Três parede *inté* o beiral e outra *inté* a metade. — Passou a manga da camisa na testa reluzente. — Preciso ficar de olho na moçada, seu Eng — acrescentou, sem sorrir. — Eles tão cheios de energia, não vão deixar uma árvore de pé daqui *inté* Richmond.

Como se para provar o que ele dizia, dois machados entraram em ação ao mesmo tempo, seguidos de um terceiro. Atrás deles, lembro, eu ouvia o estalido seco e repetido das mulheres malhando a aveia. Um bebê começou a chorar. O ruído da malhação da aveia, regular como o canto de um grilo, diminuiu um pouco. Um machado desceu e golpeou a tora.

Lewis ergueu o carrinho. Com os antebraços esticados e rijos, curvou-se para colocar todo o seu peso nele, e a roda começou a girar. Nós o observamos pilotar sua carga pelo chão irregular e desaparecer — primeiro o carrinho e a lenha, depois o dorso ereto e os joelhos dobrados, por fim o sapato esquerdo — no canto do depósito de tabaco construído no ano anterior. Menos de três semanas depois, estava morto.

Não seria justo dizer que nossas dificuldades começaram naquele novembro, ou que a morte de Lewis, de um só golpe, destruiu o entendimento que meu irmão e eu tínhamos levado uma vida inteira para construir. Mas não seria errado, também. Embora a casa tenha se mantido de pé, ficaram expostas as rachaduras embaixo do tapete, as juntas enfraquecidas e as vigas podres que sempre soubemos existir, mas que de outro modo talvez nunca tivessem aparecido.

Foi culpa nossa; minha, acima de tudo. Com a maior parte do algodão descaroçado e prensado e o tabaco bem guardados nos galpões havia uma semana, tínhamos pensado, quando ouvimos dizer que Price ainda estava com metade da safra no campo e apenas seis escravos para cortar o tabaco e colocá-lo para secar, que poderíamos sem risco emprestar-lhe Lewis por algum tempo. A estação já estava bem avançada. Fazia uma semana que mantínhamos o fogo aceso na sala. Todas as manhãs eu esperava que uma das crianças viesse correndo com uma fina placa de gelo retirada da gamela dos animais.

Eu nunca gostara de Price. Um homem grande, com alma de homem pequeno, ainda pouco à vontade consigo mesmo em uma idade em que a maioria dos homens já se habituou com seus defeitos, ele compensava suas falhas cultivando uma série de tiques e maneirismos que sempre pareciam, com surpreendente consistência, apenas um pouco fora do lugar. Apoiado ao batente de uma porta, ele parecia imitar o modo como outros se apoiavam; explodindo em uma risada, dava a impressão de repetir algo que tinha admirado em outra pessoa. Apanhado na armadilha de seu próprio caráter, atacava quando não havia motivo para tal, como um cachorro de três pernas morderia antes que um sem defeito o fizesse. Ele tinha nos trapaceado duas vezes. Mais competente que alguns, não tão tolo quanto parecia, sabia como cair nas graças dos outros, por ameaças ou elogios — e cortar quem não interessasse, conforme a necessidade.

Se a decisão fosse minha, eu o teria deixado ir a pique. Foi Eng quem observou que quase todo mundo — Smythe, Stoneman e mesmo o pobre Benner, tão infeliz — estava se oferecendo para mandar um de seus escravos ajudá-lo; foi Eng quem reparou que Seward tinha mencionado Price naquele domingo mesmo, em seu sermão sobre caridade cristã; foi Eng quem me lembrou, por fim, que não fazia tanto tempo que os cidadãos do condado de Wilkes tinham rebentado todas as janelas da casa do juiz Yates ao saber que suas filhas estavam noivas de um par de aleijões vindos do Oriente. Não fazer nada, argumentou, faria mal a nós, não a Price.

Mas ainda que os primeiros argumentos fossem de Eng, fui eu quem sugeriu mandar Lewis — o homem, por natureza, menos capaz de suportar o que o esperava. Uma vez tomada a decisão, entendi que deveríamos oferecer o melhor que tínhamos. Ninguém podia deixar de perceber que mandáramos o melhor; Price, que nos tinha roubado, sentiria com mais intensidade a estocada de nossa generosidade. Quanto a Lewis, eu quase não pensava nele. Poderia muito bem tê-lo pendurado com minhas próprias mãos na viga do celeiro.

Encontramos os dois, Moses e ele, naquela tarde de domingo, agachados no pequeno quintal de terra batida entre as cabanas, cortando novos pés para as três cadeiras quebradas que estavam apoiadas contra a parede sob uma janela entreaberta. Era um belo dia de outono: amarelo, doce, perfumado. Uma leve brisa, tímido prenúncio das borrascas do inverno, agitava aqui e ali a grama cada vez mais rala.

Quando nos aproximamos, pude ver que conversavam, levantando o olhar das mãos durante alguns segundos antes de baixá-los de novo e dar de ombros ou balançar a cabeça, Lewis gesticulando com a mão que segurava a faca como se cortasse o mundo em pedaços de campo, carroça e muro. Mesmo a distância, era possível perceber que se tratava de pai e filho, e lembro-me de ter pensado no que faria aquele vínculo parecer tão óbvio e em como era estranho que com alguns — marido e mulher, por exemplo — a ligação fosse visível a 50 metros, enquanto com outros seria possível conversar a noite inteira e jamais saber.

O riso de uma mulher explodiu no momento em que entramos no quintal.

Os dois se levantaram quando nos viram chegar, espanando com a mão as aparas que grudaram em suas calças como pedaços de papel espiralado. Explicamos o negócio. Lewis não disse nada. Atrás dele, o vento agitava a hera de pontas vermelhas que subia em direção ao telhado.

Seria por três ou quatro dias, no máximo, dissemos. Tínhamos falado com Price. Ele seria bem tratado, como um dos nossos.

— Conheço Price — ele observou.

— Então tudo deve correr bem — deduziu meu irmão, interpretando mal o que ouvira.

Lewis balançou devagar a cabeça e virou-se para o filho.

— Entre, meu menino — disse, apontando a cabana com o queixo. — Volto em um minuto.

Esperou até que Moses se fosse, depois falou com a mesma calma com que nos contaria quanto trabalho tinha sido feito, ou pediria tábuas para consertar seu teto:

— Não quero mais que me batam. Sou velho demais pra isso.

— Ninguém vai bater em você, Lewis — afirmei, um pouco confuso pelo cansaço que percebi em sua voz. — Você tem a minha palavra.

Ele partiu na madrugada seguinte. Nunca voltamos a vê-lo. Não conta o estado em que o encontramos sangrando no chão ao lado da bancada de secagem. Não, a última vez que o vi ele estava agachado contra uma parede descascada, conversando com o filho em uma tarde de novembro, enquanto o riso de uma mulher ressoava em uma das cabanas dos fundos.

XII

Jamais soubemos o que aconteceu em Bellefonte naquela noite. Nas semanas que se seguiram, ouvimos algumas coisas — fragmentadas, aos poucos: não o suficiente. Ficamos sabendo que Price vinha tratando seus escravos como animais para tentar compensar a própria estupidez. Que dois deles tinham sido chicoteados na semana anterior — e Ben, um mulato grande e tranquilo, apenas um dia antes. Ficamos sabendo que tarde da noite naquela terça-feira tinha irrompido uma briga na clareira atrás da bancada de secagem entre dois homens fortes — Lewis e um dos escravos de Price, um sujeito enorme chamado Joah. Que a briga começou com muita violência e acabou tão depressa que Mason, supervisor de Price, não chegou a entender o que estava acontecendo quando ela terminou. Que Lewis, com o rosto em sangue, tinha rebentado o braço esquerdo ao bloquear o golpe duro e curto de uma pá, e depois o que todos viram foi Joah descrevendo pequenos quadrados no chão, segurando o pescoço com as duas mãos como se tentasse esconder a faca de cortar tabaco de Lewis enfiada em sua garganta. Antes que alguém tivesse tempo de reagir ou de pensar, Price estava lá com seu rifle.

Lewis tentou correr para nossa casa. Foi isso que mais me perturbou, eu acho. Que aquele homem, que eu jamais havia visto ter medo de alguma coisa, tentasse fugir. Quanto medo ele devia ter sentido naqueles últimos momentos, ao ver o mundo passar e ter consciência de tudo que deixaria para trás.

Eu tinha dito que ele seria bem tratado. Mentira. Segurando o braço inútil como se embalasse uma criança, Lewis correu para a escuridão.

51

Tinha quase chegado à borda da clareira quando o chumbo grosso atingiu-o e abriu um buraco na parte posterior de seu crânio.

Gideon nos acordou perto da meia-noite. Antes mesmo de descermos da carroça pudemos ver os dois à luz das lamparinas, deitados lado a lado sobre um cobertor cinzento, o braço de Lewis dobrado ao contrário no cotovelo, a cabeça de Joah virada para o lado, como se murmurasse algo para o homem que acabara de matá-lo. A uma pequena distância, entre os galpões, havia um grupo de escravos. Reconheci o mulato, Ben. Price estava sentado em uma cadeira de balanço no pórtico, a arma sobre os joelhos.

— Mau negócio, Bunker — ele gritou. E apontou com a arma. — Aquele seu negro matou um dos meus escravos.

Nos agachamos ao lado de Lewis. Segurando-o pelas pernas e pelos ombros, o fizemos rolar na nossa direção. Ergui a lamparina. A parte posterior de sua cabeça — ou o que tinha sido a parte posterior de sua cabeça — não passava agora de uma massa de terra e serragem. Sua camisa desbotada tinha sido puxada até a metade das costas; uma dúzia de crateras rosadas na pele preta do pescoço, já secas, marcava o início do estrago. Eu não conseguia me mexer, nem pensar. Fiquei agachado, o olhar fixo nele, irrefletidamente passando a mão na sua perna como se ele fosse uma criança que precisasse de consolo. Não sem algum esforço, meu irmão deslizou os dedos por baixo da cabeça de Lewis. Virou-a um pouco e começou a revirar a terra, como se procurasse algo.

Constrangido por essa demonstração de emoção, Price balançou-se na cadeira por um instante, depois levantou-se e desceu os degraus do pórtico.

— Está morto, Bunker — afirmou. — Isto não adianta nada.

— O que aconteceu? — perguntou meu irmão.

— Veja você mesmo. Enfiou uma faca na garganta dele. Tentei mirar mais embaixo, mas...

Meu irmão agarrou os cabelos emaranhados de Lewis, virou a parte de trás de sua cabeça para Price.

— Você fez a cabeça dele voar a 10 metros.

Senti o sangue pulsar na minha fronte como uma onda no oceano. Uma perna da calça de Lewis tinha sido arrancada do sapato. Pude ver a pele de sua panturrilha contra o barro do chão.

52

Price sorriu.

— Não pense que não sei o que está tentando fazer, Bunker.

— Você nos deve 2 mil dólares — retrucou Eng tranquilamente.

Price riu.

— Verei vocês no inferno primeiro, canalhas amarelos.

— E uma desculpa.

Agachado a 7 metros de distância e com a arma aninhada na dobra do braço, Price virou-se para Gideon.

— Está ouvindo? — perguntou.

— Cada palavra — respondeu Gideon.

Price balançou a cabeça, fingindo controlar-se.

— Não sou uma pessoa insensata — argumentou, levantando-se. — Somos vizinhos, afinal de contas. E serei o primeiro a admitir: emprestar-me seu negro foi uma coisa totalmente cristã de se fazer. Mas veja bem, Bunker. Há dois negros mortos e estamos quites.

— É isso mesmo? — perguntou meu irmão, e naquele momento eu soube onde acabaríamos.

— Nenhum tribunal deste país veria as coisas de maneira diferente. Você sabe disso. Diabos, pelo menos um de vocês precisa ter um pouco de bom-senso.

Tirei um lenço do bolso, estendi o braço e passei-o do melhor modo que pude no rosto de Lewis. Ficamos de pé. Minhas mãos tremiam tanto que, para ocupá-las, fingi espanar a poeira de minhas calças.

— Talvez — concordou Eng, balançando a cabeça.

Começamos a ir na direção de Price. Vi Gideon, que se endireitava junto ao galpão contra o qual estivera apoiado. Reparei que os escravos continuavam de pé, como muitas silhuetas, na sombra entre os galpões. No entanto, Mason, o supervisor, não parecia estar em lugar nenhum.

— Fico satisfeito que veja as coisas desse modo — disse Price, com voz hesitante. — Lamento, mas é isso aí.

— É isso aí — concordou Eng, estendendo a mão.

Em toda a nossa vida em comum só uma vez meu irmão me bateu, e não foi naquela. Uma fração de segundo antes que sua mão direita aterrissasse na face esquerda de Price, sua gêmea, minha mão esquerda, aterrissou na sua face direita. Ele caiu como um boi. Chutei para o lado o rifle, que ele segurara no alto pela coronha e, pelo canto do olho, vi Gideon aproximar-se para apanhá-lo.

Brigamos como sempre fizéramos, batendo um no outro com nossos braços de fora e usando os interiores para agarrar, segurar ou bloquear. Homens mais robustos tinham lutado conosco e perdido. Price, no entanto, era um problema. Arranhando e golpeando, ele tentava se libertar apenas com a ajuda de seus dedos curvos, mas depois brigou como uma mulher, visando nossos olhos e nossas gargantas, puxando nossos cabelos, tentando nos atingir entre as pernas com a bota ou o joelho. Em determinado momento ouvi meu irmão gritar, e quando me virei vi que Price, com um gemido estranho, tinha enfiado os dentes, como um cachorro, no ombro de meu irmão. Forcei sua cabeça para baixo para impedir que o machucasse ainda mais e agarrei a massa esponjosa disforme de seu nariz quebrado até ele se soltar. Poucos segundos mais tarde, o punho de meu irmão acabou com os dentes que o tinham mordido.

Foi enquanto estávamos no chão que senti um repentino golpe atrás da cabeça. O mundo ficou em silêncio, como se alguém tivesse acabado de me submergir. Com dificuldade consegui subir à superfície, incapaz de me virar para trás, e lutei como pude. Um segundo golpe nunca chegou a ser desferido.

Não sei se teríamos parado sem a intervenção de Gideon. Price não se mexia havia algum tempo quando, como em um sonho, ouvi uma voz que dizia:

— Basta, senhores. Todas as coisas boas têm um fim.

Uma mão aproximou-se e segurou-me pelo cotovelo. Meu irmão e eu nos levantamos. Senti um braço forte envolver minha cintura. Mason, o supervisor, estava caído no chão, uma tora de lenha ao seu lado. O rosto de Gideon ficou visível por um breve momento.

O pórtico inclinou-se drasticamente, depois endireitou-se. Meu irmão, percebi, me segurava do outro lado.

— Ande! — disse.

Lewis e Joah estavam deitados onde os tínhamos deixado.

— Não podemos... — comecei.

— Podemos — afirmou Gideon.

54

— Não.

— Tudo bem. — Ele suspirou. — Suba naquela maldita carroça. Vou pegá-lo.

Foi Gideon quem ergueu Lewis e o colocou na parte de trás da carroça naquela noite, com a ajuda de um dos escravos: a mesma carroça em que o tínhamos deitado 12 anos antes. E agora, completamente acordados, o sangue e o sal machucando nossos olhos, o levamos para casa.

XIII

Dei a Moses uma faca Barlow de cabo branco. Não consegui pensar em outra coisa a fazer. Ele agradeceu-me gentilmente — ele e a mãe já estavam instalados na casa, àquela altura — e enfiou-a no bolso do macacão.

Conservou-a até maio de 1864, quando ela escorregou por um rasgão do bolso e caiu, sem que percebesse, na grama alimentada por cadáveres do velho campo de batalha de Cancellorsville. Quando viu que estava sem ela, tentou localizá-la — uma faca de cabo branco seria fácil reconhecer —, mas encontrou o imenso campo de cheiro adocicado no qual sua companhia tinha dormido tão densamente povoado de mortos, os ossos amarelados dos dedos do pé e as juntas espiando do meio da grama, os anéis das vértebras projetando-se do chão como braceletes enterrados pela metade ou serpentes fossadoras (como se aqueles 500 hectares fossem o verdadeiro vestiário da morte), que preferiu dá-la por perdida. Naquela tarde, sua unidade do exército de Grant embrenhou-se na região de Wilderness.

XIV

Como o lodo que retém uma pegada onde a água está baixa, o mundo conserva nossa forma por algum tempo. Durante dias após sua morte, continuei a vê-lo voltar dos campos ou desaparecer entre os galpões de secagem. Lewis parecia ter ocupado mais espaço do que eu imaginara.

O mundo está repleto de presságios. A razão nos cega. Um dia antes de ele morrer, tínhamos soltado os porcos nos milharais em um final de tarde calmo, no momento em que o sol, desaparecendo sob uma cobertura de nuvens, emprestava aos campos de talos quebrados, às estacas da cerca e às paredes dos galpões um tom alaranjado fantasmagórico. Os porcos espalhavam-se como fogo pelo milho cortado — focinhando, grunhindo, guinchando. Eu já tinha visto isso antes. Dessa vez, no entanto — talvez por causa da estranha luminosidade —, havia um quê de loucura no espetáculo, na visão dos porcos grandes como homens desenterrando toupeiras e ninhos de ratos, esmagando tartarugas escondidas no meio dos talos, resfolegando e fungando através das carapaças quebradas... Uma das porcas agarrou uma cobra. Assistimos à cena, ela a sacudindo à direita e à esquerda para quebrar sua espinha e a serpente se debatendo em sua boca como uma longa corda preta. E eu sabia — como minha mãe dizia saber, como os negros diziam saber — que alguma coisa ruim tinha aberto caminho para o mundo visível e faria anunciar sua presença.

Uma semana após nosso retorno, embora soubesse que eles nos fariam falta no campo, levei Berry e Moses para dentro de casa. Meu irmão reclamou. Já tínhamos perdido nosso melhor trabalhador, argumentou. Perder mais dois era loucura. Recusei-me a ceder. Discutimos sem parar, exatamente como tínhamos feito duas vezes ainda meninos quando, sem condições de nos afastar um do outro e a raiva sendo alimentada por nossa proximidade, tínhamos brigado até não conseguirmos nos mexer de tanta exaustão, e apenas deitamos lado a lado, soluçando, até encontrarmos forças para nos levantar e voltar para casa.

— Eles não vão para a minha casa — declarou meu irmão.

— Eu sei — respondi. — Vão para a minha.

Sem que percebêssemos, uma sucessão de acontecimentos tinha se desencadeado, como um trem que se põe em marcha, embora tenha me parecido às vezes, nos anos posteriores, que esse trem na verdade partira da estação no dia em que nascemos, que ele estivera por perto o tempo inteiro, atravessando oceanos e continentes sobre trilhos invisíveis, e que os eventos daqueles dias o tinham simplesmente tornado visível aos nossos olhos. Isso pouco importava. Decidido por antecipação ou pouco tempo antes, nosso destino surgiu de repente do nosso passado e passou diante de nós a toda velocidade, deixando-nos plantados, como viajantes gêmeos sobre a planície, observando a lanterna do último carro desaparecer na escuridão.

Tínhamos chegado ao topo e começávamos uma longa descida para a guerra.

PARTE DOIS

I

Muang Tai, ou Sião, para um *farang* como eu, não passa de um sonho agora. O escuro Mekong, túrgido e maduro. O sol. O mau cheiro particular — essência da infância e não desagradável — de água, dejetos e coisas afogadas nas raízes. As casas flutuantes com seus telhados de folhas de palmeira, amarradas umas às outras ao longo das margens. O odor morno das esteiras de bambu; o barulho da chuva. Nadamos no rio mil vezes, rindo das velhas que nos garantiam que Akuna puxaria nossos tornozelos magros para fazermos companhia aos mortos que ele mantinha sob as prateleiras de rocha, as bocas abertas para sempre como as dos peixes e os olhos brancos como nuvens. À medida que crescíamos, nossa ousadia se tornava ainda maior: mergulhávamos sob os barcos de pesca enquanto eles subiam a corrente; nadávamos serenos e rápidos como enguias. Nosso pai nos dizia para não fazer isso, mas não o escutávamos.

Muang Tai era o peixe nas grades de secagem e a polpa doce e macia da longana tirada com a ponta do dedo de sua casca dura e marrom. Era o contorno familiar dos galhos das árvores às margens do rio nos momentos do crepúsculo — a cabeça de um porco na ponta de uma estaca, um homem risonho com um braço quebrado, um homem triste com vestígios de ramos secos nos cabelos; era um tronco na corrente, um grão de linho velho, enrugado como um olho de elefante.

Muang Tai eram os grandes e pesados escaravelhos que amarrávamos com uma alga do rio e fazíamos lutar entre si no chão de terra. Tinham mandíbulas grandes e roxas como cimitarras e brincávamos com eles durante horas, ou pelo menos era o que nos parecia, escutando o estalar discreto de suas mandíbulas, movendo-as para um lado e para outro, projetando-as no ar como marionetes cada vez que pareciam prestes a capturar uma presa real. Embora da mesma tribo, eles se odiavam instintivamente (embora me ocorra agora que pudesse ter sido sua situação difícil tanto quanto sua natureza que fizeram deles o que eles eram), e nós os fazíamos lutar às vezes durante dias, mantendo-os em gaiolas rudimentares para grilos que nós mesmos fabricávamos, alimentando-os com pedaços de peixe e frutas, até o dia em que o escaravelho de Eng, de uma variedade um pouco menor, cerrou as mandíbulas sobre o meu e cortou com um golpe uma de suas longas antenas que lembravam um chicote. Mesmo não sendo uma criança supersensível, esmaguei-o com um pau para abreviar seu sofrimento, mas a imagem do inseto agitado, girando em pequenos círculos, permaneceu na minha memória e nunca mais repeti a brincadeira.

Havia também a tristeza dos barquinhos de folhas, cada um com sua pequena vela, que mandávamos corrente abaixo no festival de Loy Krathong. E o andar pesado do búfalo balançando a cabeça no meio dos arrozais. E o dia em que meu pai viu um píton ainda não totalmente desenvolvido enrolado como uma pequena árvore em alguma coisa na margem do rio. Quando atiramos pedaços de pau, ele vomitou o cãozinho que tinha quase engolido e deslizou, como se entrasse em uma fenda, para dentro da água, uma cadeia reticulada de veludo preto, marrom e amarelo que jogava reflexos azuis como as plumas de um pavão onde passava sob o sol. Deixado para trás na lama, envolto em uma gosma escorregadia, o cãozinho parecia ter nascido cedo demais, ou se afogado no leite muito tempo antes. Não senti pena.

Faz 63 anos, agora, que subimos a bordo do *Sachem* com pouco mais do que a bolsa do Sr. Melville em nosso nome. Quase uma vida. Recebíamos raras notícias de nossa mãe e nosso irmão Nai: uma carta por ano, se tanto, e menos ainda com o passar das estações. E quando chegou a época em que a língua que falávamos em casa passou a soar dura e estranha em nossas bocas, quando começamos a ter dificuldade para lembrar os nomes das coisas mais comuns e por fim desistimos de tentar, o mesmo aconteceu com aqueles que havíamos deixado para trás. Ano após ano, como se por algum processo químico inexorável como a ferrugem no ferro ou o zinabre no bronze, seu toque, sua raiva e seu perfume familiar enfraqueceram, até que as pessoas que tínhamos conhecido com tanta intimidade quanto conhecíamos nossa própria pele ficaram reduzidas a pouco mais que um nome, a uma tristeza ocasional e a uma pequena coleção de lembranças endurecidas, irreconhecíveis sob a pátina dos anos.

Não pretendíamos que fosse assim. Teríamos preferido de outro jeito. No entanto, os barquinhos de folhas de banana-da-terra que tínhamos lançado no rio pela festa de Loy Krathong tinham seguido cada um seu caminho. Alguns, empurrados com força excessiva por seus donos impacientes, ou emborcados pelas ondas geradas pelo barco de algum pescador, deram adeus mais cedo. Outros, surpreendidos por uma inversão invisível da corrente, retornaram ao ponto de partida. E outros ainda — bem poucos, devo admitir — tinham prosseguido viagem, afastando-se cada vez mais na escuridão, suas pequenas chamas oscilantes e frágeis sobre a água escura até desaparecerem de nossa visão. E nós da deles, suponho.

Eu teria ficado. Como Eng, embora ele nunca tenha admitido. Mas Hunter, por trás de seu recato escocês, era tão cruel quanto Barnum; e Coffin, apesar de sua postura presbiteriana, ouvia o tilintar de moedas de ouro a 15 quilômetros de distância. Hunter sabia que tinha localizado uma mina de ouro na tarde em que nos viu — conforme suas próprias palavras — nadando no rio Mekong como um estranho animal de duas cabeças e quatro braços; e Coffin, após garantir a afeição do rei Rama III, soube como lubrificar a engrenagem, quisesse ela ser lubrificada ou não. A permissão do rei estava garantida. Prometeram-nos um salário e a oportunidade de conhecer o mundo. Minha mãe, que perderia não apenas os dois filhos mais velhos, mas também a renda gerada por eles, recebeu uma oferta de 300 libras. Não recusou.

Quando penso nela, agora, vejo-a como era naquela época, como se o tempo tivesse simplesmente parado em Mekong quando partimos. Cada vez mais surpreendo-me com minha lembrança não da pessoa que conheci na vida real, mas da que passei a conhecer em sonhos. Eu já a vira durante o sono e falara com ela centenas de vezes ao longo dos anos, mas só depois de sua morte compreendi que esses encontros fantasmagóricos

— sem o contrapeso de carne e sangue para restabelecer o equilíbrio — tinham invadido devagar o território do passado. Quando eu pensava nela, lembrar-me da pessoa que eu tinha visto, em sonhos, de pé sob o luar ao lado do depósito de tabaco era mais fácil do que imaginar a figura distante que havia chorado no cais de Bangcoc em 1829, quando o barco que levava seus dois meninos e seu píton de estimação afastou-se do porto.

Se alguém tivesse nos contado que jamais voltaríamos a vê-la, não teríamos acreditado. Mas quantos de nós naquela época, parados por algum profeta Elias em um cais quando ainda jovens, teriam acreditado que nossas vidas tomariam o rumo que tomaram?

Quando tinha 5 ou 6 anos, minha Nannie, como toda criança, começou a fazer perguntas sobre seus avós. Quis saber em especial sobre a avó — qual era seu aspecto físico, se brigava conosco quando éramos meninos —, e Eng e eu fizemos o possível para responder. Tiramos a poeira das velhas histórias, desenredamos seus fios e as tornamos atuais. Descrevemos o Grande Palácio de Bangcoc, com seus tetos de azulejos azuis e laranja e paredes em mosaicos dourados. Contamos a lenda do querido barqueiro do rei Trailok, que, depois de encalhar a barcaça de seu senhor em um banco de areia do rio, insistiu, quando seu senhor lhe ofereceu clemência, em ser levado à morte. Repetimos a história simples de como nossa mãe, mulher de um pescador, expulsou os médicos do rei que queriam nos separar quando nascemos; como a mais silenciosa das mulheres que muitas vezes sorria, mas raramente falava, tinha parado na porta de nossa casa flutuante, um galho que ela tirara do fogo em uma das mãos e a faca que meu pai usava para limpar peixe na outra, e mandado que fossem embora.

A curiosidade de Nannie era ilimitada; mas não a minha capacidade de inventar. Curiosamente tocado por seu interesse em uma mulher que jamais conhecera, consciente também do quanto teria significado para nossa mãe saber que uma filha nossa algum dia perguntaria sobre ela, lutei para continuar minhas histórias, preenchendo as lacunas quando necessário, embelezando o que era possível, sempre com a sensação de que minha memória — nossa memória, pois Eng lembrava-se ainda menos que eu — havia nos traído. Aquela não era a nossa mãe. Na batalha ancestral entre língua e tempo — eu pensava —, ninguém ganha. O tempo corre, levando seus prêmios; o que resta são nossas palavras.

Mas então algo inesperado aconteceu. À medida que prosseguimos com nossas histórias ao longo daquelas duas semanas, a impropriedade de nossas palavras tornou-se menos aflitiva, e sua incapacidade de capturar a verdade, menos evidente. Elas acabaram por parecer, se não verdadeiras, pelo menos boas aproximações da realidade, e assim, com nossas consciências parcialmente salvas, íamos em frente; oferecíamos essas histórias às crianças que se reuniam todas as noites ao redor da velha poltrona dupla da sala para nos escutar — histórias que na verdade nunca tinham acontecido sobre pessoas que de fato nunca tinham existido — e elas, por algum milagre de transubstanciação maior que todos os pães e peixes, pegaram as histórias que lhes contamos e as transformaram em algo muito parecido com a verdade. Depois de ouvir pela vigésima vez a história de nossa mãe e dos médicos do rei — uma história tão mais profunda, mais triste e mais bela do que eu jamais conseguiria sequer começar a contar —, Nannie virou-se para nós uma noite de inverno em que estávamos todos reunidos ao redor do fogo e disse simplesmente:

— Minha avó era muito corajosa.

Ali estava: uma pepita de verdade no cascalho de nossas histórias.

— Era mesmo — confirmei, piscando para afastar as lágrimas que tinham aflorado de repente aos meus olhos. — Era muito corajosa, sim, filha. A mulher mais corajosa que já conheci.

Nascemos com a cabeça entre as pernas um do outro (e não contra nossas bundas, como disse certa vez Gideon, no calor de uma discussão) sobre uma esteira dura de bambu em uma casa flutuante amarrada à margem do rio Mekong, no antigo Sião, no exótico Oriente, terra de tigres, de pavões e de pequenos seres amarelos muito parecidos conosco. Como o minúsculo Tom Polegar, a gigante Anna Swan e o Sr. Nellis (a Maravilha sem Braço), fomos abençoados pela desatenção de Deus, malpassados ou cozidos demais, uma pitada de fermento esquecida ou o triplo do que foi pedido, um pedaço de massa mal dividida ao ser levada para assar. Ao contrário deles, tínhamos a bênção adicional de nosso lugar de nascimento, que, na mente de nossos recém-adotados compatriotas, como sabia muito bem o velho Phineas Barnum, evocava uma fantástica mistura de pagodes e haréns, de reis crianças e hordas de bárbaros. O antigo Sião, visível na cor de nossa pele e no formato de nossos olhos, ficava mais distante da State Street do que era possível imaginar. Era pecado e fumaça de ópio. Elefantes com colares de diamantes e beldades de olhos escuros e rubis no umbigo. O Sião era tudo que não conhecíamos, tudo que nossos compatriotas embriagados de Deus temiam e desejavam, e éramos sua exportação mais exótica, estranheza destilada e hiperdestilada. Eles vinham então aos bandos para nos olhar, tocar e cutucar. E pagar. E pagar de novo. Não fazíamos nada. Não cultivávamos nada. Éramos como padres, oferecendo absolvição por pecados que nunca tínhamos conhecido e que mal conseguíamos entender. Durante seis anos, como putas no mercado, apregoamos as mercadorias de Deus.

Poderia ter sido bem diferente.

Posso ver nosso nascimento — eu estava lá, afinal. O quarto instável e pequeno, a esteira de bambu, o cheiro da água e o suor de nossa mãe, a conversa animada das mulheres quando por fim irrompemos neste mundo, apertados como uma noz dupla saltando da casca. Gêmeos. E dois pequenos botões na mistura de pernas e braços escorregadios. Filhos. Durante os primeiros dez segundos de nossas vidas, fomos portadores de boa sorte. Depois o silêncio crescente, a confusão quando tentaram pela primeira vez nos separar, os gritos de medo da tira de pele, subitamente visível, que crescia entre nós como uma planta desconhecida da natureza.

Elas correram. Correram de uma tira de pele de não mais de dois dedos de largura na época, correram — aquelas mulheres que conheciam minha mãe havia anos e que conviveriam com ela por ainda muito tempo — como teriam corrido de algo impuro. Nossa mãe, como sempre havia feito e como sempre faria, tomou a decisão necessária. Deixada sozinha em uma esteira com um par de gêmeos por limpar e chorando entre suas pernas, arrastou-se até a faca que na pressa as mulheres tinham deixado cair, cortou as pontas gêmeas do cordão viscoso e azul que nos unia a ela e depois amarrou as pontinhas feias que sobraram com um pedaço de barbante que encontrou no chão. Avaliou a situação, nos destorceu para que pudéssemos repousar lado a lado e acomodou-se para esperar a saída da placenta. A chuva começou, estalou nas palmas do teto e transformou em gris pálido e aquoso a margem sob a janela. Quando meu pai voltou para casa (ninguém tivera coragem de ir buscá-lo), ela já tinha nos lavado, nos amamentado e nos colocado para dormir.

Sobre o que será que falaram naquela noite? O que sei é que nossos pais aceitaram nosso nascimento como um fato consumado e seguiram suas vidas. Eles já tinham três filhos. Agora tinham mais dois. De muitas maneiras, a natureza peculiar de nosso nascimento era como o tempo: a gente pode querer que ele seja diferente, mas tufões se formariam na Baía de Bengala e os rios transbordariam com a chegada das monções, quiséssemos ou não. Nosso pai, imagino — embora quase não me lembre dele —, balançou a cabeça ao ver a pele que nos unia, observou que parecíamos saudáveis e fortes, deixou cada um segurar um dedo seu e voltou para sua mesa de vender peixe que mantinha em frente à nossa porta.

Outros foram menos otimistas. A notícia de nosso nascimento chegou a Bangcoc quase antes de o barco de meu pai ter batido contra a casa flutuante naquela tarde de maio e, como todo novo acontecimento, celeste ou terreno, precisava ser inserido no emaranhado de superstições que faziam as pessoas se sentirem seguras. Os homens cultos da corte real pensaram juntos e pronto!, a luz se fez. Se um nascimento inatural era um mau presságio, deduziram, um nascimento como o nosso, de uma estranheza ímpar, só poderia profetizar o fim do mundo. O sol se tornaria preto no céu. O próprio Rama II, Senhor da Vida, decretou: Era preciso que fôssemos separados ou mortos.

Não fomos nem uma coisa nem outra.

Eles chegaram três semanas depois, sob chuva torrencial, com as sandálias respingando lama: um grupo de cinco homens, três empunhando guarda-chuvas escarlates com borlas douradas — coisa nunca antes vista em nossa aldeia — e dois vestidos com as roupas amarelas dos monges budistas. Pararam na margem, perto da passarela de madeira que levava à nossa casa. O grupo de aldeões ensopados que os tinham conduzido até ali apontou para o pranchão e se afastou.

— Viemos ver a novidade — disse um deles para minha mãe, que, sem suspeitar de nada e muda de espanto com a augusta delegação parada diante de nossa casa flutuante, convidou-os a entrar. Meu pai tinha saído para pescar.

Posso vê-la correndo à frente, a vergonha substituindo o espanto ao pensar em suas roupas, na simplicidade da casa. Nossa pobreza, imagino, nunca deve ter sido tão evidente aos seus olhos quanto naqueles breves instantes. A peça onde dormíamos sobre uma esteira junto à parede estava quente e malcheirosa, apesar das janelas abertas. Tínhamos nos sujado. Ela tirou com um gesto rápido o pano emporcalhado, limpou-nos com uma ponta intacta, enfiou outro pano embaixo de nossas bundas e disparou pela porta dos fundos no instante em que o barco balançou avisando-a que o grupo subia a bordo. Quem observasse da margem oposta teria visto nossa mãe precipitar-se pela porta lateral como se o barco estivesse sob pressão, dar duas batidas rápidas com o pano sujo no rio, largá-lo no pranchão sob a chuva e correr de volta. Quando os homens entraram na peça principal, orientados, sem dúvida, pelos nossos gritos (estavam preparados para a falta de educação dos aldeões e para o temor respeitoso que sua aparição provocaria), ela estava lá de saia nova para recebê-los, a cabeça bem baixa entre os braços erguidos na saudação *wai,* que ficara espantada demais para dirigir-lhes mais cedo. Uma tigela de rambutãs vermelhos como sangue repousava sobre a mesa.

Eles não perderam tempo. Ignoraram as frutas que ela lhes ofereceu e se aproximaram da esteira, onde chorávamos embaixo do pano amarelo desbotado que tínhamos conseguido deslocar para cima de nossos corpos. Um deles, um homem miúdo, enrugado e com uma barba pontuda, pediu que minha mãe retirasse o pano.

Um murmúrio de surpresa saudou nossa aparição. Foi horrível, um mau presságio, na verdade. Um deles, mais corajoso que os outros, deslizou o dedo macio pela nossa ponte, depois nos virou. Gritamos. Minha mãe ameaçou dar um passo à frente — se para interrompê-los ou ajudá-los, não ficou claro —, mas logo parou. O consenso foi imediato. Precisávamos ser separados. Se sobrevivêssemos à operação poderiam dizer que a ameaça tinha sido superada; se morrêssemos, o decreto do rei teria sido cumprido.

No entanto, se o fim desejado era incontestável, os meios pelos quais alcançá-lo não eram. Houve uma pequena discussão entre os três médicos, durante a qual minha mãe primeiro manteve-se à parte, com ar constrangido, como uma jovem que espera atrair a atenção dos rapazes e depois, talvez por não conseguir pensar em outra coisa a fazer, aproximou-se do fogo. Um garantiu que nosso elo era de carne morta, ou quase, e por isso suscetível de ser cortada ou queimada. O segundo discordou, ao mesmo tempo em que estendia o braço para pegar uma fruta. Cortar a carne seria cruel demais; o elo, observou agachado ao nosso lado, era de grossura considerável. Talvez nos unisse de modo mais vital do que seus colegas supunham. Uma incisão limpa era, portanto, da maior importância, e se a ideia da queima tinha algum mérito, a operação precisaria ser executada o mais depressa possível. Ele acreditava que um fio quente aplicado aqui e ali, explicou correndo a unha comprida pelas bases gêmeas de nossa ponte, onde ela se prendia aos nossos peitos ainda do tamanho de um punho fechado, teria maior possibilidade de sucesso. Os monges de roupa amarela não tinham dito nada. A chuva aumentara.

Tolice, interrompeu o de barba pontuda. Fazer o que os colegas sugeriam seria o mesmo que nos colocar em um saco com uma pedra de bom tamanho e atirá-lo no rio. Éramos pequenos demais para sobreviver a medidas tão extremas. Não, para ter alguma esperança de sucesso, a operação precisaria ser realizada em etapas. Fez uma pausa estratégica, depois apontou para nós, que continuávamos a chorar sobre a esteira. Reparem como os dois têm praticamente o mesmo tamanho e o mesmo peso. Suspendam-nos sobre uma tripa seca e fina, um de cada lado. Só os tirem para lavar e alimentar. Dentro de poucas semanas, seu peso forçará a tripa a atravessar a tira que os une, provocando a separação, mas o processo terá sido tão demorado que o ferimento terá tido tempo de...

Viraram-se como se fossem um só na direção do som estranho, quase desumano, que vinha do outro lado do quarto. Nossa mãe estava de costas para o fogo. Na mão esquerda, caída ao lado do corpo, estava o graveto escurecido com o qual principiara o fogo. Na direita, segurava a faca de limpar peixe de meu pai, a ponta encostada na garganta. O aço, eles podiam ver, já tinha furado sua pele; um filete fino e escuro descia pelo pescoço e embebia sua blusa. Ela parecia não ter consciência do som que emitia — uma fusão perfeita de raiva e desespero, um gemido interno monótono como o som que alguém ouviria de uma criança intimidada por algum valentão no pátio vazio de uma escola, apavorada além do medo, além das lágrimas, além do seu próprio instinto de conservação. O gemido não parava.

Um dos homens começou a dizer alguma coisa, mas logo calou-se. Instintivamente, diante da situação, o grupo começou a recuar. Com o som ainda saindo de sua garganta, os lábios pressionados de maneira tão antinatural que ela parecia lutar para impedir que alguma coisa escapasse de sua boca, minha mãe começou a se mover na direção deles. No momento em que passou pela esteira sobre a qual continuávamos a gritar, sua cabeça tinha se inclinado involuntariamente para trás, e a ponta da faca penetrara mais fundo na pele macia de sua garganta. O filete de sangue se tornara mais espesso e escuro. Na sua blusa manchada, acima do seio esquerdo, desabrochou uma flor escura.

Eles saíram da nossa casa de costas, sob a chuva, esquecendo-se, na pressa, dos guarda-chuvas escarlates que haviam deixado ao lado da porta. Dois anos mais tarde, como ninguém tinha voltado para reclamá-los, meu pai vendeu-os sem problema na feira por 100 bahts cada.

Em alguns aspectos, uma história bem pouco heroica.

Contudo, ela não foi nada além isso. Minha mãe, tímida por natureza e incapaz até de dirigir a palavra àqueles homens da capital que de repente apareceram na sua casa flutuante como seres divinos que traziam consigo o ar da corte real, não conseguia nem por um instante imaginar opor-lhes resistência. Eles pareciam deuses. Nós não éramos ninguém. Eles falavam diariamente com o rei Rama II, que fazia as refeições e ouvia música em uma ilha no Jardim da Noite nos domínios reais. Não passávamos de uma sujeira embaixo de suas unhas, de escamas de peixe espalhadas na borda de uma bancada.

O poder do rei era ilimitado. Seu sangue não podia ser derramado. Para o funeral de seu pai, ele tinha contratado um coche dourado de 12 metros de altura e mais de 10 toneladas. Foram necessários 160 homens para movimentá-lo, e mais 135 para fazê-lo parar. Ninguém, além dos membros mais próximos da família real e de seu pequeno círculo de pessoas íntimas, tinha o direito de olhar para ele. Seus próprios conselheiros não tinham permissão de tocá-lo. O menor de seus caprichos tinha força de lei. Três dias após sua ascensão ao trono, tinha mandado espancar até a morte, com um pedaço de pau com perfume de sândalo, o filho do rei Taksin, um príncipe celestial.

O modo como minha mãe agiu com relação aos médicos reais deve, portanto, ter parecido — tanto para ela quanto para eles — não apenas uma loucura, mas também uma atitude inimaginável. Era o mesmo que enfrentar um tufão com uma vela.

De certa maneira, no entanto, foi exatamente o que aconteceu. Fustigada pelo vendaval, ela fez a única coisa que podia: aproximou a vela de suas roupas, observou as chamas vacilarem e depois subirem pelas suas mangas. Um gesto nascido do mais profundo desespero. O vento cessou. As palmeiras se endireitaram. No horizonte, acima de Bangcoc, uma estrela apareceu em uma fenda nas nuvens. Depois outra.

Os médicos do rei jamais voltaram. Ocupado com a colaboração que dava aos poetas da corte na tradução da epopeia hindu *Ramayana*, o rei Rama II esqueceu que nos tinha sentenciado à morte para evitar o fim do mundo. Artista por natureza, homem que insistia em escolher pessoalmente a decoração dos prédios que encomendava, perdeu-se nas aventuras de Ramachandra e de Sita e nos deixou viver.

O mundo, como é quase sempre o caso, não acabou. Os temores de nossa mãe e de nosso pai, como o pavor que comprime o coração antes do raiar do dia, mas que vira quase brincadeira no café da manhã, acabaram em nada. Nós dois vivemos, crescemos, passamos os braços ao redor um do outro e rolamos, rindo, pelas colinas que acabavam no rio, vendo o céu e a relva rodopiar como os anos em volta de nossas cabeças. Em uma palavra, sobrevivemos. A sentença de morte foi prorrogada, o ponto final, transformado, como na vida da maioria dos homens, em vírgula. A única marca que ela deixou no mundo visível foi uma pequena cicatriz escura na pele do pescoço de nossa mãe.

II

É possível que tudo pudesse ser resumido assim: nossa mãe agachada diante do fogo, nossos irmãos rindo em algum lugar do lado de fora, o gosto de arroz e peixe. Talvez seja o número de vezes que nosso pai puxou nossas orelhas ou nos tocou no rosto, ou os dias (quantas semanas ou meses seriam, se somássemos tudo?) que nós três passamos mergulhados até os joelhos no rio aquecido pelo sol, debruçados sobre as bancadas de secar peixe. O que forma um lar? O choque familiar do barco de nosso pai quando voltava no final da tarde? Ou o modo como o chão se inclinava quase imperceptivelmente quando ele subia a bordo? Ele tirava a camisa e lavava os braços na bacia, depois fazia uma concha com as mãos e jogava água delicadamente no rosto e na cabeça. Qual era o som da água que corria para a bacia?

Quase não me lembro agora daqueles primeiros anos. Nossa vida não era fácil. Ainda que quisessem, meus pais não poderiam tê-la transformado; além do quê, não demonstravam em nada a vontade de fazê-lo. Nunca fomos mimados. Engatinhamos, caminhamos, corremos. Brigamos com outros meninos da nossa idade e mais velhos no chão de terra onde ficava o mercado. Aprendemos a nadar. Com a possível exceção de subir em árvores, podíamos fazer tudo que os outros faziam, só que melhor, já que éramos dois. Quando o teatro flutuante chegou a Mekong fomos vê-lo, e embora uma vida inteira tenha transcorrido entre aquela noite e a de hoje, embora os contadores de história que escutamos estejam mortos há muito tempo, bem como os acrobatas e os malabaristas, lembro-me de todos. Vimos um homem jovem muito forte com uma roupa fantástica combater demônios invisíveis com uma espada flamejante, atacando, desviando-se dos golpes, a lâmina deixando um rastro de faíscas na escuridão até que, de repente, jogando a cabeça para trás, ele levantava o braço e, com um movimento preciso, engolia o aço ardente até o cabo. A multidão prendeu a respiração. Muitas mulheres gritaram. Tínhamos começado a chorar quando ele retirou a lâmina apagada da garganta, sacudiu os cabelos e fincou-a, tremulante, no palco de madeira.

Mas isso — o teatro flutuante, o *pla buk* gigante que conseguiu subir o Mekong e rebentou a rede de meu pai, os fogos de purificação que ardiam na véspera do Songkran — são as poucas pedras que se mantiveram acima do rio. O resto — as vozes familiares, os cantos, as mil vitórias e humilhações da infância — sumiu sob a superfície. Às vezes eu as ouço, quando a noite está silenciosa, chocando-se umas contra as outras na corrente. Os pequenos ossos da memória.

O que quero dizer é que nossa infância não foi muito diferente da que tiveram outras pessoas no mundo que conhecíamos, e bem mais feliz que a da maioria. Nosso pai era chinês e, como todos os filhos chineses de Piatac, o soldado que muito tempo antes tinha reorganizado o vencido exército siamês e expulsado os birmaneses de Muang Tai, gozava sem escrúpulos de todos os privilégios aos quais seu nascimento o habilitava. Desobrigado do trabalho anual nos arrozais, em condições de comprar sua liberação do serviço militar pagando uma pequena taxa, ele aproveitou a oportunidade que lhe foi oferecida e prosperou.

No entanto, apenas seu sucesso — medido por uma nova rede ou um pedaço de tecido para minha mãe — não seria suficiente para explicar nossa felicidade. Nossos pais, pelo que sabíamos, pareciam ter uma consideração muito grande um pelo outro. Meu pai, embora não fosse um cavalheiro por natureza, sempre tratou nossa mãe com gentileza, elogiando-a pela comida que preparava ou pela maneira como cuidava da casa, discutindo com ela seus negócios como se ela fosse um homem e tomando seu partido sempre que era lograda no mercado, em lugar de culpá-la pela desatenção, como a maior parte dos homens faria. Durante todos os anos de vida em comum, ele jamais a agrediu.

Nossa mãe, por sua vez, deu-lhe com tranquilidade nove filhos e trabalhava do primeiro clarão acinzentado e indistinto da madrugada até

73

a profunda luminosidade avermelhada do crepúsculo — dia após dia, de uma estação a outra —, sem queixas ou críticas. Quando Lun Li e as outras mulheres falavam da preguiça de seus maridos enquanto varriam de manhã as tábuas do chão, minha mãe balançava a cabeça para demonstrar solidariedade, mas recusava-se a partilhar as queixas, e elas, notando que ela fazia isso sem assumir um ar de superioridade nem se vangloriar, atribuíam sua reticência ao temor e acolhiam sua tímida irmã de volta ao grupo.

Uma casa barulhenta e feliz, de modo geral. Conversávamos sempre muito à noite e não era pouco o que ríamos. Silenciosa na companhia dos outros, nossa mãe ficava quase animada quando estava conosco e, embora nunca tivesse hesitado em deixar-nos saber o peso de sua mão quando era necessário, meu pai conseguia brincar e sorrir quando queria. Nas noites boas, nos contava nosso irmão, ele imitava Chong Lu sendo apanhado em sua própria rede, ou Luang Bhiari no dia em que quase pisou em um filhote de cobra e dançou como se estivesse possuído antes de cair no *klong*.

Pai. Para onde terá ido?, eu me pergunto. Imagino-o reclinando-se em uma cadeira, talvez cruzando as mãos atrás da cabeça, como eu faço, como Christopher costumava fazer, como *seu* filho certamente teria feito. Quase consigo vê-lo, divertindo-se enquanto nós sete segurávamos a barriga de tanto rir, o pequeno contorcendo-se na esteira, e até minha mãe, com o bebê no peito, escondia um sorriso atrás da mão. Um homem satisfeito. É noite do lado de fora. O ar abafado se movimenta, trazendo o som de vozes familiares, o estalo da lenha, o cheiro de fruta, lama e calor. Ele suspira, estende a mão na direção de sua xícara. O momento passa.

A cólera chegou ao Mekong quando tínhamos 8 anos. Chegou do nada — uma dorzinha no lado, uma tontura repentina ao puxar as redes — e nos devorou vivos. Como em um sonho, uma silhueta pequena e familiar no mercado virou-se... e enfiou os dentes em nossas gargantas.

Nossa irmã mais nova, Song, foi a primeira, seguida dos dois bebês. Lembro-me de meu pai segurando sua cabecinha, tentando fazê-la beber um gole de uma xícara. Os pequenos partiram muito depressa, amparados sobre os baldes, vomitando. Zuo, nosso irmão dois anos mais novo que nós, foi o seguinte. Ele se sujava até quase só expelir sangue, chorava baixinho, depois se calava. Nossos pais, incrédulos, corriam de quarto em quarto — lavando, tomando conta dos filhos, despejando os urinóis com o líquido marrom, fino como água de rio, que fluía de dentro das crianças, ouvindo seus bebês se esvaziarem um após o outro com ruídos que pareciam pequenos latidos e depois mergulharem em um sono agitado e morrerem. Li foi o seguinte. A seguir nosso pai, que, com um olhar estranho, dobrou-se em dois e começou a tremer.

Não me lembro de sua morte. Nossa mãe contou, anos mais tarde, que ele falou conosco até quase o fim para nos tranquilizar, nos confortar. Limpava-se como podia, até que não conseguiu mais erguer a cabeça nem os braços, e pediu que dali em diante minha mãe não nos deixasse entrar no quarto. Era um homem forte e não temia a morte.

Matei a semana que ele levou para morrer. Matei-o também. Matei-o vomitando no balde, depois sacudindo a cabeça e tentando sorrir. Matei-o fazendo pequenas brincadeiras enquanto apoiava-se na parede para evitar cair do balde. Enterrei-o tão profundamente que trinta anos inteiros se passariam antes que eu o visse de novo.

Uma noite, na América, tão longe de Muang Tai quanto eu jamais estaria, acordei em uma casa que meu irmão e eu chamaríamos de nossa com a conversa de um trovão longínquo em um sonho e, uma vez acordado, não consegui saber se ele estava resmungando acima das colinas às nossas costas ou acima dos gigantescos terraços dos arrozais trinta anos antes. A chuva nunca chegou, portanto o trovão que ouvi talvez estivesse realmente sobre Bangcoc.

Lembro-me de ter achado estranho sonhar com ele depois de tantos anos. Não conseguia me lembrar de seu rosto ou de sua voz, contudo ele tinha me parecido tão familiar, tão clara e totalmente vivo, que fui invadido pela ideia de que a morte é menos do que pensamos dela, que talvez apenas continuemos a viver — a cantar, discutir, perseguir moscas — nos sonhos de outras pessoas.

Era noite em Mekong. Meu irmão e eu éramos crianças de novo. Estávamos em nossa casa flutuante. Eu via um bebê dormindo em uma esteira de bambu, nosso irmão Nai comendo pedaços de fruta de uma tigela de madeira. Ouvia um bebê chorar, um homem discutir com a mulher. Deve ser Wei-Ling, lembro-me de ter pensado. Sua casa flutuante ficava ao lado da nossa.

Nossa mãe sonhava, pegando de uma panela de barro, com a mão, pedaços de peixe misturado com arroz.

— Seu pai estará logo em casa — dizia para o fogo, e eu me perguntava por qual acidente estávamos em casa de novo.

Nesse momento a casa balançou de leve e ele entrou. Eu o reconheci no mesmo instante — o rosto largo e bondoso, os olhos, os movimentos. Seu aspecto familiar me partiu o coração. Ele curvou-se para aproximar a fronte suada da nossa, e senti o cheiro do rio. Olhei para além das redes. Sobre a mesa do lado de fora, onde eram feitas as vendas, brilhando sob o luar, havia uma pequena montanha de peixes prateados.

Sentamo-nos ao redor da mesa. Olhei as mãos de meu pai e comecei a chorar. Eram mãos de pescador, com uma constelação de finos cortes brancos, cruzes em miniatura e cicatrizes franzidas. Um corte recente sangrava na articulação do polegar.

— O que foi? — perguntou-me ele. Olhou o corte. — Isto? — Começou a chupá-lo.

— Estou com medo — respondi.

Ele largou a tigela e sorriu.

— Não há motivo para ter medo.

Olhei pela porta. Adiante da mesa de vender peixe, vi os vastos arrozais entremeados com água. Os terraços no flanco da colina se prolongavam até um vale comprido e estreito. Um fogo ardia no horizonte. Meu pai viu-o também e abandonou a comida.

— Sinto muito — disse, virando-se para minha mãe.

Depois estávamos nos arrozais. A casa flutuante desaparecera. Eu via apenas as lanças escuras dos pés de arroz, como fendas no céu. As estrelas brilhavam, se embaçavam e ficavam imóveis. Ao longe, o fogo continuava a queimar, agora maior.

Tentei falar alguma coisa, mas as lágrimas obstruíram minha garganta.

— Preciso ir — ele disse, com um sorriso. — Não é nada, com certeza. — Apontou com a cabeça o fogo que ardia na escuridão e sua coragem apossou-se de meu peito como um punho gigantesco. — Meus meninos corajosos — ele completou, olhando-nos um a um, e depois, acariciando nossos rostos, virou-se depressa e partiu, caminhando com dificuldade na água que lhe chegava aos joelhos e dispersava as estrelas. O céu noturno pareceu fechar-se atrás dele.

Acordei dos meus sonhos chorando pela primeira vez na vida. Eng estava acordado.

— Quer um pouco de água? — perguntou.

— Estou bem — respondi. — Sonhei com o pai.

Ele ficou em silêncio.

— Lembra-se dele? — perguntei.

— Quase nada.

— Alguma coisa?

Senti que ele deu de ombros.

— Lembro-me dele nadando no rio. E da vez que ficou furioso com Li.

— Só isso? — Compreendi que também meu irmão o havia enterrado.

— Lembro-me da morte dele — completou Eng, a voz tranquila.

Mas não era de todo verdade. Ele se lembrava — como acontecia comigo agora — do cheiro que invadiu a casa quando a cólera chegou. Lembrava da rapidez com que todos se foram — nosso irmão, nossas irmãs, famílias inteiras —, de como os vivos, fracos demais para enterrar os mortos, tinham atirado seus corpos no rio, onde a corrente os virava devagar como peixes enormes, amolecidos pela podridão. Lembrava-se de nossa mãe lavando e limpando dias a fio, mecanicamente. Quando nosso pai morreu, ela pegou seu saquinho de bahts e tudo mais que tivesse algum valor e foi procurar o pastor do templo. Em nome do bodisatva, apoderou-se de tudo.

Vê-lo morrer teria aberto um buraco de fogo em nossos corações. Mas ainda que nenhum de nós conseguisse encarar sua morte diretamente, anos suficientes tinham transcorrido para que pudéssemos pelo menos ver a luz fantasmagórica que o incidente lançara ao nosso redor. Deitado no escuro ao lado de meu irmão, eu me lembrava agora de como o caixão de nosso pai tinha me parecido alto sobre o cavalete de madeira, embaixo do dossel branco entrelaçado de flores um pouco murchas; de como o som das flautas, dos tambores e dos gongos tinha me parecido distante no ar denso e impregnado de perfume. Lembro-me do padre budista lendo uma oração e do pano carmim que foi tirado da cabeceira do caixão de nosso pai e cortado em cinco pedaços — um para cada um de nós sobreviventes. Revi as velas acesas, piscando contra o verde da floresta, o estranho frescor da mão de minha mãe.

Os padres levaram o caixão para dentro do templo. Quando afinal retiraram o corpo lavado e purificado de meu pai e o colocaram sobre pedaços de madeira, não era de modo algum ele, mas alguém muito menor e mais magro, e quando o padre acendeu a vela e os participantes da cerimônia atearam fogo na madeira, a massa escura indistinta no centro das chamas não mais parecia humana. Era apenas uma efígie grosseira, nada mais do que isso, ali colocada pelos padres para nos ludibriar.

O ano era 1819. O *uparaja*, irmão do rei, morrera dois anos antes. Do outro lado do rio, diante dos frontões de ouro esculpidos e dos sinuosos *nagas* do Grande Palácio, o Wat Arun — Templo do Amanhecer — erguia-se com tanta imponência quanto o evento que lhe emprestava o nome. Não sabíamos nem nos interessávamos. Se alguém tivesse nos procurado na mesa de vender peixe de nosso pai nas semanas seguintes à sua morte — nossas mãos escorregadias por causa dos peixes e cheirando ao *blachang* que vendíamos por 10 bahts a tigela — e nos dissesse que o rei, que concebera pessoalmente o templo, tinha menos de cinco anos de vida, ou que o Wat Arun só seria concluído após sua morte, por seu filho, não teria significado nada para nós. A capital, a menos de três dias de viagem rio abaixo, era um mundo à parte, tão distante quanto as estrelas, vagamente mítico, tão indiferente ao nosso destino quanto era o tigre ao do caracol sob suas patas. A Terra girava, os reis morriam, os estômagos roncavam.

Foi o ano em que começamos a trabalhar. Nunca paramos. Nossa mãe, desesperada para alimentar os quatro filhos sobreviventes, primeiro tentara extrair óleo dos cocos. Por considerar o trabalho de uma lentidão exasperadora e não lucrativa, ela começou a coletar tigelas de barro quebradas, a consertá-las do melhor modo que podia e a vendê-las no mercado por alguns bahts. Não deu certo. Foi então que Ha Lung, que tinha sido amigo de nosso pai e que perdera dois de seus filhos, nos empregou para ajudá-lo na pesca, e assim nossa sorte mudou. Eng e eu trabalhávamos bem juntos: conseguíamos puxar ou levantar quase tanto quanto um adulto e limpar dois peixes ao mesmo tempo. Um ano mais tarde, compramos nosso próprio barco com o pouco de dinheiro que tínhamos economizado e partimos sozinhos para o rio. Os outros homens, achando graça de nos ver subir o *khlong* com a ajuda de duas varas, abriam espaço e nos deixavam passar. Nossa renda aumentou.

Foi Eng, que sempre teve faro para dinheiro, quem primeiro sugeriu que utilizássemos nosso barco para comprar objetos baratos ao longo do rio e que depois os enviássemos de balsa para o mercado flutuante. Ele tinha percebido outros negociantes venderem suas mercadorias com lucro e não via razão para não fazermos o mesmo. As pessoas ficariam curiosas para nos ver, alegou meu irmão, e comprariam de nós. Concordei. Assim, pouco a pouco, começamos a aprender a delicada arte de nos vender.

Aconteceu exatamente o que meu irmão tinha dito. Curiosas para ver os meninos duplos, as pessoas se aglomeravam ao redor de nosso barco. Agradecíamos fazendo palhaçadas para alguns, mantendo-nos sérios com outros, erguendo de boa vontade a camisa (mas não com muita freqüência, para não baratear o efeito), fazendo-os pagar por sua compaixão em bahts, por sua repugnância em bahts, por seus olhos arregalados e suas bocas abertas em bahts. Logo estávamos guardando um valor respeitável toda semana. Quando voltávamos para casa, dávamos a nossa mãe a pequena soma que tínhamos conseguido e ela a pegava, como pegava no passado o dinheiro que nosso pai ganhava, e a acrescentava à pequena pilha escondida embaixo de uma tábua do assoalho do quarto.

O mérito era todo de meu irmão, sempre reconheci. Astuto como o Pobre Ricardo, ele percebeu nosso valor muito antes de mim, e soube cultivá-lo. Anos mais tarde, negociaria nossa remuneração em Nova York com Barnum com tanta frieza e brilhantismo quanto negociara certa vez tecidos bordados ou tigelas de madeira no mercado flutuante de Mekong. As críticas, no entanto, também iam para ele. Mais flexível que seu irmão pouco inteligente, ele vendia tudo muito barato, cedia às necessidades dos outros com exagerada facilidade e quase não resistia aos olhos espantados do mundo e aos seus dólares e libras.

Eu não sabia disso na época. Trabalhava ao seu lado. Sorria, bancava o palhaço, fazia parada de mão no convés e, diante de uma freguesa renitente, fingia estar um pouco desequilibrado pelos movimentos de meu irmão, para assim fazê-la de novo voltar a atenção para nosso calvário. Por causa de nossa condição, o governo nos classificou como aleijados e idiotas e nos isentou de impostos; aceitei como um direito nosso, e com muita satisfação embolsei o lucro.

Fizemos negócios no Mekong durante três anos, amarrando de noite nosso barco perto do de outros negociantes, ouvindo-os falar sobre mulheres e guerra enquanto comiam de suas tigelas, dormindo com um olho só fechado para proteger nossas mercadorias de ladrões. De manhã, o estalo da madeira e o ruído das cordas sendo desenroladas nos acordavam quando ainda estava escuro e partíamos, impelindo nosso barco com varas na chuva morna, enquanto a floresta aparecia aos poucos ao nosso redor; embora ainda meninos, juntos formávamos quase um homem.

Cinco anos tinham se passado desde a chegada da cólera ao Mekong. Meu irmão tinha nos salvado. Muito antes da morte do rei Rama II, já não sentíamos mais fome.

III

Os fatos são os seguintes: Robert Hunter nunca nos encontrou, nunca nos descobriu, nunca nos resgatou, como gostava de alardear diante dos jovens jornalistas que se aglomeravam ao seu redor, ansiosos por nossa história, e que mantinham sua carteira cada vez mais bem alimentada e gorda. *Nós* o encontramos naquela tarde abafada de 1824, caminhando com passo incerto ao longo da margem do Mekong como um maluco exótico, o rosto parecendo um relógio de sol e a pele tão úmida, sardenta e pálida quanto uma flor.

Descendente de um negociante britânico expulso de maneira vil da Virgínia após a Guerra da Independência, Hunter tinha tocado terra firme em Muang Tai. Cabeça-dura e arrogante por baixo de sua austera reserva escocesa, ele podia mostrar-se persuasivo, encantador até, quando queria. Em um abrir e fechar de olhos tinha comprado um depósito de mercadorias na frente de Bangcoc, do outro lado do rio, estabelecido contatos no palácio real e começado a percorrer a zona rural para adquirir produtos e artefatos com os quais esperava ressuscitar seu decadente negócio de exportação.

Seríamos sua mais bela exportação, sua salvação, sua saída da sombra para a qual o destino e o pouco talento o tinham empurrado.

Estávamos com 13 anos. Tínhamos ido nadar no rio naquela tarde e subíamos de volta ao nosso barco quando ouvimos alguém gritar. Viramo-nos a tempo de ver uma silhueta alta e escura correr pela margem na nossa direção, prender um dedo do pé em uma raiz e cair de cara na grama. Foi seu jeito de cair — como se alguém tivesse pregado seus pés no chão e ao mesmo tempo o empurrado com violência por trás — que nos impressionou. Em um instante ele estava de novo de pé, tentando inutilmente tirar a lama da roupa, agitando os braços, correndo como se nada tivesse acontecido. Quando chegou à beira barrenta da água, fez um sinal para que nos aproximássemos. Nunca tínhamos visto um ocidental antes. Ao contrário do que mandava a razão, fizemos o barco avançar, pensando que poderíamos sempre atingi-lo na cabeça se tentasse embarcar.

Teria sido melhor.

O que ele poderia estar pensando, pergunto a mim mesmo, andando aos tombos pelo interior do país naquele terno escuro e com aquele colarinho alto como se passeasse por Edimburgo no final de setembro? Da margem, gritou toda sorte de perguntas inconvenientes, gesticulou como um louco, desenhando figuras no ar para compensar seu desconhecimento da nossa língua. Em poucos instantes ficou sabendo que éramos comerciantes, que tínhamos uma irmã e um irmão, que vivíamos com nossa mãe em uma casa flutuante na aldeia de Mekong, logo após a curva do rio. Perguntou se poderia nos visitar. Não sabíamos o que responder. Recusar hospitalidade a alguém era errado na nossa cultura, mas a ideia de levar para nossa casa aquela criatura, ainda que agora afundada na lama até os tornozelos (porque não tínhamos deixado de reparar que ele avançara devagar enquanto falava, como um animal selvagem que se aproxima de sua presa), não nos agradava nem um pouco.

Ao perceber nossa hesitação — devíamos parecer a galinha dos ovos de ouro para ele, porém difícil de segurar e prestes a levantar voo —, ele de repente saltou à frente, direto para dentro do Mekong. O homem era maluco. Agarramos nossas varas de remar para nos afastar, com a firme intenção de fazer seus olhos saltarem com uma pancada na cabeça caso conseguisse alcançar o barco, no instante em que ele começou a sacudir alguma coisa na mão direita e a gritar "baht, baht, baht" como um papagaio. Paramos, embora ainda desconfiados, e deixamos aquele maluco que se movia com dificuldade na corrente, com água até o peito, encher nossas mãos de dinheiro. Acima do colarinho, seu rosto estava inchado, disforme por picadas de insetos. Parado ao lado do barco, embolotado e com o olhar parado, ele de repente me trouxe à lembrança um enorme peixe exótico vindo para nos interrogar sobre o mundo acima do rio. Cochichei com meu irmão e começamos a rir.

Sem nenhum constrangimento, Robert Hunter voltou a perguntar se poderia ir à nossa casa.

Ele nos visitou na semana seguinte, na seguinte a essa, e na outra também, sempre com presentes: uma panela de cobre nova e um par de chinelos vermelhos bordados para nossa mãe, uma gaiola dourada para grilos que ele dizia ter vindo de Cingapura, ameixas de casca tão macia que explodiam em nossas bocas. Parecendo pouco à vontade em nossa casa flutuante, ele nos mostrava moedas com símbolos desconhecidos, contava histórias estranhas de oceanos enormes e terras estrangeiras maiores e mais suntuosas do que nossa imaginação conseguia conceber, de países onde homens comuns podiam viver como reis e onde fortunas impensáveis eram entregues a quem pedisse. Não sabíamos nada. Embora nos perguntássemos por que um homem deixaria um lugar como aquele para negociar tigelas e caixas dobráveis (e durante algum tempo tememos que ele pudesse ser culpado de algum crime grave, pelo qual os dirigentes desses países o teriam expulsado), nós o escutávamos, e pouco a pouco fomos atraídos por suas histórias. Formal e duro como uma camisa, Hunter era bastante bem informado para saber que todo paraíso, para ser atraente, precisa ter suas serpentes; sendo ele quem era, certificou-se de que as serpentes desempenhavam seu papel. As mulheres desses países, contou-nos um dia em que nós três caminhávamos pela margem para conferir nossas redes, eram muitas vezes tão escandalosamente dóceis quanto belas, dispostas a permitir as liberdades mais chocantes a quem quer que lhes agradasse. Não eram de modo algum como as mulheres que conhecíamos. Ele nos observou retirar a rede do rio e jogá-la para a margem, os peixes capturados debatendo-se na trama fina. Ele tinha evitado falar sobre isso na frente de nossa mãe, explicou, porém tinha reparado que éramos quase homens e, portanto, suficientemente maduros para sermos alertados quanto aos caminhos do mundo.

Não víamos nenhum perigo. Gostávamos de Robert Hunter. Ainda meninos, ficávamos lisonjeados que um homem feito — e estrangeiro, ainda por cima, o que era literalmente inusitado naquela região — visitasse nossa casa flutuante, nos chamasse pelo nome, nos levasse presentes.

E Hunter, por sua vez, era bastante esperto para avançar devagar, preparar o terreno, fazer germinar suas sementes e esperar — durante anos, se necessário — pela colheita que seria sua. Quaisquer dúvidas que pudéssemos ter tido quanto aos seus motivos desapareceram quando as monções chegaram e se foram e Robert Hunter continuou a aparecer em nossa casa com um leve sorriso tenso no rosto e um presente vistoso nas mãos.

Não tínhamos como saber, embora ele soubesse, que garantir a permissão de nossa mãe era apenas o primeiro, e menor, dos obstáculos. Como todas as pessoas de Muang Tai, éramos propriedades pessoais do monarca; para nos levar para o exterior, Robert Hunter precisaria obter também a permissão do rei. E foi isso, então, que ele se dispôs a fazer. Durante meses e depois anos — infatigável e paciente como a morte — ele insinuou-se na burocracia existente em Bangcoc, fez favores, sondou as fraquezas, estudou os vastos e intrincados fundamentos de deferência e lealdade sobre os quais repousava a monarquia como se fosse um idioma. Durante três anos estudou sua sintaxe, suas entonações sutis. Durante três anos, o tempo gasto em tudo que ele fez foi considerado válido, ou não, na medida em que o deixasse mais próximo de seu objetivo. Durante três anos, cada um de seus atos e gestos foi equilibrado e calibrado visando um único alvo. Ele abriria caminho, com a ajuda do Deus Todo-Poderoso que vela pelos presbiterianos em terras ímpias, até o palácio real. Em outro homem, em outra época, com um objetivo diferente, acredito que esse tipo de determinação insensata teria sido quase admirável.

Na verdade, chegamos lá primeiro.

Por uma grande ironia, Robert Hunter, com suas maquinações e espertezas subterrâneas, pode ter sido o responsável pela mudança em nosso destino. Um cochicho entre os empregados, entreouvido talvez por um dos membros da corte, inflou como uma bolha e espalhou-se através da hierarquia de cônsules, cortesãos e ministros até que, dias, semanas ou meses mais tarde, chegou aos ouvidos reais. Rama III estava no jardim real, oferecendo pedaços de ameixa e carne de caracol às tartarugas do palácio, observando-as espichar os pescoços de veludo enrugado, depois inclinar as cabeças murchas para sua mão estendida. Curioso, o rei perguntou sobre nós, e as tartarugas, solenes como sábios cujas preocupações as tivessem enfeitiçado, ergueram suas cabeças rijas, parecendo também escutar. Tragam-nos até mim, recomendou o rei, acariciando devagar a pele macia do longo pescoço com as costas dos dedos.

Ele ocupava o trono havia pouco mais de um ano. Homem duro com um coração macio, não tinha interesse por balé nem teatro, pelo contrário: dedicava-se à arte da guerra. Enquanto Rama II permanecia em uma ilha no Jardim da Noite ouvindo os poetas recitarem seus versos e contemplando os reflexos duplos das velas dos barcos que deslizavam diante dos pagodes chineses e pavilhões europeus que ele mesmo concebera, seu sucessor tinha nas conquistas sua maior fonte de prazer. Meses após sua subida ao trono, tinha invadido o território laosiano ao norte, subjugado uma parte do Camboja e mandado seus exércitos para a península malaia. Budista devoto, consagrava grande parte de seu tempo a denunciar os missionários protestantes que, com tenacidade digna de um Robert Hunter, não desistiam de tentar salvar nossas almas mesmo sem conseguir um único convertido em 18 anos. No entanto, com exceção de alimentar suas tartarugas e jogar lama nos laboriosos filhos de Martinho Lutero, seus prazeres além da guerra eram poucos, e sua curiosidade, limitada. O que contaram sobre nós, porém, parece ter sido suficiente para quebrar a crosta da indiferença real.

Nossa mãe recebeu a convocação, entregue por um emissário oficial da corte real em nossa casa flutuante no Mekong, enquanto estávamos no rio. Acreditando, de início, que o novo monarca decidira, 14 anos depois, reavivar a sentença de morte, ela não conseguiu pronunciar uma palavra. O mensageiro, ao vê-la tremer, garantiu que não era o caso. Sua majestade estava intrigada, nada mais.

Minutos após sua partida, alguns homens, confederados de nosso pai, foram despachados para o rio. Eles nos encontraram a meio dia de distância, negociando com um velho enrugado um casal de patos para expandir nosso negócio de produção de ovos. Quatro homens nos embarcaram rapidamente em um barco comprido e estreito; outro pulou no nosso — ele nos seguiria no devido tempo. Tarde da noite estávamos de volta à nossa casa, que flutuava um pouco mais fundo com o peso dos vizinhos empolgados e bisbilhoteiros. Jamais acontecera em nossa aldeia algo parecido. Não fosse pelas testemunhas que tinham visto o emissário

85

real de fato atravessar o pranchão que levava à nossa casa flutuante, deixando dois homens à sua espera na margem, teríamos imaginado que nossa mãe tinha enlouquecido.

Fomos preparados para a audiência real e instruídos sobre como agir e nos comportar por Fahg Chu, um de nossos vizinhos no Mekong, cujo pai, diziam, tinha trabalhado algum tempo com um homem que vendera escravos para o palácio durante o reinado de Rama II. Nossa mãe, com a ajuda e o conselho das mulheres da aldeia, confeccionou para nós lindos paletós novos com uma fenda disfarçada embaixo do braço para acomodar nossa condição física. Comprou-nos sapatos novos, também. Quatro dias depois, na manhã de nossa partida, penteou nossos cabelos em dois longos rabichos chineses.

Foi meu irmão quem, a despeito de tudo que acontecia ao nosso redor, teve presença de espírito e coragem suficientes para insistir que levássemos os ovos de pata. Estávamos nos saindo muito bem com o negócio. Mergulhados em uma mistura de argila e sal, depois cobertos com cinza, eles se manteriam frescos por até três anos. A visita real, argumentou friamente meu irmão, talvez não nos rendesse nada; no mercado de Bangcoc, no entanto, poderíamos vender nossos ovos com um lucro considerável, depois usar o dinheiro para comprar mercadorias encontradas apenas na capital. Essas, por sua vez, seriam vendidas no nosso retorno para casa. Na pior das hipóteses, ganharíamos o suficiente para expandir nosso negócio. Talvez nunca tivéssemos outra chance.

Assim, meu irmão e eu partimos ao encontro do junco oficial, que já nos esperava como uma baleia encalhada no ponto predeterminado, a uma hora dali, no sentido da corrente. Vestidos com paletós verde-esmeralda, os cabelos trançados, puxando um carrinho com ovos de pata em conserva, éramos o exemplo de como, tanto na vida quanto na natureza, as coisas pequenas se ligam às grandes. Tínhamos esperado resistência; estávamos preparados para argumentar, negociar. Os representantes do rei escolhidos para nos escoltar até o palácio real, no entanto, tinham uma só coisa em mente: levar-nos sãos e salvos ao soberano na hora prevista. Não era função deles nos interrogar. Tínhamos sido convocados; isso bastava. Os ovos de pata talvez representassem uma pequena parte do interesse do rei por nós. Olhamos extasiados quando dois homens

86

os levaram para o barco com tanto cuidado como se fossem gatinhos recém-nascidos e os empilharam em uma cabine interna, onde nada lhes poderia acontecer. Se tivéssemos chegado à margem naquela manhã com vinte patos grasnando e uma junta de bois, estou convencido de que seriam aceitos também.

A capacidade de maravilhar se atrofia com a idade de modo tão incontestável quanto os músculos se tornam flácidos. Estávamos com 14 anos; nada poderia ter nos preparado para o que veríamos. O rio alargou-se como se fosse cobrir a terra. Arrozais luminosos apareceram, tão extensos que mal conseguíamos distinguir os trabalhadores a distância, inclinados sobre a água. Rebanhos de búfalos pretos, seus dorsos maciços curvados, caminhavam ao longo das estradas, conduzidos por homens munidos de pedaços de pau. Passamos tão perto que podíamos ouvir o fustigar dos rabos contra seus flancos.

Nas proximidades da cidade, tivemos a sensação de que o barco entrava no coração palpitante de um enxame ou de um formigueiro gigante. O rio pareceu se estreitar. Casas e lojas flutuantes apinhavam-se às centenas nas margens. Homens em embarcações de todos os tamanhos e formatos remavam em uma e outra direção, abrindo caminho para nos deixar passar. No meio da multidão, na margem, espalhadas como flores em um campo, distinguimos as roupas de um amarelo intenso dos monges. Mil vozes gritavam, riam, discutiam ao mesmo tempo, muitas em línguas desconhecidas para nós, muitas apregoando suas mercadorias: reconhecemos o grito do vendedor de *blachang* e peixe seco, roupas e artigos de cozinha, assim como nomes que imaginamos ser de ervas medicinais — palavras estranhas para nós. Meu irmão apontou com o dedo. A certa distância, bem acima da confusão de casas, como em um sonho, uma fina espira dourada brilhava ao sol.

A paisagem desfilou, revelando-nos pouco a pouco, sob a espira, um templo magnífico. Mais adiante vimos outra, muito semelhante à primeira, depois uma terceira, ainda mais esplêndida. Reunimos nossa coragem e perguntamos ao homem de ar paternal que nos dera as boas-vindas naquela manhã e que agora, impassível, a uma pequena distância, observava o rio correr, se aquele era o palácio real. Ele não riu de nós. Não sorriu. Apenas inclinou o corpo em sinal de respeito e explicou: os templos, embora lindos, se pareciam muito uns com os outros. Nenhum, porém, se comparava ao palácio real — fosse neste mundo ou no próximo.

A partir do instante em que nosso barco foi acolhido por representantes do rei, que nos ofereceram chá e frutas e logo nos cobriram com uma tenda de seda e nos afastaram dali explicando que ninguém poderia nos ver antes de o soberano satisfazer sua curiosidade real, caminhamos e falamos como se estivéssemos em um sonho. Um sonho de esplendor inimaginável; de mundos dentro de outros mundos; de salas tão grandes e silenciosas que seria impossível ter certeza se a figura sentada no lado oposto junto da porta esculpida era humana ou não, ainda que ouvíssemos o crepitar da chama ao seu lado. Um sonho de poder tão profundo, tão tranquilo, que fechar um olho em frustração ou tédio poderia encerrar uma vida.

Naquela noite nos ensinaram quantas mesuras fazer até o trono, como nos dirigir ao monarca e como responder caso ele se dignasse a nos fazer perguntas. Praticamos como inclinar a cabeça até o chão sob o olhar atento de pelo menos uma dúzia de homens que, com muita paciência, nos corrigiam se nos abaixássemos depressa demais ou nos erguêssemos antes do tempo, explicavam a importância de fazer uma reverência em sintonia perfeita, indicavam, mais e mais vezes, qual deveria ser o timbre e o volume corretos de nossas vozes quando nos endereçássemos ao rei e prestavam atenção quando repetíamos pela sexta, décima ou vigésima vez: "Rei Todo-Poderoso, soberano de muitos príncipes, permita que o Senhor das Vidas caminhe sobre a cabeça de seus escravos, que aqui, prostrados, recebem a poeira de Seus pés de ouro", depois balançavam a cabeça e pediam: "Mais uma vez." Contrariá-los era impensável. Tudo neles — as roupas, as maneiras, a frieza por baixo da civilidade de suas vozes quando diziam "Outra vez" — reforçava uma verdade essencial e incontestável: aquele era um mundo em que, apesar de todas as salas perfumadas e espiras douradas, a cabeça de um homem podia ser separada do corpo com a mesma facilidade com que uma flor é cortada do caule.

De manhã nos conduziram a uma barcaça com 12 remos. Remadores de uniformes escarlates nos levaram margeando os muros até o portão de saída do palácio. Quatro homens fortes nos carregaram em uma rede presa a compridos suportes vermelhos e nos fizeram atravessar um pátio quase tão extenso quanto nossa aldeia, passar por um segundo portão guardado por soldados e, por fim, descer uma ampla avenida. Cruzamos um espaço aberto onde uma dúzia de elefantes aprendia com seus tratadores a se ajoelhar. Quando ultrapassamos um terceiro portão, colocaram-nos no chão. Diante de nós, acima do muro interno, surgiram as espiras do palácio real. Fomos informados de que o rei estava no Salão de Audiências, quase pronto para nos receber.

Não foi senão um mês mais tarde que aqueles poucos momentos no Salão de Audiências voltaram à nossa lembrança; na ocasião, tudo que vimos foi uma sala imensa, as paredes e os tetos pintados de vermelho vivo, as cornijas douradas brilhando e uma fileira de colunas que levavam a um trono situado em plano elevado. Enquanto nos aproximávamos, ouvi o tambor duplo de nossos corações bater como se estes quisessem escapar das gaiolas de nossos peitos. E então o trono estava acima de nós, coberto de placas de ouro. Sobre ele, protegido em três lados por cortinas de gaze, sentado sob um dossel de borlas douradas, estava o rei Rama III. Tinha um rosto redondo e tranquilo. Fechou mais o manto e, distraidamente, tocou o pescoço com a mão direita, pequena como a de uma criança.

Mais tarde, os homens da corte nos informaram que tínhamos nos conduzido de modo adequado e que o rei estava satisfeito conosco. Disseram que tínhamos dado as respostas que ele esperava a todas as perguntas sobre nós e até, em determinado momento, provocado um leve sorriso nos lábios de Sua Alteza. Não nos lembrávamos de nada. Tudo que sabíamos era que de repente um gongo soou com o barulho de um trovão em algum lugar no salão de audiências e com um único grito ensurdecedor todos os homens da corte que nos cercavam se jogaram no chão. Quando levantamos os olhos, a cortina tinha se fechado ao redor do trono como uma porta. O rei desaparecera. Nossa audiência com Rama III tinha acabado.

No entanto, nosso dia mal começara. Parados do lado de fora do Salão de Audiências, fazendo o possível para responder às perguntas dos cortesãos que agora se aglomeravam ao nosso redor, fomos informados pelo oficial da corte designado para nos atender que teríamos permissão para ver algumas das maravilhas do palácio até que os desejos de Sua Majestade com relação a nós fossem anunciados. O Templo de Gautama, os estábulos reais, tudo nos seria mostrado, com exceção dos elefantes brancos sagrados. Ele estalou os dedos. A multidão de cortesãos desapareceu. Mas primeiro — foi esse o desejo expresso de Sua Majestade — seríamos apresentados às esposas e concubinas do rei, no palácio real. Elas tinham ouvido falar de nós bem antes de nossa chegada e tinham insistido em uma audiência.

Uma vida inteira mais tarde, não é dos pôneis vindos da província de Yunnan, na China, que eu me lembro, ou das pinturas que retratavam as aventuras de Rama. Ou, para ser mais exato, embora eu me lembre sim dessas imagens, elas absorveram a sombra e a essência do que as precedeu, do mesmo modo como o sabor de framboesas pode conter o rosto da pessoa amada, ou o perfume do jasmim florescendo no pátio de uma escola pode trazer de volta o gosto de sangue às nossas bocas. O trabalho em madeira no Templo de Gautama, as estátuas de demônios e homens com olhos de rubi, de tigres com oito patas e rosto humano, de pássaros de pescoço comprido com as cabeças grandes e achatadas de serpentes, chegam agora a mim carregadas de um significado, de um sentido, que ninguém mais poderia conhecer. Vinte anos depois, a cavidade atrás do joelho de uma mulher me traria à lembrança a superfície lisa da madeira polida sob meu polegar, e ainda hoje — tão velho que me considero um elmo ou um carvalho com a metade dos galhos secos e mortos, à espera do próximo vento favorável — não consigo pensar na pele translúcida do Buda Esmeralda que vimos naquela tarde no Templo de Gautama sem um leve estremecimento de vergonha e empolgação.

Fomos levados, acompanhados pelo oficial da corte e três guardas do palácio real, por corredores ornados em toda a extensão com estátuas, tapeçarias e enormes colunas priápicas guarnecidas com pedras preciosas. Em um determinado ponto os guardas pararam. Nós três prosseguimos. Mais um corredor, mais uma sala, e o oficial da corte nos entregou a dois homens com ar bondoso parados diante de uma porta imponente, deu meia-volta e desapareceu. Apoiando-se com força nos batentes, os dois homens abriram a porta de madeira esculpida e, com um gesto, nos mandaram entrar. A porta fechou-se devagar às nossas costas como uma pedra que rolasse para voltar ao lugar.

A peça na qual nos encontrávamos era quase tão grande quanto o Salão de Audiências, um enorme espaço cavernoso com teto dourado e paredes cintilantes. Um breve murmúrio de ansiedade saudou nossa entrada. Para onde olhávamos, mulheres em pequenos grupos (devia haver cinquenta ou mais, no total), todas jovens, estavam recostadas em divãs e almofadas e conversavam, riam, arrumavam o cabelo umas das outras, ocupavam-se com um tipo de trabalho de agulha que nunca tínhamos visto. Mesmo atordoado como eu estava, pude perceber que elas eram sensíveis — cada uma, ainda que sutilmente diferente das outras, era encantadora ao seu próprio modo.

Uma das mulheres nos cumprimentou e pediu que nos aproximássemos. Ouvimos risos, murmúrios. Com passo hesitante a caminho do centro da sala, reparamos que quatro ou cinco mulheres saíam por portas laterais escondidas na parede. As outras, de pé, rapidamente formaram um círculo atrás de nós.

Cada atrativo feminino se multiplicava por mil: pés descalços com dedos tão delicados e perfeitos quanto pedras preciosas; olhos tão lindos que congelavam o coração. Sem sequer sair do país, poderíamos imaginar que nos encontrávamos no paraíso do qual Robert Hunter nos prevenira. Mas não foi o que sentimos. Nem um pouco.

Elas queriam saber como nos movimentávamos, como dormíamos. Pediram que nos acocorássemos, depois que nos levantássemos. Conseguíamos nos abraçar? Era possível ficar de costas um para o outro? Queriam ver a ligação entre nós. Tiramos nossos paletós, depois as camisas. Elas prenderam a respiração. Doía? Era uma pele resistente? Poderiam tocá-la? Senti que meu irmão tremia. Pelo canto do olho vi outras mulheres entrando pelas portas laterais, um fluxo sem fim. A sala estava quase repleta, o círculo se fechava, o alarido de vozes e risadas das jovens ressoava por toda parte ao nosso redor. Parecia que mil mãos tocavam a pele que nos unia — a rígida borda superior, a inferior, a suave ondulação no encontro com nossas costelas. Sentíamos isto? E aquilo?

As perguntas variavam. Uma espécie de febre estranha, insaciável e assustadora parecia ter invadido a sala. Éramos fortes? Muito fortes?

Conseguíamos erguer uma mesa? Poderíamos levantar esta mulher? Ou aquela? Levantem, então! Mostrem sua força! Uma mulher com uma flor cor de sangue nos cabelos e os lábios apertados como se zombasse de nós avançou um passo.

— Levantem-me, então, meninos duplos. Mostrem que são de fato fortes. Vamos!

Deitou-se em nossos braços e a levantamos. Senti o cheiro de seus cabelos. Ela passou os braços fortes e claros ao redor do meu pescoço. Senti a suave pressão contra meu peito. De repente, envergonhado, percebi que reagia como se esperaria que qualquer jovem da minha idade reagisse. Soltei-a e a mantive cuidadosamente afastada do meu corpo, rezando para que ninguém percebesse.

Ela compreendeu logo, pela tensão do meu corpo, pela maneira como a soltei. Observou o círculo de rostos que parecia ter se expandido para 1 quilômetro ao nosso redor.

— Vamos ver se eles são homens? — ela perguntou, virando-se em seguida no meio do bramido de risos e aplausos das outras mulheres, mas já muitas mãos avançavam sobre nós, puxavam nossas roupas, forçando-as ao redor de nossos quadris. Senti meu irmão cambalear. A qualquer momento um dos homens do rei poderia entrar, poderia ver. Dei um salto quando a mão de uma mulher apertou-me mais descaradamente do que faria uma cortesã.

— Este aqui promete — disse rindo, puxando-me à frente como um cachorro amarrado com uma corda. — Mas vejam, eles *são* diferentes. Este aqui ainda não está bem cozido.

Olhei de relance para o rosto de meu irmão. Ele mantinha os olhos fixos à frente, adiante da parede de rostos debochados, os lábios apertados como um homem determinado a ignorar o suplício. Lágrimas corriam pelo seu rosto. De repente, encolhido de medo, começou a urinar.

A mulher gritou, enquanto outras explodiram em risadas.

— Agora chega.

O círculo de repente abriu-se à nossa volta, depois se dividiu. Uma mulher que aparentava ser mais velha do que as outras, com o corpo roliço e curvado e um rosto tranquilo e sábio, surgiu à nossa frente. Ela nos viu ali parados com as roupas ao redor dos tornozelos. Um vestígio de sorriso atravessou seu rosto.

— Podem se vestir.

Erguemos depressa nossas roupas. Ela levantou o braço direito e dobrou o punho como se para indicar algo em cima de sua cabeça. Três mulheres avançaram até o espaço livre perto dela, carregadas de pacotes coloridos.

— Muito obrigada pela visita — disse.

Olhei meu irmão enquanto nos levavam de volta através do palácio real para encontrarmos nosso guia. Ele tinha secado o rosto. Nada acontecera. Fomos em frente, os três guardas palacianos às nossas costas, carregando os presentes. Tive vontade de dizer alguma coisa, mas não consegui. Nos estábulos do rei, um dos pôneis reprodutores relinchava agitando a crina preta áspera. Os homens atrás de nós riram entre eles, apontando para a quinta perna que pendia, escura como um intestino, quase até o chão. Meu irmão, embora nascido e criado no interior, não disse nada. Tudo o envergonhava agora.

Naquela tarde, no Templo de Gautama, rodeados por uma fauna de criaturas imaginárias que os escultores tinham tirado da madeira, fomos apresentados ao Buda Esmeralda. Com um tom de voz em harmonia com o silêncio do local, nosso guia nos informou que poderíamos nos aproximar do altar.

Quase transparente, a pele do Buda parecia, em um instante, fina como uma bolha de sabão, e no outro, sólida como pedra. Contido e à parte, inserido no fundo do coração das coisas, ele parecia exsudar um calor fresco, uma irradiação eterna, medida. Há dois mil anos, lembro-me de ter pensado, ele observava a vida dos homens alternar períodos de crescimento e declínio. Uma centena de gerações tinha passado diante dele. Crianças tinham envelhecido e morrido e outras tinham ocupado seus lugares e envelhecido, sucessivamente. Dez mil vozes, um milhão de sonhos, cada um deles específico para aquele que o sonhava — passado. E embora cada um, ao passar, tivesse levado uma parte do mundo, o Buda permanecia imutável, intacto.

Por um momento, parado ao lado de meu irmão, com o olhar fixo na luz que agora parecia pulsar, suavemente, como um coração em repouso, pensei que, se pelo menos eu pudesse lembrar-me daquilo, absorver uma parte daquela vasta e oceânica aceitação do mundo e de suas maneiras, nada mais voltaria a me tocar. E eu seria feliz.

É possível que eu tivesse razão. Mas jamais consegui. Passei meus dias como minha natureza exigia, jogado de um lado para o outro, perto demais da vida. Aceitação, acabei acreditando, era para estátuas, monstros e deuses. Desisti de tentar enxergar qualquer coisa maior que um homem. O que meu irmão nunca fez.

IV

Voltamos para Mekong carregados de presentes, os bolsos recheados do dinheiro que ganhamos vendendo ovos no grande mercado fora do palácio; meu irmão, como era de esperar, se recusara a deixar Bangcoc sem executar seu plano. Tudo que arrecadamos, tudo que recebemos — com a única exceção de uma miniatura de Buda em jade não maior do que meu polegar, que ficaria conosco pelo resto das nossas vidas e que repousa, ainda hoje, em seu nicho na parede acima de nossa cama — transformamos em patos. Na beira do rio, perto de nossa casa flutuante, construímos um grande cercado com um tanque, que logo ficou cheio de grasnidos e penas. Duas vezes por semana descíamos o rio até o golfo de Sião e apanhávamos mariscos para alimentar nossas aves. Elas ficaram tão gordas quanto os frades de Chaucer e logo começaram a ter ninhadas e mais ninhadas que as seguiam pelo cercado como miniaturas de trens grasnadores.

Poucos meses após nosso retorno da capital, já tínhamos começado a prosperar. Contratamos Ha Lung, o homem que nos dera trabalho após a morte de nosso pai, para nos ajudar a transportar os tonéis de sal e argila, e para levar nossas mercadorias até o mercado. Com pernas curtas e arqueadas e tronco de boxeador, Ha Lung trabalhava como um boi. Ao contrário de outros moradores da aldeia, que se ressentiam de nossa sorte e resmungavam entre si, enciumados, ele não parecia perturbado pelo modo como as posições tinham se invertido nem pelo fato de estar trabalhando para meninos; se algum dia passou pela sua cabeça que éramos apenas um ano mais velhos do que o filho e a filha que ele perdera

95

para a cólera, jamais se manifestou. Viúvo agora e vivendo com o único descendente — uma filha — que sobrevivera, ele parecia alegre, mas raramente falava durante as longas horas em que trabalhávamos na sua companhia cuidando dos ovos ou transportando engradados. Só uma vez, eu me lembro, ele parou no meio do caminho que levava ao rio. Era cedo. Havíamos tido uma boa semana. O ar cheirava a grama e barro; as sombras pareciam pintadas sobre a água verde. Nos barcos, amarrados lado a lado, os engradados, empilhados, já chegavam à altura da coxa.

Quando o alcançamos por trás, carregando nosso fardo, meu irmão perguntou-lhe o que tinha acontecido.

— Seu pai teria ficado satisfeito — respondeu ele, sem virar-se para nós, e de repente os cabelos de sua nuca se eriçaram, mas depois voltaram ao normal. — Teria ficado satisfeito — repetiu, e seguiu em frente.

Dia após dia, semana após semana, o milagre de nossa visita à corte real recuava em nossa mente como um santuário no final de uma longa estrada reta. Nossas vidas retomaram um padrão mais ou menos normal. Duas vezes por semana levávamos nossos ovos para o mercado flutuante. Com medo de que algum ladrão encontrasse nossas economias sob a tábua do assoalho e levasse tudo que tínhamos, nossa mãe começou a sair sorrateiramente na escuridão da noite para esconder parte do nosso dinheiro em um pequeno pedaço de bambu embaixo de algumas folhas soltas da cobertura. Meu irmão e eu acreditávamos que, se poupássemos com cuidado, no prazo de um ano teríamos condições de construir um segundo cercado e expandir ainda mais nosso negócio.

Em nossos sonhos, nos víamos negociando ovos de pata ao longo do rio; víamos nossos barcos, que a essa altura tinham se multiplicado e formado uma grande armada, navegarem diariamente até Bangcoc; víamos a nós mesmos vestidos com roupas ricas e condizentes com nossa condição e morando em uma casa na capital, com vista para o palácio real. O próprio rei, ao ouvir falar de nosso sucesso, nos convidaria para uma nova audiência. Ríamos quando falávamos essas coisas um para o outro, como se quiséssemos de fato dizer "É tudo brincadeira, nada além disso, apenas uma bobagem inofensiva para passar o tempo", temerosos, suponho, de ofender os deuses da fortuna com nossa presunção. Mas ah, os sonhos que sonhamos agachados à lama na margem do Mekong, nossos pés nus calçados com os dejetos verdes que corriam do cercado dos patos, nossas mãos enluvadas de branco pela argila e pelo sal. Esses, tenho a impressão agora, fizeram parte dos momentos mais doces que conhecemos no Sião. Que grande tolice pedir aos sonhos que se transformem em realidade. Como se a sombra, reduzida e pálida, pudesse algum dia rivalizar com o próprio objeto.

Não éramos, no entanto, os únicos que sonhavam. Embora momentaneamente atordoado com nosso sucesso, Robert Hunter recomeçara a nos cortejar. Como uma mutuca em um cavalo, ou um pretendente que aparece à porta da amada dia após dia, mesmo sabendo que ela preferiria jogar-se no rio com uma pedra amarrada ao pescoço a desposá-lo, ele parecia decidido a conquistar o que queria ou nos perturbar até a morte, uma coisa ou outra. Semana após semana ele aparecia sem ser convidado, trazia presentes dos quais não precisávamos, arranjava um pretexto para contar histórias que havia muito tinham perdido o encanto, ria de coisas nas quais ninguém mais achava graça. Semana após semana o encontrávamos sentado em uma esteira de bambu em nossa casa, transpirando sob o colarinho. Ele nos seguia como um cachorrinho quando íamos trabalhar. Não sabíamos o que fazer. Começamos a sentir pena dele e, como a maioria dos seres humanos, a odiá-lo por isso.

Éramos jovens demais para conhecer o poder da tenacidade, para saber a que ponto a pressão, aplicada com uma única ideia em mente, para o bem ou para o mal, consegue moldar o mundo ao redor. Éramos jovens demais, arrogantes demais. Fervendo por dentro como uma panela de pressão sempre a ponto de explodir, Robert Hunter nos perseguia. Não tinha vergonha, não tinha reservas. Frustrado em uma iniciativa, tentava outra. Se perdesse o rumo, dava meia-volta e recomeçava a trilha. Se tivesse sido necessário dez anos para pedir ao rei que nos permitisse emigrar, ele teria dedicado a isso dez anos. Se vinte, vinte.

Mas ele não precisou de vinte anos para chegar ao Salão de Audiências. Nem mesmo de dez. Menos de dois anos após voltarmos de Bangcoc, Robert Hunter surgiu no palácio, por assim dizer, e atraiu a atenção de um respeitado comerciante que periodicamente falava com um dos conselheiros do rei. Um mês depois — *mirabile dictu* — o rei concedeu-lhe uma audiência.

Gosto de imaginá-lo diante do trono, fazendo mesuras para o rei pagão, a testa deixando marcas úmidas nas pedras aos pés do monarca. Gosto de imaginá-lo recitando, como nós: "Rei Todo-Poderoso, soberano de muitos príncipes, permita que o Senhor das Vidas caminhe sobre a cabeça de seus escravos..." Isso me diverte. É um quadro interessante. É claro, porém, que ele não teria tido nenhuma dificuldade em fazer o que quer que lhe pedissem. Teria se prosternado durante dois anos. Teria limpado o chão dos estábulos reais com a língua se tivesse sido preciso para nos tirar de Muang Tai.

Mandaram que se erguesse. Com os olhos baixos na presença do rei e a mente a mil, Robert Hunter fez seu pedido. Ele era Robert Hunter, comerciante, cidadão de um império distante e de poder incomparável chamado Grã-Bretanha. Tivera a sorte de travar conhecimento com dois súditos de Sua Majestade, os chamados meninos duplos da aldeia de Mekong, que tinham divertido Sua Alteza Real dois anos antes, e mais isso e mais aquilo. Eram de fato frutos raros no mundo, símbolo vivo das muitas maravilhas do Império etc. etc.

Ele não tinha ideia do que o rei estava fazendo ou pensando. Com uma vaga noção de que se prolongava demais, foi direto ao ponto. Ele, Robert Hunter, humildemente desejava pedir a permissão de Sua Majestade para levar seus súditos para o exterior — por um curto período apenas e sob sua constante supervisão —, a fim de exibir essas maravilhas humanas para o resto do mundo.

Ah, que alegria! O monarca, que mantivera o tempo todo os olhos fixos em um ponto no chão a poucos passos à esquerda de Robert Hunter, inclinou um pouco a cabeça para a direita e, ao mesmo tempo, ergueu o queixo. Parecia interessado; preocupado, até. Em sua testa, uma rede de finas rugas tinha aparecido, como cursos d'água em miniatura. Um rio de reflexões sulcava a fronte real. No mesmo instante, um dos oficiais da corte colocou-se ao seu lado, o ouvido colado nos lábios reais. O monarca estava preocupado com uma das tartarugas reais. Ela não comia como deveria. Era preciso tentar alguma coisa diferente. De imediato. Ou talvez Sua Eminência tivesse reparado que a pedra à esquerda do cavalheiro ocidental estava com má aparência ou descorada.

Um grande gongo soou. Com um grito, os cortesãos reunidos jogaram-se no chão. A audiência real estava encerrada. O monarca não se dignara a responder.

Um par de sandálias e uma rocha no Tártaro teriam sido preferíveis a isso. Pelo menos o filho do velho Éolo, justamente punido por sua artimanha, tinha conhecido a vontade dos deuses. Robert Hunter, no entanto, ao contrário de Sísifo, nada sabia. De volta ao pé da colina por uma razão que não conseguia discernir, fez a única coisa que podia. Sem um olhar para o mundo suntuoso que o cercava (que deve ter parecido, naquele instante, tão árido e sombrio quanto o reino de Hades), retomou a subida. Talvez ele fosse americano e não escocês. Apenas na América encontramos um zelo tão refinado, uma mesquinhez tão pura que parecia vinda dos deuses. Somente no caldeirão borbulhante do Novo Mundo as motivações mais básicas uniam-se às mais altas justificativas para produzir um desprezo — com relação ao tempo, com relação ao destino, com relação ao finito limite de nossos dias — tão perfeito e profundo.

Quase três anos tinham se passado desde que Robert Hunter nos vira pela primeira vez, nadando no rio. Estávamos com 16 anos. Ele não ganhara nada. Ao contrário, tinha sido largado fora dos muros do palácio, como uma mercadoria rejeitada; despachado com grande desonra, sem ao menos a gentileza de uma resposta ao seu pedido. Ele não se abalou e começou a pressionar. Na vez seguinte o monarca escutaria.

No entanto, ainda que Robert Hunter jamais tenha sabido (felizmente, pois até ele teria ficado desconcertado pelo modo como seus esforços pareciam destinados a passar ao largo dele e *nos* iluminar), Rama III o *tinha* ouvido, ou ouvido o suficiente, pelo menos, para lembrar-se da nossa existência. Preocupado em organizar uma missão diplomática que seria mandada à Cochinchina com o propósito de regulamentar o comércio entre as duas nações, o monarca agora determinava que deveríamos ir junto. Éramos um produto raro, ressaltou, como uma fruta; um símbolo vivo das maravilhas de seu império. O rei da Cochinchina com certeza se divertiria, como ele mesmo se divertira, com a nossa presença.

Foi assim que, pela segunda vez no curso de nossas curtas vidas, o emissário real apareceu em Mekong. Tinham nos prestado uma grande honra. O rei Rama III desejava que acompanhássemos sua missão diplomática à Cochinchina. Quando chegasse a hora, nos buscariam.

V

Entramos no Golfo de Sião a bordo de um junco siamês de 500 toneladas, feito de merbau e teca. No momento em que colocamos o pé no convés duro e polido, tivemos certeza de que entrávamos em um novo tipo
de mundo, um mundo de sal e vento, de horizontes retos e nítidos como
uma ripa de bambu. Observamos a tripulação levantar a âncora como se
fosse um grande animal incrustado de craca. A vela agitou-se, impaciente, ao receber o vento, e enfunou. As vigas sob nossos pés gemeram alto.
E Bangcoc tornou-se cada vez menor aos nossos olhos. Ficamos na proa
o primeiro dia inteiro enquanto as nuvens encobriam o céu, sem sequer
perceber que o vento esfolava em silêncio nossa pele pouco acostumada.
Naquela noite, vimos o horizonte fino como uma vela tingir-se de um
fulgor laranja como se em algum lugar, adiante do limite da Terra, o mar
estivesse em chamas. Talvez estivesse.

Durante seis semanas navegamos para o sul, parando por vários dias
seguidos em portos ao longo da costa do Camboja. Em Vung Tau, um
promontório rochoso que avançava como um queixo teimoso para dentro do golfo, subimos um rio largo e barrento. Enorme e borbulhante,
sibilava contra as margens. Remoinhos sugavam o ar; correntes invisíveis
formavam espirais na água marrom, depois sumiam. Uma semana mais
tarde, lançamos âncora abaixo da cidade de Saigon. A notícia de nossa
chegada tinha nos precedido. Catorze elefantes, enviados pelo governador do distrito de Camboja para nos transportar, esperavam sob uma
pesada chuva quente, suas cabeças maciças inclinadas como se suplicas-
sem à corte real. Fomos içados, com alguma dificuldade, para um dorso

amplo coberto por um tecido preto e grosso e, inclinados e oscilando como um pequeno barco em mares turbulentos, nossas pernas externas penduradas sobre o flanco, começamos a nos movimentar.

Não houve premonições nem sonhos proféticos. Se tudo me parece escuro neste momento, quando revejo a caravana que serpenteia na chuva sibilante rumo a Saigon, é apenas porque sei agora o que nos esperava. Estou convencido de que naquela ocasião meu irmão e eu não notamos nada, nem a tensão nas costas eretas dos homens à nossa frente, nem a formalidade medida, subitamente cautelosa, do nosso embaixador.

Quando os lobos têm medo, diz o ditado, os sábios trancam a porta. Deveríamos ter notado. Fidalgo de cabelos grisalhos, admirado por sua cortesia espontânea e maneiras impecáveis, confidente direto de Rama III, nosso embaixador tinha ido falar conosco duas vezes no convés, ouvindo cordialmente nossas conversas bobas de meninos de 16 anos enquanto sua guarda pessoal se mantinha ao seu lado, impassível, aparentemente acostumada ao seu jeito. Gostamos dele desde o início. Era impossível, mesmo para nós, deixar de perceber, sob o exterior agradável, uma alma de excepcional determinação e força. Ele tinha sido guerreiro durante o reinado de Rama II. O próprio rei, segundo nos contaram, recorria às vezes a sua opinião. Tínhamos ouvido falar que se tratava de um homem destemido. Não era verdade.

Claro, é possível que nosso embaixador — como todos os outros, na verdade — desconhecesse o tipo de mundo em que estávamos entrando; que avançassem com cautela, como gatos em um espaço aberto, simplesmente porque se sentiam expostos, incertos, porque a chuva caía de modo implacável ou porque os criados, em seus trajes elaborados e encharcados, respondiam aos comandos gritados por seus chefes com uma vivacidade que parecia inspirada por algo mais persuasivo do que obrigação ou obediência. Nada era óbvio. O *wai* que tinha saudado os representantes do nosso rei, ainda que com a profundidade devida, tinha parecido um pouco apressado, como se essas saudações não tivessem importância, não passassem de mera formalidade. Vindo de subalternos, havia algo desconcertante nessa obediência sem respeito, e embora o sorriso de nosso embaixador permanecesse o mesmo, creio lembrar-me que seus olhos voltaram-se devagar para os soldados de rostos duros e sérios que, impassíveis, esperavam na chuva. Havia algo de errado ali. Um império, ele sabia, nutre-se da raiz imperial. E o embaixador percebera, imagino, o primeiro indício de podridão.

Durante uma hora ou mais avançamos sob a chuva. Quase colado ao meu joelho, eu podia ver o olho esquerdo de nosso elefante, enfiado bem fundo na pele grossa e enrugada, piscando cada vez que o filete de água abria caminho entre os pelinhos duros que cobriam sua cabeça. Ele parecia sensível e aterrorizado, e por um momento tive a impressão de que eu via um ser humano encurralado em um tronco de árvore, espiando pelo olho de um nó na casca.

Surpreendi-me contando o número de vezes que ele piscou. Eu tinha chegado a 56 — por alguma razão ainda me lembro disso — quando a cortina gotejante da selva abriu-se como se puxada por mãos invisíveis. Estávamos em uma ampla avenida margeada por lojas, quiosques e pequenas construções de madeira. As pessoas saíam das construções para nos olhar, e a chuva que escorria de seus chapéus de camponeses quase lhes ocultava o rosto. Em poucos minutos uma multidão agitada se acotovelava para desviar de nós. Aqui e ali, abaixo do mar de palha, atrás das colunas de água, eu vislumbrava rapidamente um queixo reluzente, um maxilar barbudo, um longo dente em uma boca aberta.

Uma floresta horizontal de braços magros, gotejando água, veio na nossa direção; ouvi mil vozes gritarem algo que não conseguíamos entender.

— O que eles querem? — berrou meu irmão por cima do alarido.

Não tive tempo de responder. Nosso elefante tinha parado diante de um prédio de madeira. Soldados apareceram do nada, fazendo a multidão recuar com pequenos golpes de uma vara fina. Braços fortes se estenderam para nós e nos retiraram do dorso do elefante. A multidão se precipitou. Vi homens e mulheres serem derrubados no chão, chutados entre as pernas. Um após o outro eles se contorceram como caracóis dentro de uma concha de braços e joelhos. Vi uma jovem, golpeada no pescoço, parar de repente com olhar de extrema surpresa e em seguida cair. Uma mulher com um corte enorme que ia do nariz até o queixo

103

cambaleava no meio da multidão com as mãos embaixo do rosto para aparar o sangue, à procura de seu chapéu.

Assim foi nossa entrada em Saigon. Naquela tarde, uma guarda de cem soldados estava ao nosso redor para nos proteger. Deviam nos acompanhar até o fim de nossa estada. Durante três dias nos seguiram por toda parte. Ficaram ao nosso lado quando atravessamos o principal bazar de Saigon enquanto a delegação oficial cumpria suas tarefas. Esperaram, formados em oito fileiras, diante da porta da residência do governador, onde nos prostramos em sinal de reverência, tocando com a fronte o frio chão de pedras. Negligentes e indisciplinados, com os olhos embaciados e perdidos que eu só vira antes nos subnutridos perenes ou nos idiotas congênitos, eles pareciam despertar de sua letargia apenas para bater e infligir dor, e depois de fazer voar com um golpe o chapéu de um homem ou de uma mulher, ou de fazê-los gritar pela única razão de terem se aproximado demais, voltavam a dormir. Não adiantava discutir com eles. Não compreendiam uma palavra do que dizíamos, e não teriam escutado mesmo que compreendessem. Uma tarde, quando avançamos instintivamente para tentar impedir o espancamento de um velho que se arrastava de joelhos, maluco demais ou senil demais para implorar misericórdia ou se proteger, nos deparamos com braços erguidos e rostos parados sem expressão. Era evidente que a qualquer momento a guarda poderia virar-se e devorar os seus.

Quando pedimos ajuda ao embaixador, descrevendo-lhe o que tínhamos presenciado, ele explicou que nada podia fazer. Estávamos em terra estranha. Devíamos nos conter a qualquer custo. Como emissários do rei, precisávamos levar nossa missão até o fim. Suspirou. Não são gente de vocês, ele argumentou. O destino de estrangeiros não devia preocupá-los.

Mas nos preocupava.

Durante quase uma semana fingimos estar doentes para não precisar sair. Eu conhecia meu irmão. Fazia dias eu observava que ele estava cada vez mais quieto. Fazia dias — quase desde nossa chegada — eu percebia mudanças nele; pouco a pouco a abundância desapareceu de seus gestos, a tranquilidade abandonou sua voz. A partir de nosso quarto ou quinto

104

dia em Saigon ele quase não falava mais; dormia sem se mexer. Cada movimento era agora uma pequena violência. Eu sabia o que estava por acontecer. Como água em um recipiente vedado, sua raiva se acumularia até explodir.

Se ele partisse, eu iria com ele. E nós dois sucumbiríamos. Por isso, propus fingir a doença até que a mensagem enviada por nosso embaixador a Hué com o pedido de uma audiência com o rei fosse respondida. Durante seis dias ficamos deitados lado a lado em uma cama grande, queixando-nos para os médicos de dores na cabeça e no estômago, engolindo as poções amargas que receitavam para nossa doença inexistente, conversando baixinho para passar o tempo. Nos distraíamos com jogos de memória, tentando nos lembrar de todos os detalhes de algum fato acontecido anos antes. Procuramos formas nas madeiras acima de nossas cabeças. Falamos sem parar sobre o que faríamos na volta para casa. Dormimos. De certo modo era como se fôssemos crianças de novo, à exceção de que tudo lá fora estava escuro e errado: nossa mãe e nosso pai tinham sido substituídos por pessoas estranhas; o que já tinha sido um santuário era agora uma armadilha com lingueta de aço. Ouvíamos os guardas na rua, sob nossa janela: longos silêncios pontuados por uma única palavra, uma folha de bétel mastigada e cuspida, um estalo de madeira.

Muitos anos depois, quando um jornalista do *Hartford Courant* nos perguntou a propósito de nada se já tínhamos sido presos, respondi que sim, e meu irmão não me corrigiu.

No sétimo dia, ao saber que uma mensagem chegara do palácio real de Hué, saímos do quarto. Tinham mandado que embarcássemos para Touran, uma aldeia costeira, e que lá esperássemos as instruções de Sua Eminência. Deixamos Saigon duas horas depois.

A praça do mercado, quando a atravessamos naquela tarde de maio, estava quase deserta; nuvens de moscas agitavam-se ao redor dos quiosques sombreados. O sol, após dias de chuva, tinha aparecido. Em todo lado para o qual olhássemos, os telhados de palha da cidade fumegavam como se o mundo estivesse por irromper em chamas. Vapor emanava da terra das estradas; carroças passavam, deixando um rastro de poeira como fumaça de incensários. Precedidos e ladeados por um pequeno exército de soldados — um absurdo, porque nenhuma multidão apareceu —, nossos elefantes desfilaram diante das lojas que vendiam seda e porcelana chinesa. Quase no fim da avenida, eu lembro, passamos por um pequeno quiosque sombreado por tiras de pano amarradas em varas. Dentro, um homem esfolava com cuidado uma serpente com a ajuda de uma faca pequena e curva. Enrolando a pele no braço como uma grossa atadura enquanto executava o serviço, fez um rápido corte, soltou-a de seus dedos e atirou-a em uma pilha ao sol. Ela caiu como uma fita gorda sobre um monte de fitas similares, e a floresta fechou-se ao nosso redor.

Cinco dias depois, chegamos ao porto de Touran, sob uma chuva torrencial. Uma mensagem do rei nos informava que um mandarim chegaria no dia seguinte com quatro galés para nos levar a Hué.

As galés em que embarcamos na manhã seguinte, embora tivessem 30 metros de comprimento, mais pareciam lanças do que barcos. Quarenta homens esperavam nos remos de cada uma. Quando todos estavam confortavelmente instalados nas almofadas empilhadas a meia-nau, quatro homens ficaram de pé na popa de seus respectivos barcos, cada um segurando no alto duas varas de bambu. Um grito ecoou forte. Cento e sessenta remos emergiram da água, se elevaram, se imobilizaram. Ao som de um bambu chocando-se contra o outro, os barcos avançavam. No fim de cada remada, os bambus voltavam a ressoar. Os remos buscavam mais água, a capturavam e encapelavam. Menos de 24 horas depois, estávamos na embocadura do rio Hué, nossos barcos cruzando ao largo do forte, onde víamos as fileiras de soldados que vigiavam nossa passagem. Poucas horas depois, estávamos na capital.

Um mandarim de alto posto, com um séquito de soldados, conduziu-nos a uma casa que tinha sido preparada para nossa chegada. Logo que entramos na magnífica estrutura de madeira com balaustradas curvas e mobília decorada, ouvimos barras de ferro deslizarem de volta para o lugar. As portas, segundo nos disseram, tinham sido bloqueadas, e todas as entradas estavam protegidas. Embora livres para deixar o território da Cochinchina a qualquer momento, enquanto durasse nossa estada seríamos considerados prisioneiros do rei: uma simples medida de precaução, nos garantiram, uma espécie de formalidade destinada a impedir qualquer possível mal-entendido com o populacho. A população não estava acostumada com estrangeiros e poderia ter uma reação inesperada. Olhamos para fora. Soldados rodeavam o prédio.

O mandarim sorriu. Nossos mínimos desejos seriam atendidos, explicou. Sua Eminência concederia a nosso embaixador e dois diplomatas graduados uma audiência no momento oportuno. Nesse ínterim, nos forneceriam distração para compensar a longa viagem. Entretenimento como jamais tínhamos visto, assegurou.

Acho engraçado agora, sessenta anos mais tarde, pensar que um dos maiores horrores de minha vida me tenha sido apresentado como diversão. Que nos tenha sido oferecido, como uma monstruosidade cintilante sobre uma bandeja de prata, como uma compensação pela nossa fadiga. O mundo, poderíamos dizer, gosta de uma boa brincadeira.

Logo descobrimos que a apresentação originalmente programada para nós tinha sido cancelada de repente. Apenas uma semana antes de nossa chegada — estranha coincidência — as forças reais tinham sufocado uma rebelião armada nas províncias, um incidente sem importância, nos garantiram. O líder da revolta, um antigo general do Exército, tinha sido capturado vivo. Seríamos os convidados de honra na sua execução. Como representantes de Rama III, cujas vitórias militares recentes no Camboja e na Península Malaia não tinham passado despercebidas, com certeza valorizaríamos o rigor com que um império igualmente grande aplicaria a lição de obediência ao trono.

O traidor sem nome, nos informaram, seria a pessoa que nos distrairia no modo tradicional. No primeiro ato, amarrado com segurança, mas livre para gritar, ele seria puxado por cordas, os pés primeiro, para dentro de um tonel de água fervente. A descida seria interrompida na altura dos joelhos. No segundo ato, ainda inteiramente consciente (o criminoso deve manter-se o tempo todo a par do que está acontecendo, para sentir o peso de seus crimes), ele seria obrigado a sentar-se sobre uma ponta de aço afiada. Seu próprio peso e o passar do tempo o matariam, fazendo-o compreender pela ponta metafórica — tão essencial para o povo — que os atos de cada um são responsáveis por seu destino.

Isso, no entanto, não aconteceu. Para fúria de todos os envolvidos, o prisioneiro tinha, aparentemente, conseguido envenenar-se em sua cela.

A apresentação precisou ser cancelada. Informado do desenrolar dos fatos enquanto nos encontrávamos na confortável sala de reuniões do andar térreo, nosso embaixador, como sempre, não deixou transparecer nada, nem a fraqueza da repulsa nem a covardia de uma decepção fingida. Com um piparote em um grão de areia no seu colo ele evitou o constrangimento, equilibrando-se com tanta confiança na linha entre comiseração e desinteresse que dava a impressão de ao mesmo tempo solidarizar-se com seus hóspedes e fazer o possível para tentar não parecer aborrecido com as preocupações deles.

Nossos anfitriões, no entanto, não seriam desencorajados tão facilmente. No meio da tarde do dia seguinte, fomos levados a um forte militar a pouca distância do alojamento oficial onde estávamos hospedados. Guardas nos fizeram entrar. Subimos um lance de escadas escuras e chegamos a um corredor interno vazio que parecia contornar todo o prédio circular, depois passamos por duas portas comuns de madeira. Por um momento, a claridade repentina nos cegou. Logo abaixo, brilhando como uma moeda ao sol, havia uma arena de areia, a céu aberto. Ao redor, na sombra do enorme telhado circular, vinte ou mais fileiras de bancos de madeira estavam dispostas em semicírculo. Bem abaixo, exatamente no centro do vasto espaço aberto, acorrentado a uma estaca que parecia um enorme ponteiro de relógio, havia um tigre adulto.

A imponente fera estava deitada na areia. No instante em que ocupamos nossos lugares, imaginando se aquela seria a nova atração que nos tinham preparado, chegaram os mandarins e seu séquito de soldados. O homem que nos recebera no dia anterior acomodou-se ao lado de nosso embaixador. Os bancos foram rapidamente ocupados. Vi nosso embaixador, sentado em uma almofada de seda, inclinar-se para fazer uma pergunta ao anfitrião, que sorriu e apontou para o grande bloco de sol que enchia os portões abertos do forte. E então os senti. A madeira sobre a qual estávamos sentados começou a tremer. Olhei para meu irmão. Ele estava imóvel e com a respiração suspensa. Era a própria imagem da incredulidade.

Eles entraram pelo portão em quatro fileiras de 15, regiamente enfeitados, conduzidos por guardas em uniformes que reluziam ao sol. Ainda sem compreender, acreditando que nos apresentariam alguma pantomima de batalha, alguma alegoria bem ensaiada e inofensiva do terror vencido pela força monarquista, dirigimos o olhar para o tigre na arena. Por que não rugia?, nos perguntamos. Ou batia o rabo? Ou caminhava de um lado para outro?

Sempre um pouquinho mais rápido que meu irmão para reconhecer o horror, compreendi apenas uma fração de segundo antes dele. Um grande espasmo de compaixão invadiu meu peito. A fera quase não se mexia porque suas garras haviam sido arrancadas; não rugia porque suas mandíbulas tinham sido costuradas, provavelmente deixando espaço apenas para que a comida fosse introduzida, com um bastão, entre seus dentes. Mal podia se mover, muito menos lutar. Deu alguns passos, o queixo e os bigodes brilhando por causa da baba que escorria, depois começou a esfregar a cabeça no chão. De todas as direções à nossa volta elevou-se um coro de vozes furiosas. Por que ele não fazia nada? Por que não se mexia? Homens ergueram-se. Alguém atirou um chicote. Caiu na areia como um pássaro abatido.

Virei-me para Eng. Lágrimas corriam pelas suas faces. Desde alguns minutos antes eu sentia um tremor surdo passar por nossa ponte, profundo como febre. Eu não podia fazer nada.

— Vai acabar tudo bem — falei tolamente. — Não olhe.

Com as duas mãos, empurrei suavemente suas costas e cabeça. Como uma criança, ele deixou-se curvar à frente.

Tentei olhar para baixo, como ele, mas não consegui. Levantei a cabeça e vi as fileiras de elefantes, cada um deles enorme, do tamanho de uma casa pequena. Seus condutores, que pareciam soldados de chumbo perto dos maciços animais, agora estavam ao lado deles. Trinta metros adiante, o tigre ainda não se mexera. Plantado como um cachorro velho, o enorme crânio afundado entre os ombros, ele de repente arfou, lançou um fio de vômito e sentou-se.

Foi nesse momento que um dos elefantes machos, um gigante com enormes presas amareladas, rompeu as fileiras. Barrindo em desatino, começou a recuar e, ignorando o condutor liliputiano que corria ao seu lado, gritava ordens e batia em seus flancos com um chicote de ratã, se pôs a correr em círculo.

Tudo pareceu acontecer ao mesmo tempo: o elefante, interceptado por três outros, foi dominado. Seu condutor ajoelhou-se. Um homem es-

109

tava de pé ao seu lado. Ouvi alguém rir e olhei à minha direita. Um som de lâmina rebentando uma cabaça. Virei-me. Algo escuro rolava no chão como se fosse uma bola de meia. Eu não conseguia entender o que via. Um soldado fazia alguma coisa; outro chutava areia sobre um risco profundo no chão; dois outros, à sua frente, arrastavam o corpo decapitado do condutor para o lado. E então meu estômago se revoltou e vomitei silenciosamente nas tábuas, entre minhas pernas.

Ele lutou. De maneira impossível, absurda, até, movido por algum instinto profundo, ele lutou. Um a um, os elefantes foram forçados a atacar o felino titubeante que se projetava como um peixe fisgado na ponta de sua corrente. Quando se aproximavam, o tigre se jogava contra eles, atingindo suas caras com patas grandes como pratos, cujas garras, se existissem, teriam se fixado e arranhado até o osso; pressionando as mandíbulas inúteis contra seus pescoços; rodopiando e agitando-se no ar cada vez que era atirado, e conseguindo, de algum modo, repetidas vezes, escapar de sob suas pernas, que eram espessas e pesadas como colunas dóricas e tentavam esmagar o pouco de vida que lhe restava.

A arena estava tomada por um estranho silêncio; ninguém se mexia. Era como se a batalha tivesse lugar no fim de um longo túnel escuro e eu fosse o único a observar aquele felino, de algum modo novamente grandioso, que se atirava em silêncio contra um muro movediço. De repente, durante apenas um breve momento, a engrenagem pareceu enguiçar, hesitar, e naquele instante vislumbrei o impossível, como uma criatura tímida da floresta na borda de uma clareira ao cair da noite. E então a visão passou. A engrenagem voltou a funcionar. O décimo, o duodécimo ou o vigésimo gigante, enrolando a tromba como um píton ao redor do pescoço do tigre, projetou-o muito alto na direção do sol e ele caiu com um estrondo terrível sobre uma das presas erguidas. Uma pontinha branca e lustrosa saiu pelo seu dorso de maneira obscena. A batalha estava ganha.

Com barridos terríveis, agitando a cabeça para um lado e para o outro como um cachorro que abocanha um rato, o elefante fez o felino deslizar de sua presa e pisoteou-o lentamente até não restar mais do que um capacho marrom de sangue, ossos e pelo. Meu irmão chorava. Mas eu percebera alguma coisa. Com as lágrimas ainda ferroando meus olhos e o gosto ácido de vômito na garganta, compreendi, pela primeira vez, que o resistir — quando nossa derrota é decidida por antecipação e os próprios deuses bradam em nossos ouvidos, reclamando nosso sangue — é o mais perto do sagrado que nos é permitido chegar nesta vida. E pensei, então (mas eu ainda era um menino, e o medo tinha me tornado corajoso), que, embora todos nós — todos, cada um de nós — viéssemos ao mundo com nossas bocas costuradas e nossas garras arrancadas, de minha parte eu jamais cederia. Jamais aceitaria o rochedo apenas por ele ser mais duro que a carne, jamais capitularia diante das leis da necessidade pelo simples fato de serem irrefutáveis, jamais me inclinaria covardemente à razão (ou ao seu bem-amado primo, o destino) apenas por não poderem ser evitados. Por Deus, eu correria toda a extensão de minha corrente! Rebentaria minhas mandíbulas contra o couro mais duro do mundo. Foi o que fiz.

VI

E assim voltamos para Mekong — uma estranha viagem invertida sob um céu cinzento, carregado de nuvens, primeiro descendo o Hué até o porto de Touran, agora seco e silencioso, depois indo em direção a Saigon para uma longuíssima semana de discussões das quais não participamos, em seguida pegando o rio Saigon até o queixo proeminente de Vung Tau; por fim, como Oreste em fuga das Fúrias de Patmos, subimos o interminável verde da costa cambojana até Bangcoc. Dois dias depois estávamos em casa.

Nada mudara. Ha Lung tinha reforçado um dos cercados e começado a construir outro. Parecia que todos os nossos conhecidos estavam bem. Nossa mãe nos recebeu com lágrimas de alívio e naquela noite nos prestou conta do dinheiro que Ha Lung tinha conseguido durante nossa ausência. Um bom desempenho. Quando os vizinhos se aproximaram para ouvir as histórias de nossa viagem nós os repelimos, explicando que estávamos cansados. Não falamos sobre o que tínhamos visto. Guardamos dentro de nós, como uma bala alojada fundo demais para que pudesse ser tocada, na expectativa de que o tempo a absorvesse, jovens demais que éramos para saber que, ainda que se retire o curativo e a cicatriz desapareça, tudo que se enterra se torna uma semente.

Naquela noite, deitados em nossas esteiras no escuro, falamos de nossos projetos. Um vento quente agitava as folhas de palmeira do teto sobre nossas cabeças. Das casas flutuantes vizinhas à nossa chegavam trechos de conversas, palavras e frases soltas como folhas arrancadas de um galho: "ainda", "mais", "ele me disse", "nunca mais", seguidas de um riso baixo e hesitante. Sem conseguir dormir, conversávamos até tarde, noite adentro. Tínhamos sido tímidos por um tempo longo demais, nós dois concordávamos. Iríamos ampliar nossas aspirações, ajustar a envergadura de nossa ambição. Atacaríamos agora, enquanto nosso retorno de viagem ainda estava recente, antes que os antigos hábitos de comportamento e crença tivessem a chance de se reafirmar.

— E Ha Lung? — perguntou meu irmão, fingindo preocupação. — Ele é velho e agarrado às suas manias. Talvez não veja as coisas como nós.

Uma onda fez a casa flutuante balançar como um berço.

— Então precisamos explicar o que ele não vê — sugeri. — E se ele não entender — continuei, como um menino que tenta reforçar sua nova voz antes que ela falseie —, nós lhe daremos a oportunidade de pegar sua parte e seguir seu caminho.

— Ha Lung pode ser teimoso.

— E eu posso ser teimoso, também — retruquei, rindo de minha própria bravata e tentando dissimular o incômodo que minhas palavras começavam a me causar. — Não estou dizendo que ele não tem boas intenções. Mas não somos mais crianças. Ele nos dominou por tempo demais.

Entramos em acordo. A demanda por ovos de pata não tinha limite. Todas as semanas, éramos forçados a recusar clientes. Pegaríamos o dinheiro que tínhamos, todo ele, e triplicaríamos a quantidade de nossas aves. Compraríamos um segundo barco. Seria difícil no início, porém em algumas semanas, poucas talvez, teríamos o suficiente para contratar mais uma pessoa. Ou duas se Ha Lung decidisse se retirar do negócio. Em junho estaríamos ganhando três vezes o que ganhávamos agora. Aos 22 anos, estaríamos morando em Bangcoc.

Em dois dias tínhamos encontrado um barco que nos convinha. No final da semana, tínhamos acumulado os suprimentos de que precisávamos: barris extras de sal, uma pequena montanha de argila enrolada em sacos molhados e armazenados na sombra. Tínhamos contratado dois meninos para recolher cinza dos fornos da aldeia. Tínhamos feito acertos para alugar a terra que ladeava nossa propriedade e começado a construir outros cercados. Ha Lung era inestimável. Ainda que desgostoso com nossa decisão no início, quando lhe demos a oportunidade de ficar

113

ou ir ele decidiu lançar-se na aventura conosco, batendo à nossa porta com uma caixinha entalhada cheia de dinheiro. E não trabalhava a contragosto; agora que a decisão estava tomada, faria o que estivesse ao seu alcance para que as coisas se desenrolassem bem, para que nossa empresa fosse um sucesso. Apesar de nossas palavras desafiadoras, estávamos felizes de tê-lo ao nosso lado.

Trabalhamos do raiar do dia ao anoitecer naquela primeira semana: fizemos melhorias no rio, reforçamos as cercas contra as monções, parando apenas quando nossa mãe, que não se opunha aos nossos projetos, nos levava a comida. Lembro-me de como nossos barcos eram bonitos, navegando lado a lado na corrente. Três dos cercados ficaram prontos e cheios. Grupos de patas com penas macias e bem cerradas caminhavam devagar pelos cercados, dormiam ou exploravam os abrigos baixos e as caixas de postura que tínhamos cuidadosamente preparado para elas. O resto dos cercados estaria pronto em uma semana. Sentávamo-nos na colina e comíamos. Nossas vidas nos pareciam um caminho amplo e uniforme. Logo à frente, com suas espiras cintilando ao sol, estava Bangcoc. Senti ternura pela aldeia que eu conhecia desde que nascera. Voltaríamos, com certeza. Não esqueceríamos aquele lugar quando nossa sorte mudasse. E ao olhar ao redor com os olhos úmidos, ouvi nossa irmã gritar alguma coisa e vi um pássaro negro voar devagar acima da corrente com alguma coisa no bico; vi também a esposa de Wei-Ling discutindo com a vizinha na casa flutuante ao lado da sua, sacudindo os braços como uma marionete cujas cordas estivessem presas aos galhos que se balançavam acima de sua cabeça, e eu soube, com certeza absoluta, que mesmo que tivéssemos um dia uma linda casa em Bangcoc, era ali que nos sentiríamos sempre em casa. Uma brisa quente e úmida agitou nossos cabelos e sumiu.

Na minha mente, os fatos que se seguiram foram tão abruptos — e ligados entre si — quanto o estrondo em duas partes de um trovão. Robert Hunter, que chegou naquela manhã parecendo ter vindo correndo desde Bangcoc (a razão de nossa irmã ter gritado), foi a primeira parte, o ruído ameaçador que aos poucos comprime o mundo e depois diminui com relutância, lamentando-se e agitando-se sem parar antes

114

de mergulhar de novo no silêncio. Fazia menos de dez horas que ele partira — afastando-se de Mekong a passos largos e furiosos, o casaco adejando no vento refrescante como um profeta agitado a caminho do deserto — quando a segunda parte nos atingiu, um estouro violento que pareceu partir o céu ao meio.

— Consegui! — gritou, quando ainda estávamos distantes dele. — Consegui! O próprio rei me deu permissão para levá-los para o exterior, para conhecer o Ocidente.

Era uma notícia formidável, ele explicou. Sem precedentes. Uma virada do destino como jamais esperara. Tudo estava acertado. Ele conhecera um homem chamado Abel Coffin, comerciante que tinha ligações com o palácio real. Coffin ficara muito entusiasmado quando Hunter falara sobre nós. E por que não *deveria* ficar? Ele era um homem do mundo, afinal de contas, assim como um homem de Deus, negociante perspicaz e de olho vivo, que soubera ganhar a vida durante vinte anos executando seu ofício em latitudes difíceis. De imediato vira boas possibilidades. Os dois concordaram em formar uma parceria. E de repente, menos de dois meses depois, o negócio estava feito. Ele mesmo achava difícil acreditar.

Hunter lançou-se nos preparativos, esquecendo-se de tudo ao seu redor. Dentro de seis semanas o *Sachem*, barco de Coffin, ancoraria no porto de Bangcoc. Deveríamos estar nele, porque poderiam se passar oito meses ou mais até Coffin voltar ao Sião. Hunter, por sua vez, já se esforçava para conseguir uma conclusão adequada dos seus diversos negócios no Sião, pois queria partir para o ocidente com a consciência serena e o coração tranquilo. Ele entusiasticamente aconselhou-nos a fazer o mesmo.

— Pensem nisso — disse quase aos gritos, atordoado como um criminoso a quem é oferecido perdão na porta da prisão. — Em três meses estarão passeando por Kingston, percorrendo as ruas de pedra de Lisboa ou dormindo em travesseiros de pena em Paris.

No silêncio que se seguiu, ouvi uma tábua estalar, e quando me virei vi Ha Lung, que nos seguira para saber o motivo do alvoroço e que com certeza compreendia o suficiente do massacre que Hunter fazia com nossa língua para captar o sentido da conversa, descendo a rampa de madeira até a praia. Eu não tinha nenhuma dúvida sobre para onde ele se dirigia. Havia cercados a terminar, galinheiros a limpar. A monção poderia chegar a qualquer momento.

Nunca tínhamos visto Robert Hunter com raiva. Ele cuspiu, ficou furioso, fez birra como uma criança. Elogiou-nos e tentou nos engambelar em um momento, implorando nossa compreensão; ameaçou-nos em seguida. Tínhamos perdido a razão? O Ocidente nos deixaria ricos. Nossa mãe receberia o equivalente a 300 libras — uma soma fantástica para não fazer nada, acrescentou — como compensação pela nossa ausência. Voltaríamos em um ano com mais do que conseguiríamos ganhar em vinte vendendo nossos malditos ovos. Era um absurdo. Tínhamos discutido tudo isso de antemão. Tínhamos chegado a um acordo, com base no qual ele fizera acertos irrevogáveis. Tudo estava em andamento. Nossa recusa o arruinaria.

Levantamo-nos juntos, como sempre, mas foi meu irmão quem falou. Não tínhamos feito acordo, argumentou ele com voz tranquila. Se ele já tinha tomado medidas em função desse mal-entendido, sentíamos muito, mas a culpa era dele, não nossa. Tínhamos viajado o suficiente. Não estávamos interessados em deixar o Sião. E agora ele nos desculpasse, por favor, porque tínhamos trabalho a concluir.

Com os olhos arregalados como se uma mão invisível apertasse sua garganta, Robert Hunter nos encarou, girou nos calcanhares, depois virou-se de novo quando chegou à porta. Fez um sinal com o braço para indicar nosso barco.

— É isso que querem? É a isso que aspiram? Passar os dias vendendo ovos e aliviando-se no rio com seus camaradas? Vivendo na imundície?

Pelo canto do olho vi nossa mãe e nossa irmã de pé contra a parede. A mão de Hunter tinha pousado sobre uma estatueta de Buda. Ele parecia ter perdido a razão.

— Temos trabalho a concluir — repetiu meu irmão.

Hunter nos olhava como se tentasse lembrar quem éramos. Durante um momento terrível, pensei que ele poderia perder inteiramente o controle: explodir em lágrimas como uma criança que leva uma surra, ou nos agarrar pelo pescoço.

— Deus não tem piedade de pagãos como vocês — sibilou —, e isso é mais do que justo, porque vocês não a merecem.

— Temos trabalho a concluir — ouvi meu irmão dizer mais uma vez.

As palavras tinham acabado de sair de sua boca quando a estatueta espatifou-se contra a parede de bambu.

— Trabalhem, então, e que se danem, amarelos malditos — gritou ele em inglês, tão forte era a sua raiva —, mas não venham rastejar aos meus pés quando mudarem de opinião!

Foi embora.

Começa devagar. Um murmúrio nas palmas do teto. Pequenos pássaros pretos, como pimenta no vento.

Uma hora mais tarde, as árvores se agitam e ficam imóveis. Voltam a se agitar.

Ao meio-dia as folhas das palmeiras, duras e com bordas afiadas como navalhas, começam a roçar umas nas outras. O céu turbilhona como um caldeirão fervente. Nos momentos de pausa, tudo fica em silêncio. Alguém tosse. Um bebê chora. Nada está protegido contra o que se aproxima: nenhum amor, nenhuma vela, nenhum teto ou parede. As pessoas se acotovelam em seus abrigos de papel de arroz sob a bota ameaçadora, as mães sempre, sempre encobrindo seus bebês, pressionando suas cabeças contra o colo, como se para fazê-los voltar aos seus ventres. Os homens olham fixamente as paredes de bambu e estremecem a cada rajada como pacientes sem anestesia. E a canção começa.

Não há palavras que possam descrevê-la. Nem ventos sibilantes, nem vozes roucas. Mesmo agora, depois de transcorrida toda uma vida, só consigo vê-la de uma maneira oblíqua, descrevê-la como alguém descreveria o sol escaldante — que nos dias que se seguiram parecia fundir-se em cinzas no céu — pela extensão de sua sombra, pela penumbra de medo que projeta ao redor de si. Talvez não fosse mesmo um tufão. Talvez fosse o deus calvinista de Hunter que descera de seu ninho guarnecido de almas na Basileia ou em Boston para castigar os descrentes. Para agitar o cálice. Para devastar a terra em nome de seu pustulento emissário no Oriente.

Deus não teria piedade, Robert Hunter nos havia advertido. Ele não mentira.

O corpo de nossa irmã foi retirado de um arrozal inundado a cerca de uma hora de distância de nosso povoado, rio abaixo. A última vez que a vimos ela estava deitada de lado, com a horrorosa boneca de madeira que nosso pai tinha feito para ela anos antes. Nossa mãe estava deitada atrás dela, lembro-me bem, com nosso irmãozinho aninhado entre as duas. O vento já assobiava alto demais para que conseguíssemos falar. Sorri para ela (sempre fui mais corajoso para os outros do que para mim), que retribuiu com um sorriso rápido, familiar, e por um momento foi como se voltássemos a ser crianças, como se brincássemos de nos esconder de alguém, alguém invisível que ainda agora percorria a casa flutuante espiando embaixo das mesas, erguendo as tábuas. Era como se eu não falasse com ela, não a visse havia anos. Foi então que algo estalou e se quebrou do lado de fora e apoiei a cabeça na de meu irmão e ela se foi, apagada junto a metade das pessoas que tínhamos conhecido, ao povoado onde tínhamos crescido, aos ridículos pontos de referência — minúsculos grãos de areia na imensidão do mundo: o jardim de Prapham, a palmeira com dois troncos — segundo os quais, em sonhos sempre inexprimivelmente sozinhos e perdidos, continuaríamos a tentar avaliar nosso lugar no mundo pelo resto de nossas vidas.

Nesses sonhos sempre encontrávamos Ha Lung varrendo, capinando ou torcendo um arame com suas mãos escuras e fortes, e pedíamos que nos orientasse sobre nosso caminho. Ele erguia os olhos do trabalho e apontava com o dedo, como se não tivéssemos ficado fora vinte anos, ou trinta ou quarenta, como se nada tivesse mudado e nossa casa fosse um lugar que poderia ainda ser encontrado neste mundo, sua localização definida em graus terrestres de longitude e latitude; como se em algum lugar, logo depois da curva, os tetos vegetais das casas flutuantes enfileiradas ainda recortassem suas sombras na água verde do Mekong nas longas tardes, e ele mesmo não tivesse sido encontrado a 7 metros do solo e a 800 metros do povoado em uma palmeira, empalado sobre os espinhos de 30 centímetros de sua bainha.

Não podíamos fazer nada. Era uma fúria desnecessária e excessiva; uma raiva que ultrapassava a compreensão. Um décimo daquela tempestade teria sido suficiente para apagar o povoado que tínhamos conhecido, tosquiar suas colinas, desviar as curvas e os meandros do rio. Uma fração daquela fúria pródiga bastaria para incrustar tudo que estivesse

118

voltado para o sul com uma camada de sal, para decorar com os mortos as montanhas de detritos e móveis quebrados.

Um rugido assustador. Quando o vento começou, passamos os braços ao redor um do outro e esperamos, embolados sob as tábuas que tínhamos empilhado sobre nossas cabeças até que de repente o chão começou a se inclinar embaixo de nós e caímos contra a parede. Eu sentia os braços de meu irmão em torno de mim como uma tira de aço, sua cabeça comprimida contra a minha. Alguma coisa estalou e se partiu. Estávamos encharcados. Um material macio — uma camisa, um lençol, um pedaço de pano — caiu sobre nós. Envolvemos a cabeça com ele e esperamos, turbilhonando no centro desse redemoinho como uma noz dupla em uma torrente. Descobri que conseguia respirar no espaço entre o queixo e o ombro de meu irmão. Em algum lugar bem distante ouvi um grito muito fraco.

Acordamos em um mundo de incompreensível fantasia e morte. Um cachorro foi encontrado são e salvo em uma árvore. O chão e uma parede inteira da casa de Wei-Ling foram descobertos na floresta com uma cadeira ainda de pé em um canto. Famílias inteiras tinham se afogado como filhotes de gato. Empurradas contra cada árvore tombada, preenchendo todas as rachaduras, havia dunas de conchas pequenas e perfeitas. No silêncio, podíamos ouvi-las retinir debilmente, movendo-se como areia.

Durante três dias queimamos os mortos, depois cavamos um buraco no chão molhado e percorrido por raízes e enterramos os patos que tínhamos encontrado empilhados como trapos encharcados contra as cercas. Nossos barcos haviam simplesmente desaparecido. Estávamos sem nada.

Construímos uma cabana tosca acima do rio. Durante duas semanas nossa mãe, sem conseguir falar, permaneceu sentada em um canto com nosso irmão nos braços até ele se desvencilhar dela e ir ao nosso encontro junto ao fogo onde cozinhávamos carne, comer o que lhe oferecemos e voltar para o colo dela. Na companhia dos outros homens do povoado começamos a tirar do rio peças e materiais para nossas futuras novas casas. Encontramos um papagaio afogado dentro de uma gaiola de madeira e um píton vivo, pequeno, do tamanho do meu braço, enrolado nas palmas de um telhado que retiramos da água.

Dois meses depois, em um dia sombrio e sem chuva que parecia nunca clarear por completo, subimos a bordo do *Sachem* de Abel Coffin com nada além de um píton em uma gaiola de papagaio e uma pequena valise de roupas que Robert Hunter tinha gentilmente comprado para nós em Bangcoc. Nossa mãe e nosso irmão ficaram no cais. Ao lado deles, a filha de Ha Lung, que tinha aparecido na nossa porta e nunca fora embora.

Lembro-me dos três parados entre as montanhas de caixotes e cordas amareladas; o ar cheirava a mar, resina e sal, e eles me pareceram muito pequenos, como se o tempo, antecipando-se, já tivesse começado seu trabalho. Coffin gritava alguma coisa do convés do capitão. Pequenos pássaros manchados de óleo flutuavam na estreita fissura entre os continentes gementes de casco e cais. E lembro-me de Eng ter dito, tranquilo como se o atrito das madeiras e a tensão das cordas tivessem de algum modo forçado seus pensamentos relutantes a virem à tona:

— Graças a Deus estamos juntos, irmão.

— Não tínhamos muita escolha. — Sorri, temeroso de que seu medo encorajasse o meu.

Continuamos a olhar à frente e o navio começou a se movimentar. Levantei o braço para acenar e assustei uma gaivota pousada sobre a balaustrada. Pude ver as duas crianças agarradas, uma de cada lado, à cintura de nossa mãe, cujos braços escuros e familiares circundavam seus seios como um par de bandoleiras.

Não voltaríamos a vê-los.

VII

Nunca tivemos a intenção de ir embora. Teríamos ficado, recomeçado tudo. Aos 17 anos, a vida é infinita.

Mas em 1839, de uma cabana na colina acima do rio Mekong, 300 libras pareciam uma soma enorme; aumentada por nossas perdas — pelo cheiro dos mortos que a chuva fazia emergir todos os dias, pelas correntes pequenas e rápidas que abriam canais na terra sob nossas camas —, era irrecusável. Com o domínio sobre as coisas que ela amava sensivelmente reduzido pelo destino, nossa mãe reuniu o pouco de forças que lhe restava e nos mandou embora. Não a culpo.

Há uma violência na partida, mesmo quando ela é necessária ou decidida de modo amigável. Parecia que tínhamos sido arrancados de nosso chão como uma planta de um vaso. Uma boa sacudida e lá estávamos nós, deitados de lado na sombra da parede, uma massa de raízes cabeludas e dolorosas ainda moldada na forma do mundo que conhecíamos.

Talvez criemos raízes de novo. Talvez uma voz se torne nosso novo chão, ou um rosto, ou a visão de uma carruagem em um cruzamento específico. O mais provável é que fiquemos ali jogados como gerânios em uma ardósia quebrada, lamentando em silêncio que o vaso continue sem nós. Não há nada como uma partida para tomarmos consciência de nossa própria insignificância, para desinflar a vesícula de nossa autoestima. A não ser que sejamos jovens. Nesse caso, a vesícula pode simplesmente inflar com o romantismo de nossa partida e nos arremessar diretamente contra as lanças do arrependimento.

Foi o que aconteceu conosco. Perdemos pouco tempo lamentando o mundo que tínhamos deixado para trás. Eu ainda não era o especialista em perdas que me tornaria com a idade; meu irmão, embora tivesse uma sensatez preocupante para um jovem de 17 anos, ainda conseguia reagir ao mundo com entusiasmo e alegria. E a tempestade, suponho, já tinha imposto a ele uma espécie de despedida; quando chegamos a Bangcoc para pedir perdão a Robert Hunter, o mundo que conhecêramos não estava mais lá. O Sião nos abandonara antes que o abandonássemos.

No entanto, Deus sabe que teria havido muita coisa para lamentar se assim o quiséssemos. Não foi o caso. Enquanto percorríamos os conveses do *Sachem* aquecidos pelo sol, éramos os símbolos vivos de que a juventude e o luto, como o leão e o cordeiro, não foram feitos para dividir o mesmo leito; que o primeiro, sem muito hesitar, devoraria naturalmente o segundo, da cabeça lanosa às patas fendidas, depois dormiria o sono dos inocentes. Além disso, ali não havia lugar para tristeza. O imenso céu não permitiria. Ele pairava sobre nossas cabeças o dia todo, construindo colunas gigantescas e cadeias de nuvens. Passávamos horas de pé na proa oscilante, ouvindo a água murmurar contra a quilha, ou subíamos no alto do mastro pelo simples prazer de sentir o majestoso balanço do mundo — como o vaivém de um pêndulo invertido — acontecer por nosso intermédio. De cima, o navio parecia pequeno, resistente e bonito, um único parafuso controlando o vasto tecido cintilante do oceano.

Como me parece impossível agora que tenhamos sido esses dois meninos. Que tenha havido uma época antes de Montfaucon, antes de Paris, antes de Jack Black e do quarto no Frying Pan Alley. Antes de Sophia. Reportando-me àquele tempo, tenho a impressão de que estávamos de certa forma grávidos de nossas próprias vidas. Devíamos tê-las percebido, sentido que se moviam: os mundos que faríamos nascer; a língua que passaríamos a habitar pelo resto de nossos dias.

PARTE TRÊS

I

Tínhamos sido uma esquisitice, um fenômeno, um ato de Deus. Tínhamos divertido reis e membros da corte. Tínhamos sido uma maravilha da natureza, uma profecia, um emblema esculpido, como argila de rio, para as necessidades dos outros. Entretanto, continuamos a ser o tempo todo exatamente quem éramos, familiares a nós mesmos. Foi o Ocidente que nos transformou em aleijões.

Foi o espelho das multidões — a saliva nos lábios, o clamor de repugnância, a reação frenética, quase desesperada a um mero salto mortal ou a uma parada de mão — que fez a maior parte do trabalho. Jamais tínhamos visto tamanha fome. Noite após noite elas vinham e enchiam as salas com seu cheiro de cerveja e suor humano, determinadas, como crianças que cutucam com um pedaço de pau a carcaça de um cachorro, a sentir medo. A se sujar. E permitíamos que o fizessem. Éramos seu pecado e éramos sua absolvição. Uma pechincha a 5 ou 6 xelins por cabeça.

Também não era só gente do povo — proprietários de lojas, comerciantes de tecido e outros — que precisava de nós. Nos salões e casas de espetáculo de Bruxelas a Boston, o desejo de ser horrorizado, ainda que em parte disfarçado pela habilidade de cada um, era vergonhosamente visível. No Palácio das Tulherias (sem dúvida na mesma sala onde, dois anos mais tarde, o pequeno Charlie Stratton — perdão, o *general* Tom Polegar — surgiria de dentro de um bolo durante uma apresentação de *O pequeno polegar* e deslizaria entre as pernas de um grupo de coristas), uma adorável dama apenas um pouco mais velha do que nós, com um vestido de seda adamascada azul forte, cobriu de repente a boca com a mão como se fosse vomitar e explodiu em um ataque de riso tão intenso que precisou ser levada para uma sala vizinha a fim de se recuperar. Eu tinha observado seu pescoço, a fina veia azul que latejava logo abaixo da pele, como se alguma coisa lutasse para se libertar.

Demorou algum tempo até o professor Dumat, uma espécie de especialista em assuntos de *monstros e prodígios*, nos explicar que, sob o ponto de vista etimológico, éramos mais burlescos do que assustadores, que todos os aleijões como nós descendiam de um único ancestral cômico. Nós e nossos semelhantes, explicou, antes de fazer uma pausa para tomar um gole de vinho, éramos *lusus naturae* — brincadeiras da natureza. Sorriu. Talvez a jovem senhora soubesse latim.

Fizemos grande sucesso, meu irmão e eu. Muito grande, na verdade. Suspeito de que o comércio de ópio de Robert Hunter o tivesse familiarizado com o diabinho obstinado que, com luvas de veludo e aguilhões espinhentos, reside em cada um de nós; que nos sussurra que devemos avançar, tocar no que não tocaríamos, ir aonde não iríamos. Embora desconhecesse o latim, ele era fluente na língua dos xelins e dos francos; compreendia, como poucos homens que conheci, a gramática da vergonha humana. Para Hunter, desejar e temer não eram verbos, mas substantivos, mercadorias que podiam ser vendidas como um lote de peles ou um conjunto de facas de açougueiro; eram sujeito e objeto, intercambiáveis, porém ligados entre si; *ele* era o verbo que estabelecia a relação, que lhes dava vida. Ou, mais exatamente, nós.

Nada disso era novidade, claro. O mundo que descobrimos em Belfast e Dublin, Paris e Pamplona, tinha nos precedido, estivera sempre lá, à espera, por assim dizer, de nossa chegada, distraindo-se do melhor modo que podia. Simplesmente ocupamos os lugares já reservados para nós. Éramos os guardiões dos condenados no inferno, as gárgulas de dentes à mostra acorrentadas nas fachadas. Éramos o monstro no espelho, o rumor no deserto de realidades.

E mais. Para Ambroise Paré, de cuja obra, datada do século XVI, o bom professor Dumat nos lia longos trechos, tínhamos sido evidência da glória de Deus. E prova de sua ira. Uma corrupção da semente; uma planta retorcida pela pequeneza do ventre. Um produto da interferência de demônios ou diabos. Ou o artifício de mendigos andarilhos. Acham que estou sendo injusto? Que as coisas tinham certamente mudado desde a época das especulações de Paré? Que ciência e razão tinham acendido a lamparina, banido nossos temores etc. etc.? Digo que nada tinha mudado desde que o contemporâneo de Paré mais ao norte permitiu que Tríngulo, sonhando em mostrar Calibã às massas, expressasse esta verdade simples: "Não dão 1 ceitil para ajudar um mendigo coxo, mas darão 10 para ver um indiano morto." Exatamente. Hunter era nosso Tríngulo presbiteriano transportado para 1829. Havia mendigos coxos em abundância; tantos, ou talvez até mais, do que na época em que o Bardo pulava por cima de montes de lixo a caminho do teatro Globe. E nós? Éramos o indiano morto, claro, que durante algum tempo os atraíra tanto dos salões quanto dos palheiros, que os deixara passar o dedo no pergaminho enrugado de sua carne ressecada — Tão exótica! Tão vermelha! Tão semelhante à sua e, no entanto, não, não! — ao mesmo tempo em que discretamente esvaziava suas carteiras.

Não, se ciência e razão tinham conseguido alguma coisa, pensei, tinha sido nos fazer sentir menos vergonha de enfiar nossos dedos na ferida. Enquanto antes talvez nos arrepiássemos com a visão de um dedo extra, de uma corcova na coluna, de um órgão masculino brotando da carne de uma mulher, agora podíamos avaliar e descrever, desenhar e dissecar em nome da ciência. Enquanto antes talvez ficássemos pasmos diante de aleijões que queriam atrair nossa atenção e nosso dinheiro, agora podíamos catalogá-los e reuni-los, latinizá-los e etiquetá-los como dentes de carnívoros em vitrines fechadas ou tumores malignos em redomas. E talvez *isso* fosse progresso.

Nunca consegui acreditar. Tínhamos apenas substituído uma forma de crueldade por outra ainda mais descarada, uma forma não mais capaz de ver o sofrimento profundo por trás do horror, contudo menos disposta a se consternar por suas próprias curiosidades. Na verdade, para alguns (invariavelmente os inteiros e saudáveis) o membro torto era preferível ao ereto. Para os cultos senhores do *Baltimore Medical and Surgical Journal* (o que teria sido de nossa educação sem a ajuda do professor Dumat?) a civilização tinha nos cegado de tal maneira para a beleza da corrupção que os coletores precisavam ir ao exterior para encontrar, entre as pessoas mais simples, os tesouros que buscavam. "Porque a verdade é que o olho experiente se inflama à visão de uma excrescência notável do mesmo modo que o de um viajante à de montanhas majestosas ou edifícios imponentes; um monstro de nascença, uma língua sifilítica, toda e qualquer expressão do sublime patológico, nos cativará e envolverá mais (intelectual e, sim, caro leitor, esteticamente) do que qualquer pêssego de verão. No entanto nós, no Ocidente — e isto é bem triste —, cortamos pela raiz os mais promissores aparecimentos de doenças; os fenômenos mórbidos não têm mais chance entre nós do que maçãs em um pátio de escola; são todos apanhados muito antes de amadurecer."

Mesmo na nossa idade, a lição não foi perdida: adulação e repulsa podiam brotar da mesma fonte; elogio excessivo caminhava de mãos dadas com censura imoderada. Gota a gota, esse dedal de arsênico envenenou nossos corações, perturbou nossa visão. De maneira lenta e imperceptível, como brotos duplos sob um bojo de vidro, começamos a nos torcer e a nos curvar para nos ajustar ao nosso novo céu e à sua lógica suave e invisível. Pela primeira e única vez em nossas vidas nos tornamos monstruosos, a tal ponto que, quando uma adoração sincera cruzou nosso caminho — não, não *nosso* caminho, *meu* caminho —, eu a confundi com seu gêmeo corrupto e a deixei partir.

II

Ela tinha 31 anos. Uma viúva com recursos. Beleza madura, cujos encantos conseguiam eclipsar o brilho e o frescor de mulheres com a metade de sua idade (e deixar mudos seus acompanhantes), cujos dedos quase perfeitos, apoiados sempre com muita leveza sobre um braço para um elogio ou uma censura irônica, podiam confundir os jovens e lembrar os mais velhos do que eles uma vez tinham sido. Mulher inteligente e de espírito brincalhão, tinha um toque de melancolia que acrescentava profundidade e cor a todas as suas mais óbvias qualidades, um silêncio tão sincero e sem afetação, tão diferente, que lhe valeu rapidamente o ódio de metade das mulheres que conheceu.

Elas a teriam odiado menos, perguntei a mim mesmo, se soubessem que o que lhes parecia confiança era na verdade uma falta quase total de autoestima, que o que elas tomavam por presunção não passava de uma ausência de vaidade? Ou já sabiam e a odiavam precisamente por causa disso, porque compreendiam, instintivamente, como essa qualidade poderia ser atraente a homens de todas as idades e fortunas, que, sentindo esse vazio, tentariam inutilmente preenchê-lo com eles mesmos? Mas isso pouco importa. Basta dizer que antes de seu muito discutido noivado com Guillaume Pluvier (o famoso e elegante mecenas das artes cujo pai, Bernard Pluvier, tinha acompanhado Napoleão na Itália), Sophia Marchant tinha sido considerada uma das mulheres mais desejadas de Paris. *Após* o noivado, acrescentariam os brincalhões, ela ficou mais desejável ainda.

Comecemos pela música, então: as quadrilhas e as valsas ressoando da outra sala, o burburinho ininterrupto de vozes humanas, os discretos címbalos de copo tocando copo. A nossos pés, o rangido das tábuas do soalho, o crepitar das chamas na lareira. Mais abaixo ainda, o distante choque ritmado de rodas e cascos, o tilintar de sinos, o grito abafado.

Caía neve na Rue Saint-Antoine na noite em que nos conhecemos. Lembro-me de ter reparado nela como se fosse algo vivo movendo-se entre as pesadas cortinas azuis da sala de visitas; e, percebendo nossa sorte, desviamos dos imensos ramos de lírios rajados que pareciam cumprimentar-se no espelho, passamos pelas chamas refletidas na madeira do piano e abrimos as cortinas. Nossa primeira neve. As pedras da rua já estavam marmorizadas; as laterais das carruagens e as cercas voltadas para o sul empalideciam rapidamente. A neve agarrava-se às crinas emaranhadas dos cavalos, que se mantinham lado a lado em suas correias, estáticos como produtos na vitrine de uma confeitaria.

— Nunca tinham visto neve, estou certa? — perguntou uma voz feminina macia às nossas costas.

De repente é como se eu estivesse de novo diante daquela janela, sentindo o frio atravessar a vidraça, e Emmanuel Dumat, nosso tutor e tradutor, mais uma vez se precipitasse na nossa direção por ter perdido de vista por um instante seus protegidos e depois reparasse em quem tinha tão temerariamente (o que não era habitual) decidido apresentar-se a nós.

— Nunca tinham visto neve, estou certa?

Como era típico dela, na verdade, varrer todas as convenções, cortar como com uma faca (mas com gentileza, muita gentileza) as camadas mortas das coisas esperadas para exprimir um calor, uma intimidade na sua voz, como se ela e eu fôssemos enamorados ao crepúsculo, em uma peça escura, olhando pela mesma pequena janela o mundo que caía. Ela tinha razão. Eu nunca tinha visto neve. Muitas coisas eu não tinha visto.

Quando conseguimos nos virar, meu irmão caminhando para trás enquanto eu girava no mesmo lugar como aro e raio de uma roda, Dumat estava lá, fazendo mesuras, apresentando, explicando:

— *Permettez-moi... de vous presenter...*

Ela interrompeu-o com um sorriso.

— Agradeço muito, senhor, mas creio que estes cavalheiros e eu preferimos nos virar sozinhos. — Estendeu a mão para meu irmão. — Sophia Marchant.

Dez anos mais jovens do que todos os presentes, perdidos no meio de um mar de coletes sob medida e gravatas de seda, Eng e eu tínhamos distraído a todos (em pares ou pequenos grupos) com um pequeno e inofensivo jogo de cena que parecia, de algum modo, ser o que esperavam de nós. Tivéramos a ideia por acaso, quando, no início daquela noite, uma mulher jovem estendeu a mão ao meu irmão e eu, sem perceber, apertei-a primeiro. O grupo tinha rido dessa aparente competição entre nós, e quando nosso anfitrião nos fez circular entre os convidados, sempre acompanhados de Dumat, tínhamos, com a maior naturalidade, e quase inconscientemente, prolongado nosso sucesso inicial. Aparentando inocência, fingindo não compreender o motivo de todos aqueles risos, eu me apoderava de toda mão feminina que aparecia em nosso caminho e a levava aos lábios, murmurando "*enchanté*" com os olhos fechados como se — tal qual um hotentote em uma sinfonia — eu achasse tudo simplesmente inebriante demais, maravilhoso demais, enquanto meu irmão, no papel do segundo frustrado, balançava a cabeça e murmurava imprecações ou, ainda melhor, fingia me sacudir de leve no exato momento em que meus lábios estavam por tocar a pele branca e macia de minha última sedutora.

Nada daquilo era possível agora. Deixei meu irmão tomar sua mão, depois a beijei.

— Reparei que olhava pela janela — disse ela. — Eu não sabia que estava nevando.

— Eu nunca tinha visto... neve — respondi, já que ela parecia estar falando comigo.

— Não é bonito? — ela perguntou, olhando por cima do meu ombro.

— É — concordei, sem me virar. — Muito bonito.

Calou-se por um momento, ajustando o mundo ao seu próprio ritmo. Ao longe, eu podia ver suas costas nuas e seus cabelos castanhos avermelhados no espelho; atrás dela, a parede de cortinas azuis me impedia de ver a neve que caía.

— Quando eu era menina, apagava a luz e sentava junto a uma janela para ver a neve cair. — Fez uma pausa e olhou ao redor da sala, onde muitos rostos, virados na nossa direção, agora tentavam desviar o olhar sem chamar atenção. Ela parecia não ter percebido. — O que devem estar pensando, perdendo isto? — perguntou tranquilamente. Virou-se então para Dumat, que continuava por perto com as mãos apertadas nas costas como uma criança que tem medo de derramar alguma coisa.

— Diga-nos, Sr. Dumat, o que acha que eles estão falando de tão importante? Não, não diga. Seria penoso demais. Não queremos saber. Concorda conosco? — perguntou, olhando-me.

— Concordo — respondi. — Isso nos deixaria muito tristes.

Ela riu e virou-se para Dumat.

— Está vendo, *monsieur*? Falamos inglês *très bien*. Acredito que nós três juntos formamos quase um inglês inteiro.

— Não tanto, eu acho — retrucou meu irmão, sua reticência natural derretida diante da cordialidade da jovem.

— Então precisamos praticar até sermos pelo menos duas pessoas inglesas.

Dumat sorriu, sensível o suficiente para saber quando sua presença não era desejada.

— Deixo-os com seu inglês, amigos. — Fez uma reverência. — *Mademoiselle*.

Nós o observamos afastar-se, as mãos ainda unidas como amantes conspirando às suas costas, a cabeça e o torso virando, primeiro à esquerda, depois à direita, como se soldada do mesmo bloco de aço recalcitrante.

Ela esperou que ele tivesse atravessado um terço da sala antes de virar-se para mim; seus olhos percorreram meu rosto com uma naturalidade nem descarada nem incômoda, estudando-me como se tivéssemos nos conhecido havia muito tempo e depois nos separado e ela agora tentasse lembrar-se das feições que já lhe tinham sido tão familiares. No instante seguinte, olhou diretamente nos meus olhos e sorriu — quase como se, de fato, *tivesse* me reconhecido.

— Olá — disse com voz suave.

— Olá — respondi.

Como é estranho que eu me mal me lembre dela e ainda assim sua perda, a ausência que senti quando partiu, tenha continuado tão viva ao longo de mais de sessenta anos. Como uma brasa incandescente jogada sobre o gelo no inverno, ela me atravessou com seu calor e partiu, deixando apenas um buraco escuro que aspira a água. Sobre o que conversamos naquela noite? Não importa. Sobre neve, talvez. E Paris. Ela insistiu que tomássemos um cálice de vinho. Outros juntaram-se a nós por algum tempo, depois se afastaram. Falamos em sair para uma caminhada, limpar a neve acumulada sobre a cerca, construir um boneco de neve, mas não fizemos. Ela achou meu irmão mais engraçado do que eu — o que não era surpresa, porque Eng, com seu estilo seco e uma expressão levemente atordoada, podia ser muito engraçado e, como qualquer homem, gostava de uma boa plateia. Eu não me importava. Podia me permitir ser generoso. No decorrer da noite — de maneira tão discreta e gradual que até hoje não estou convencido de que ela tivesse consciência disso — ela se alinhou comigo, girando o corpo de maneira que, mesmo se não estivéssemos perfeitamente paralelos, juntos formávamos um ângulo aberto sobre o mundo.

Eu tinha 19 anos? Tinha, sim. Era jovem e impressionável? Sim e sim de novo. O vinho (e a neve e os lírios e os desenhos persas dos tapetes) tinha me subido à cabeça? Sem dúvida. E ainda assim eu não me comportava como um idiota. Não me tornei embaraçosamente loquaz, nem derramei meu vinho no parquê do soalho. Não fiquei taciturno e silencioso diante de alguma mudança perceptível de afeições. Não havia necessidade. Uma grande calma parecia ter me invadido. E embora seja verdade que me perguntei mais de uma vez naquela noite o que estava acontecendo comigo, é igualmente verdade que o que eu via e sentia era tão real quanto a neve que caía. Era isso. Os cavalos se sacudiam para voltarem a ficar pretos, a música parava e recomeçava, a manga do vestido dela roçava meu braço e depois, tão inacreditavelmente quanto se uma borboleta tivesse pousado em um dos lírios refletidos no espelho, roçava de novo.

É normal que os outros achassem isso inconcebível. Nós achávamos. Ela era... bem, tudo que era. Nós, por outro lado, éramos a curiosidade *du jour*, na verdade não muito diferentes dos "homens-macacos" e dos "elos perdidos", que naquela época capturavam com tanta regularidade a atenção de quem buscava divertimento. Ela era conhecida em todas as capitais da Europa. Nós éramos uma pequena brincadeira que mascarava um arrepio involuntário. Ela era bonita. Ver-nos, como as autoridades francesas que inicialmente negaram nosso visto tinham explicado a Dumat, podia afetar o estado das crianças ainda por nascer, gerar monstros no ventre das mães.

Contudo, por mais incrível que pudesse parecer na época, como *ainda* parece (mesmo que eu fosse um homem só, não teria corrido o perigo de ser chamado de bonito), houve um entendimento imediato entre nós, um certo conforto que nenhum de nós podia negar. Uma hora passou, depois duas. Nossa proximidade nos parecia natural, e em determinado momento ouvi-a dizer, em resposta a uma pergunta ou outra que há muito esqueci: "Preferimos não, obrigada", depois fazer uma pausa, como se suas palavras tivessem revelado demais, lançar-me um breve olhar e com a mesma rapidez se afastar. Há palavras para descrever a que ponto aquele olhar me perturbou? Ou minha emoção quando, sob o pretexto de deixar alguém passar, ela aproximou-se de mim e ficou ao meu lado — sim! — com a mesma naturalidade com que uma esposa se mantém perto do marido; não, mais do que isso: como uma mulher se coloca junto do homem que ama? Em meio ao delírio eu via Dumat nos observar, ora entre duas cabeças, ora por cima de um ombro nu. Ele parecia muito distante.

Mais tarde, eu me torturaria perguntando a mim mesmo o que ela poderia ter pensado naquela primeira noite. Teria parado e imaginado, talvez, a comédia grotesca que se desenrolava diante dela, a enorme piada que os deuses, rindo baixinho para si mesmos, pareciam decididos a fazer de sua vida? Teria avaliado a impossibilidade da situação, ou se perguntado, em um momento menos tenso, o que poderia alguém ter colocado no seu vinho para que se apaixonasse por um Bottom de cabelos eriçados naquela noite, em pleno inverno? Teria compreendido de repente — ao ver minha expressão espantada, minha horrível dignidade — que eu me enganara totalmente com relação às suas intenções e, apiedando-se de mim ou não sabendo como consertar a situação, decidira tornar ridícula minha absurda presunção? Ela me desprezava (e a si mesma) enquanto eu não apenas temia que ela se apaixonasse, mas também acreditava, nos confins ignorantes de meu coração, que isso aconteceria?

Mesmo agora, não tenho como saber o que ela pode ter pensado daquelas primeiras horas. Contra a torrente de dúvida e autorrecriminação que tomou conta de mim no instante em que ela partiu, eu tinha apenas as palavras que ela pronunciara quando Dumat, desmanchando-se em desculpas, tinha afinal se aproximado de nós.

— Pode me visitar amanhã às 10 horas, se quiser — dissera ela ao me estender a mão. — Eu o levarei para um passeio no campo. — E depois, para Eng: — Você verá. Na primavera seremos pelo menos três ingleses inteiros.

Palavras sutis, não reveladoras, concebidas para levar em conta a presença de outras pessoas. Mais tarde naquela noite, no entanto, pressionando minha testa contra o vidro da caleche, e durante toda a noite que se seguiu, ouvindo o murmúrio dos flocos no contorno da janela, agarrei-me a elas como um homem que se afoga se agarra a um pedaço de madeira, às vezes desejando salvar-se, às vezes esperando que as águas se fechem sobre sua cabeça e acabem por levá-lo logo de uma vez para o fundo.

III

Ninguém poderia esperar que esse amor sobrevivesse. Era improvável demais, delicado demais. A própria atmosfera parecia conspirar contra ele.

Imaginem o campo fértil que éramos para um escândalo: uma linda mulher da sociedade — elegante, cosmopolita — inexplicavelmente apaixonada por um par de monstros. Ela não tinha vergonha, não tinha decência, não tinha a mínima consideração pelos padrões de conduta feminina? Estava determinada a escandalizar Paris inteira, então? Ou estava..., mas não (isso tudo sussurrado no tom escandalizado e íntimo reservado apenas para as mais suculentas especulações), estava talvez sendo impelida por alguma perversidade profunda do corpo ou da alma, governada por apetites antinaturais?

Sentindo, sem dúvida, que uma pitada de escândalo poderia aumentar o interesse do público (a única coisa necessária para garantir o sucesso é a notoriedade, como diria Phineas Barnum alguns anos depois), Hunter e Coffin concordaram em nos deixar usar seu cabriolé. E foi assim que nos apresentamos — as rodas deslizando um pouco na neve molhada, naquela primeira vez — no número 40 da Rue des Nonaindières, alegremente ignorando a tempestade que agora ameaçava a vida de Sophia. Ela mesma a atraíra, diriam, a convocara com seu despudor. E não tardou a chegar. Quando a condução nos deixou na sua porta na manhã seguinte como uma dupla de pretendentes, embora o céu tivesse se aberto sobre Paris e o sol se refletisse como uma lâmina sobre a neve ainda livre de sujeira, os ventos estavam reunindo suas forças.

136

Sendo quem era, ela deveria ter previsto o que se aproximava. Deveria saber que os que a odiavam pela variedade de seus interesses masculinos e pela proteção que sua riqueza lhe conferia, os que durante anos se impacientaram com seu humor irreverente e sua falta de respeito pelas opiniões daqueles — como eles mesmos — cuja importância era tão evidente a seus próprios olhos, agora reuniriam forças e procurariam coletivamente fazê-la cair. Era incrível sua recusa em reconhecer o quanto era odiada, e por isso, mais do que por qualquer outra coisa, eles a fariam sofrer.

Tentariam, pelo menos. Imaginem sua fúria quando, tendo conseguido provocar a tempestade, viram sua vítima simplesmente instalada no meio do dilúvio, os cabelos molhados pingando ao vento, bebendo com toda calma seu chá. Exultante com a agitação que a chuva provocava em sua xícara, com a sensação do vestido colado ao corpo, com as gotas que caíam das flores flácidas do seu chapéu.

Mais tarde houve quem afirmasse — e isso é um testemunho de sua força — que não havia fingimento na sua atitude, que ela de fato não sabia o que os outros diziam, nem se preocupava com isso. Que se instalava na chuva, por assim dizer, não para provocar os maldosos, mas apenas porque gostava. Talvez. No entanto, sempre acreditei que, embora isso fosse verdade, havia uma pequena parte dela que se divertia na tempestade simplesmente porque isso a fazia sentir-se viva. Ainda que eu jamais tenha encontrado uma alma tão doce, havia nela uma necessidade de viver no extremo, de lutar. E foi por isso que a amei.

Claro, nada sabíamos sobre ela no início. De manhã, o cocheiro simplesmente nos depositava à sua porta. Entrávamos. Lá passávamos as três, quatro ou cinco horas seguintes quase do mesmo modo como imaginávamos que as pessoas de qualquer lugar passavam o tempo: conversando no imenso salão banhado de sol (como eu gostava quando Claudine, ao nos fazer entrar, abria as portas naquela luminosidade repentina), nos divertindo com jogos de dados ou cartas, ouvindo Sophia tocar Beethoven ao piano, tentando ler em voz alta, apesar de nossas risadas, os romances ingleses sentimentais que ela tinha decidido que seriam valiosos na nossa tentativa de nos tornarmos ingleses. Fazíamos longas caminhadas no frio — ela, mesmo usando saias, seguindo a passos largos como um homem (seu braço no meu, ou às vezes no de meu irmão), ignorando alegremente as cabeças que se viravam, os olhares surpresos, as carruagens que reduziam a velocidade em uma rua movimentada. Passamos uma tarde (é possível que tenha sido apenas uma?) nos revezando no ocular de um microscópio para descobrir um mundo onde uma simples impressão de um jornal — a palavra "para" — gritava como um estandarte (o vestígio da perna do *p* enchendo a metade do campo de visão), onde um único fio de cabelo de Sophia tornava-se uma corda tão grossa quanto a amarra de um navio.

Mas tudo isso não passava do visível. Como resumir a linguagem de gestos, a eloquência do silêncio? Onde encontrar o alfabeto para o qual traduzir o abandono repentino de uma pausa, a nudez de uma resposta não dada? As palavras, como painéis na fronteira do significado, apenas marcam os limites de seu próprio domínio. Passamos uma dúzia de manhãs juntos, não mais, a maioria delas em um espaço tão pequeno que até um menino de 10 anos conseguiria acertar uma pedra que atirasse de um lado para o outro. Contudo, nesse breve espaço de tempo, ela e eu... não, é melhor eu me exprimir assim: naquele breve espaço de tempo, *você* e eu, meu amor, atravessamos juntos metade do continente. Foi por nossa culpa que jamais conseguimos chegar ao outro lado? Que nossa jornada foi interrompida?

Talvez tenha sido, mas pense nos exércitos organizados contra nós. De manhã, nos sentávamos no seu divã e comíamos as guloseimas que Claudine tão gentilmente trazia na bandeja que colocava à nossa frente. De noite, nos apresentávamos para as multidões que enchiam as pequenas salas de madeira que tinham agora se tornado familiares para nós, fazendo o que fosse preciso, correspondendo às expectativas dos curiosos como macacos cheios de truques que éramos. De manhã, permitiam que aparentássemos ser homens comuns como todos os outros; na hora do jantar, acabavam com nossa pretensão. Lembra-se da atadura na minha mão aquela manhã, de como foi difícil beber meu chá com a esquerda, de nossas explicações pouco convincentes sobre o que tinha acontecido? Como confessar francamente que eu tinha quebrado três falanges na cabeça de um homem que alegava sermos uma fraude, afirmando que nosso elo não passava de um pedaço de carne de cavalo costurado todos os dias a um corpete cor da pele e que ele conseguiria nos rasgar ao meio como uma camisa mal costurada? Como pensar em explicar que eu poderia ter batido nele com um porrete até matá-lo como um rato dentro um barril, *não* porque ele estivesse errado — não, não por isso —, mas porque no fundo eu gostaria que ele estivesse certo? Porque eu mesmo, depois que conheci você, tinha desejado que a mentira dele fosse verdade? Pergunto: como eu poderia unir esses mundos? Todas as manhãs você me salvava, e todas as noites, batizado de novo pela saliva da multidão, eu era lembrado de nossa condição.

Nessa tarefa essencial, claro, Hunter e Coffin tinham um papel importante. Homem de olhar severo que lhe era muito apropriado, com um rosto comprido como o de um cavalo, alongado mais ainda pelas costeletas que o general Burnside popularizaria meio século mais tarde, o capitão Coffin tinha mudado consideravelmente desde nossos dias no *Sachem*. Naquela época, para grande espanto da tripulação, ele nos convidava para seu camarote, onde tentava nos ensinar a jogar xadrez ou nos mostrava a coleção de curiosidades que coletara durante suas viagens. Agora, cada vez mais taciturno e irascível, mal falava conosco, a não ser para pedir alguma mudança em nossas vestimentas ou modos, ou para resmungar dentro do seu copo de xerez a propósito dos dias perdidos "driblando uma condessa".

No início, foi Robert Hunter quem veio em nossa ajuda, quem insistiu, apesar das reclamações de Coffin, que o cabriolé ficasse à nossa disposição, quem pareceu o mais disposto dos dois a nos conceder certa liberdade. Por sentir, talvez, algum remorso pelo modo como tinha se comportado no passado (ou acreditar que podia se mostrar magnânimo, considerando o rumo que as coisas tinham tomado), ele aparentou, sinceramente, desde o instante em que subimos a bordo do *Sachem*, ter em mente apenas nossos interesses. Mais de uma vez, por questões sem nenhuma importância, interveio em nosso favor. Onde antes tinha se mostrado viscoso por natureza, instintivamente falso, agora parecia de uma franqueza refrescante, quase rude. Desapareceram, ou quase, as exclamações devotas que tinham pontuado cada frase de seu discurso;

acabados estavam também os maneirismos dolorosos, as pequenas lisonjas e insinceridades que tanto tínhamos desprezado. Em seu lugar havia agora um realismo de homem de negócios com o qual podíamos lidar e até respeitar.

Enquanto estávamos os quatro sentados como iguais no confortável camarote do capitão, todo em madeira escura e bronze polido, ele tinha explicado — em detalhes e sem nenhum traço de condescendência — o que podíamos esperar do ano que estava por vir, como nossos acordos de negócios seriam tratados, por que, em razão das despesas incorridas por ele e Coffin, a renda de nossas apresentações seria dividida 40-40-20, e sob quais futuras circunstâncias a proporção poderia mudar a nosso favor. Eng, que tinha cabeça para essas coisas, e cuja habilidade com números nunca deixava de me espantar, concluiu que o acordo parecia, com base no que fora dito, justo e, dadas as nossas condições, até generoso.

Se o tivessem respeitado, poderia ter sido as duas coisas; na verdade, não foi nem justo nem generoso. Eles nos mostraram livros e números que não faziam sentido, nos atribuíram despesas que até uma criança teria achado absurdas. Quando exigimos nossa parte da receita, nos disseram que não estava disponível, que eles — Hunter e Coffin — tinham tomado a liberdade de investi-la para nós e que, de todo modo, não receberíamos o saldo de nosso dinheiro, conforme contrato, até o dia em que nossa sociedade fosse dissolvida. Quando Eng reclamou que não tínhamos assinado tal contrato, eles riram, incrédulos, e agitaram um pedaço de papel na nossa cara, uma cópia do qual, disseram, estava arquivada com seus advogados Evans e Lamberton.

Eles não sabiam — embora pudessem com certeza imaginar, afirmaram — quem poderia ter colocado essas ideias nas nossas cabeças (ideias insultantes, muito insultantes, disse Coffin, tirando o cachimbo da boca e ficando no mesmo instante com o rosto vermelho como se alguém tivesse fechado uma válvula, enquanto Hunter, ao seu lado, limitou-se a sacudir a cabeça, afirmando que devia ter havido "um mal-entendido"). Acreditávamos mesmo que estávamos sendo lesados, depois de tudo que tinham feito por nós? Não conseguiam imaginar como pudéssemos pensar tal coisa. No entanto, como parecíamos pessoas sérias, eles sentiam-se na obrigação de nos informar que a lei e os precedentes (assim como a compreensão natural dos tribunais, dadas nossas... hum... respectivas posições na sociedade, digamos) estavam inteiramente do seu lado. Se contestássemos sua reputação de homens de negócio honestos, eles não teriam escolha senão se defender com todos os meios à sua disposição; podiam nos garantir que Evans e Lamberton, que atuavam em total sintonia com o Tribunal Supremo, iriam... bem, não havia necessidade de evocar coisas desagradáveis que certamente jamais aconteceriam. O contrato que tão misteriosamente não nos lembrávamos de ter assinado — embora nós dois o tivéssemos assinado, e com prazer — era legal e nos ligava a eles. Com o tempo, se conseguíssemos controlar a impaciência natural da juventude, receberíamos nosso dinheiro, que seria uma bela soma. Quanto? Difícil dizer.

A quem poderíamos recorrer? Sophia, que lutava em cem frentes, não teria podido fazer nada, mesmo que estivéssemos dispostos a pedir sua ajuda. Em desespero, procuramos Dumat. Ele escutou com atenção e um olhar preocupado no rosto enquanto Eng relacionava os fatos — a quantidade de pessoas envolvidas, a receita estimada, as despesas prováveis que tinham sido calculadas por terceiros —, depois nos prometeu estudar a questão.

— Se for verdade... mas não, não consigo acreditar. Ainda assim, o que vocês dizem é muito preocupante, meus amigos. Devo acrescentar que, na condição de sócio de *monsieur* Coffin e *monsieur* Hunter, eu também... — Puxou com força as pontas do colete, como se entrasse em alerta. — Darei atenção imediata ao assunto — afirmou, sua pequena barba bem aparada eriçando-se de indignação. — Estejam certos, meus amigos, de que eles não colocarão uma venda nos olhos de Emmanuel Dumat.

Disso eu não tinha dúvida, nem que fosse porque eles precisavam de sua ajuda para colocá-la nos nossos. Uma semana depois ele estava de volta.

— Vocês ficarão aliviados de ouvir, meus amigos, que seus temores são inteiramente infundados — anunciou, empoleirando-se muito sem jeito na borda de uma cadeira em nosso pequeno quarto.

141

Embora admitisse que os senhores Hunter e Coffin não eram os mais sofisticados dos homens, ele os considerava honestos com relação aos negócios que tratavam conosco. Ele os havia questionado diretamente e saíra convencido de que os dois cavalheiros, embora não desprezassem um lucro, tinham em mente apenas defender nossos interesses. Ainda que ofendidos por nossas acusações, não nos queriam mal e, de fato, nutriam uma afeição quase paternal por nós; ele sentia-se na obrigação de acrescentar que, como em famílias de verdade, nas quais os sentimentos mais fortes muitas vezes evidenciam os laços mais fortes, no nosso caso, também, as palavras ásperas, os sentimentos feridos, mesmo a raiva com a qual tinham reagido às nossas acusações, não passavam da prova de sua consideração. E assim por diante.

Embora isso fosse particularmente difícil para Eng, que se orgulhava muito de seu tino para negócios, e que havia bem mais de um ano se tranquilizava com a ideia de nossa fortuna crescente, trocando com grande paciência cada indignidade por seu valor em moeda, nem ele nem eu deixamos transparecer o que tínhamos compreendido da situação. Camuflamos como mestres nossos pensamentos (que grande alívio para nós dois; como era fácil confundir as motivações dos outros quando se estava longe de casa...) e imediatamente começamos a coletar provas por conta própria, anotando às escondidas datas, números e valores recebidos em uma pequena caderneta de bolso que Sophia nos tinha dado em uma de nossas visitas, preparando-nos para o dia em que reconquistaríamos nossa liberdade.

IV

Mas não seria assim. Os carcereiros, esta é a verdade, escapariam antes de seus prisioneiros. Uma vez já tínhamos rejeitado as propostas de Hunter e fomos forçados pelas circunstâncias a pedir seu perdão. Dessa vez, no entanto, não nos deram sequer a chance de expiar nossos pecados, de voltar a merecer suas boas graças. Talvez até tenha sido bom. Quando nos perdoou na primeira vez foi porque tinha a ganhar com o perdão. Dessa vez, não tínhamos nada do que ele queria. Ele e Coffin tinham secado o poço.

Quando me lembro da curva da nossa sorte na Europa aquele ano, vejo um curto pico agudo — glorioso e inebriante —, seguido por um longo e acentuado mergulho. Uma montanha dos Alpes. Um verdadeiro Zugspitz de sucesso fácil e completa humilhação. Durante quase oito meses — um período tão impetuoso e desorientador que mal conseguimos tirar algum prazer dele — encontramos chefes de Estado, fomos recebidos nas casas dos ricos e dos bem relacionados, apresentados a ministros e dignitários, barões e baronesas cujos nomes mal conseguíamos pronunciar, muito menos lembrar. Em Londres fomos apresentados à Sua Majestade o rei Jorge IV (lembro-me de um homem agitado, que tossia muito), depois exibidos no Pavilhão Egípcio, em Piccadilly, diante "dos mais eminentes professores de cirurgia e de medicina da metrópole". Essa augusta assembleia à qual fomos apresentados quando nos sentamos em um divã vermelho no centro do palco (Hunter fez com que se aproximassem um a um e cobriu-os de lisonjas) não apenas declarou coletivamente que éramos "autênticos" ("um maravilhoso capricho da natureza"), como também garantiu ao público que nos ver seria inofensivo, mesmo para as mais delicadas sensibilidades.

Os senhores do quarto poder concordaram: "Na aparência, no comportamento, nas maneiras e nos movimentos, não há o que possa ofender a delicadeza da mulher mais meticulosa", lemos no *John Bull*. "Sem nada de repulsivo ou desagradável, como a maioria dos outros monstros", escreveu o repórter do *Universal Pamphleteer*, "esses jovens estão certamente entre as mais extraordinárias monstruosidades da natureza que já testemunhamos." O *Times* concordou. O *Mercury* fez o mesmo. De fato, a julgar pela avalanche de cartas, depoimentos, especulações e relatórios científicos que nossa chegada em Londres provocou, não havia uma única alma na Inglaterra naquele momento, viva ou morta, que não tivesse uma opinião a nosso respeito. Se viva, a publicava; se morta, comunicava seus sentimentos por procuração.

Nossa vida foi, na verdade, muito bem examinada. Em um trabalho apresentado ao Real Colégio de Cirurgiões em Londres, o Dr. Buckley Bolton relatou que "a língua de Eng é sempre mais branca que a de Chang, e sua digestão, mais sujeita a problemas devido a uma dieta inadequada. Além disso, Chang, segundo seu próprio depoimento, nunca passou um dia sem fazer suas necessidades, mas o contrário com frequência acontecia com Eng." A partir dessas particularidades humilhantes, o Dr. Bolton determinava, com uma série de saltos temerários que devem com certeza ter espantado sua plateia, a natureza subjacente da forma. Jamais imaginamos que pudéssemos ser considerados uma abertura para a compreensão das leis ocultas da organogenia.

Nem nossa fama ficou limitada ao mundo da ciência. Em carta aos editores de jornais e revistas publicados de um lado a outro da Inglaterra, pessoas que jamais tínhamos encontrado especulavam sobre o significado de nosso umbigo único; indagavam se a denominação "monstruo sidade" era corretamente aplicada a nós ou apenas "aos nascimentos antinaturais, que são similares aos dos animais"; dissertavam sobre a tristeza que era contemplar duas criaturas destinadas a suportar todos os males comuns da vida, embora obrigatoriamente privadas de aproveitar muitas de suas principais alegrias.

144

"O elo que os une", escreveu o repórter do *Examiner*, que queria, por sua vez, envolver o *páthos*, "é mais durável que o laço do matrimônio — é impossível haver uma separação, legal ou ilegal —, nenhum ato do Parlamento pode divorciá-los, assim como nem todo o poder da lei inglesa conseguirá desfazer o vínculo. Arrancados, pobres sujeitos, de sua terra natal, condenados a passar a vida em uma espécie de escravidão, a ser levados aos quatro cantos do mundo, expostos às dolorosas vicissitudes do clima, devemos nos espantar que seus rostos, quando os vimos terça-feira, demonstrassem pouca alegria?" Pensamos em escrever ao jovem jornalista para informá-lo que nosso ar sombrio naquela noite era devido menos às vicissitudes do clima do que a certos desconfortos alimentares que preferíamos não mencionar, ainda que bem compreendidos pelo Dr. Robert Buckley Bolton, do Real Colégio de Cirurgiões, mas nos contivemos.

Contudo, por mais gratificantes que fossem nossas audiências com as cabeças coroadas e aprovadoras da Europa, por mais comovente que fosse a pequena avalanche de cartas lamentando nossa sorte, elas não representavam o nível a que chegava nossa fama. Nossos correspondentes não se limitavam à prosa: durante algum tempo, como tulipas brotando sob os pés dos reis magos, versos — ou algo parecido, de todo modo — floresciam por onde passávamos. Das dezenas de poemas escritos para nós, consegui salvar dois, dobrados com cuidado dentro da cadernetinha azul onde tínhamos começado a acumular provas dos crimes de Hunter e Coffin. Assim, o *Sunday Times* de Londres publicou, em 4 de abril de 1830, o seguinte:

Meus amigos amarelos! Vocês vieram,
Como outros antes fizeram,
Para mostrar a placa de "dois em um",
E pendurá-la sobre sua porta comum?

Como pensam suas dívidas pagar?
Um a do outro irá quitar?
Ou usarão subterfúgios e dirão:
"Ah, essa é do meu irmão"?

Pois bem sabemos que, se um deles afinal
For mandado às galés ou ao tribunal,
O outro moverá uma ação
Alegando que é arbitrária a prisão.

Vocês têm coragem de à mesa sentar,
E depois de a fome saciar
Levantar e pagar a conta comum
Com o equivalente a apenas um?

Era um poema encantador, e nos anos que se seguiram seria um dos textos favoritos de Gideon, que o guardaria na memória e nos saudaria à sua porta com o verso de abertura. Mesmo naquela época eu admirava o ritmo — que lembrava a batida de uma bigorna —, a sonoridade da linguagem, os itálicos extravagantes. Entretanto, como *literatura*, eu preferia o segundo, que Coffin recortara com capricho das páginas da *Literary Gazette*.

Se nas páginas da Sagrada Escritura é fácil descobrir
Que ninguém deve separar o que Deus decidiu unir,
Oh, por que a ciência ousaria, com grande habilidade,
Separar o par unido por Deus para a eternidade?
Unido por um mais do que legítimo elo,
Um prodígio forjado pelo Criador, sem paralelo!

Boa pergunta. Por quê?

De Londres, onde tínhamos nos deliciado com o teatro de Covent Garden e com o bazar da Baker Street, com a Grosvenor Square e com a Grub Street, partimos para Bath e Windsor, Reading e Oxford, Birmingham e Liverpool, e depois pegamos uma condução para a Escócia. Glasgow e Edimburgo passaram por nós como um borrão de alojamentos e transportes públicos de beira de estrada. As vias eram esburacadas e duras como ossos, depois macias como frutas podres. A paisagem sacolejou e

146

trepidou, as horas se escoaram. Passamos semanas, nos pareceu na época, ouvindo os chiados e estrondos dos roncos de Coffin, vendo sua boca aberta, uma pequena caverna úmida quase dissimulada por suas costeletas espessas e resistentes. Entediados, nos cutucávamos e cochichávamos enquanto Hunter, sentado ereto como uma vareta de espingarda, sempre farejando lucros como um porco atrás de trufas, rabiscava sobre uma mesa improvisada que encaixava sobre os joelhos. Precedidos por um certo Hale, que Hunter contratara para reservar alojamentos e salas de exibição e para semear nosso caminho com placas de publicidade exaltando os prodígios dos "meninos siameses duplos", tínhamos pouco com o que nos preocupar do raiar do dia ao anoitecer.

De Edimburgo prosseguimos para Dublin, e de Dublin para Belfast. De Belfast viajamos para a França, onde nossa audiência com o rei Luís Felipe (um homem afável e de sorriso franco que na verdade ouvia, com a cabeça inclinada à frente para melhor se concentrar, a tradução de nossas palavras feita por um Dumat ofegante) gerou uma febre incrível de curiosidade entre a nobreza. Aproveitamos a nata e fomos em frente, da França para a Bélgica, da Bélgica para a Espanha. Dois meses depois, após ter dado tempo suficiente, na avaliação de Hunter, para que a curiosidade ressurgisse, voltamos para a cidade do amor.

É possível imaginar a curva de nosso declínio, o arco de nossa queda. Durante um ano representamos o suprassumo da Europa. Durante um ano estivemos entre a minoria escolhida, os eleitos. O par unido pelos céus. A maravilha forjada pela mão do Criador.

No entanto, do mesmo modo como o próprio Deus com o tempo se cansara de seu par original de tolos e o despachara do paraíso, os bons cidadãos parisienses se livraram de nós. É verdade que não havia serpentes na Rue Saint-Antoine; maçãs também não. Nenhum conhecimento pelo qual eu de bom grado correria o risco de perder o Éden, e até mais. Além disso, o paraíso era uma pessoa, não um lugar.

No entanto, com a mesma certeza de que Satã surgiu de um capricho de Deus, assim agiram os minúsculos agentes de nossa queda. Reflitam um pouco: quem, a não ser Deus, poderia ter sonhado com uma história tão absurda e impiedosa? De mãos dadas, e devagar, deixamos o Éden. Ainda hoje escuto aquela risada alta e tonitruante.

V

Afinal, foi uma bela piada. Seus nomes eram Ritta-Christina, as Gêmeas da Sardenha, e por todos os parâmetros de horror e compaixão, elas nos ganhavam de longe. Dois bebês de cabelos cacheados na parte de cima, mas apenas um mais embaixo; causavam tanto espanto que homens feitos choravam ao vê-las. Duas crianças, ambas sem nenhum defeito, tinham se fundido como velas de cera. Era um capricho de uma ordem inteiramente diferente. Cada uma possuía sua beleza individual, com braços e dedos bem formados, e ambas davam a impressão, quando o lençol era afastado pelo pai, de terem absorvido uma irmã cujo corpo igualmente perfeito agora descendia de seu tórax comum.

Anos mais tarde eu leria que Dante punira cismáticos separando-os do mesmo modo como eles haviam separado outros. Em alguns casos, no entanto, por compreender melhor que ninguém que a esperança frustrada — para sempre contida, para sempre negada — é pior que qualquer punição, ele deixara o trabalho inacabado. Esses poucos ele condenou a lutar pela separação, sem jamais se separar, a desejar a unicidade sem jamais consegui-la. "Mas veja, Agnello, agora vocês não são um nem dois."

Ritta-Christina eram a ilustração viva de Dante. Mas qual era seu pecado? O que poderiam ter semeado, nesta vida ou em outra, para que seus corpos fossem forçados a produzir semelhante safra?

No entanto, lá estavam elas, um pedaço do verdadeiro inferno em Paris. Imaginem, se puderem, o furacão de repulsa e curiosidade que causou esse novo par unido pelos céus, as bibliotecas de versos que inspiraram. Onde estava agora a Vênus hotentote ("Uma anca, ela tinha, tão estranha quanto era possível, grande como um caldeirão, e é por isso que os homens corriam para ver essa adorável hotentote") que 15 anos antes causara uma tempestade na cidade? Onde estava a Mulher de Três Tetas; ou Hop, o Anão sem Pernas; ou o Príncipe Ramal, o Homem-Torso? Onde, aliás, estávamos nós? Em um instante, a maravilha forjada pela mão de Deus tinha sido varrida do cenário e substituída por outra muito maior.

É preciso dizer em nosso favor que não éramos, nem um nem outro, monstros a ponto de invejar sua vitória. Admito uma centelha de... do quê? Ciúme? Ressentimento? Da raiva instintiva do concorrente mesmo involuntário que se vê de repente no vértice da derrota? Até esse ponto confessarei, mais não. E até isso apagamos sem um instante de hesitação.

Ritta-Christina, no entanto, indiferentes ao rio de rostos que passava devagar pelo seu leito, gorgolejando, satisfeitas, ou puxando as orelhas uma da outra em súbita crise de raiva, como acontece com todos os bebês, eram realmente apenas o ato final. Durante semanas tínhamos sentido a proximidade do precipício. Durante semanas, talvez mais, tínhamos sentido o chão que se inclinava sob nossos pés, sempre devagar, na direção de um futuro que não conseguíamos discernir. Dia após dia, interpretando os silêncios de Hunter e de Coffin, percebendo sua evidente insatisfação conosco e nossa capacidade cada vez menor de atrair multidões, sentíamos o ângulo do declínio aumentar.

Eles mesmos raramente nos acompanhavam agora, contentando-se em fazer os acertos necessários e contratar um guarda-costas musculoso (ou dois, se a situação pedisse) para garantir a segurança de seus investimentos. O escândalo com o qual tinham esperado reanimar nossa sorte (e a deles) não tivera sucesso, obviamente, e embora continuassem a falar e fazer planos, discutindo até tarde da noite enquanto a chuva escorria pelo vidro da janela, embaçando a visão, ficava claro pelos compromissos cancelados e pelo tamanho das salas que contratávamos (que encolhiam depressa como se corressem para ficar à frente das plateias que diminuíam) que o poço tinha praticamente secado.

149

Dia após dia o espaço diminuía ao nosso redor, os alojamentos ficavam mais sujos. Dia após dia, como se os anos tivessem de algum modo acelerado e os tornado mais velhos da noite para o dia, as tábuas dos palcos sobre os quais nos apresentávamos tornaram-se irregulares e ásperas, os assentos reluzentes pelo uso. Às vezes, quando chegávamos cedo, observávamos as fileiras de assentos dobrados como dentes nas mandíbulas de um tubarão. Mal iluminadas, as salas pareciam uma caverna, uma massa escura. Aqui e ali, quando o enchimento do piso saía por um rasgão, era possível ver onde alguma ponta tinha furado o tecido.

Ainda mais reveladora, no entanto, era a mudança na atitude dos proprietários dos estabelecimentos. Mais rápidos que cães para perceber a vulnerabilidade dos outros, eles agora exigiam o que duas semanas antes teriam de boa vontade esquecido, e depois, quando viam que não desistíamos nem ameaçávamos atingi-los com nossas bengalas por sua insolência, atrevidamente pediam mais. Sumiu o chapéu na mão e o sorriso subserviente, a atitude servil e o desejo de conciliação. Éramos um deles agora, ou quase, e eles sabiam. As lamparinas diminuíam a luminosidade e começavam a piscar, como se o óleo estivesse por acabar.

A memória, no entanto, é misericordiosa. Na verdade, nosso declínio foi mais lento e mais inseguro, um escorregão oblíquo — como na neve ou na areia. Tão gradual foi nossa queda que durante semanas nos perguntamos se nosso declínio refletia algo mais do que uma diminuição temporária no interesse do público, se esse repentino declive em nosso sucesso não era uma simples correção do nível excessivo que atingira. No entanto, com a mesma certeza de que a poeira acaba assentando, a hora de nossa queda chegou. Pouco a pouco, à medida que o inverno avançava, a realidade de nossa situação tornou-se evidente. Os fatos eram indubitáveis: embora ainda conseguíssemos atrair multidões dos estaleiros e dos abatedouros de cavalos de Montfaucon, os palácios e os salões da aristocracia, onde tínhamos sido antes acolhidos, estavam agora fechados para nós.

Ao longo de tudo isso, emprestando às nossas vidas um ar cada vez maior de irrealidade, continuamos a fazer nossas visitas matinais a Sophia. Lá, tudo continuava como sempre fora. Lá, embora me sentisse cada vez mais acossado por inimigos tanto reais quanto imaginários, eu conseguia restaurar minha força. Receoso de perturbar o equilíbrio do mundo que encontráramos, nenhum de nós dizia uma única palavra sobre as dificuldades que enfrentávamos quando separados. Não falei sobre nossa situação com Hunter e Coffin, sobre o rápido declínio de nossa popularidade nem sobre o fato de ter precisado lutar para garantir uma condução naquela manhã. Eu não dizia uma palavra — como poderia? — sobre a leve, porém crescente falta de entusiasmo de meu irmão pelas visitas que antes o interessavam tanto quanto a mim. Cada vez com mais frequência eu precisava mandar meu irmão vestir-se, ou lembrá-lo da hora, e ainda que me apoiasse quando eu pedia que nos emprestassem uma condução, eu não era tão tolo nem tão cego para ignorar o ressentimento que crescia entre nós.

Eu não podia culpá-lo. Desde algumas semanas, talvez porque andava envolvida demais em seus próprios pensamentos para fingir imparcialidade, ou porque sentia que isso não era mais necessário, ou talvez até porque eu a incentivava, Sophia dedicava a mim a parcela maior de sua atenção. Quando nós três saíamos a passeio, agora seu braço ficava enganchado no meu; sempre que possível, quando jogávamos no salão, formávamos uma dupla. Era como se não conseguíssemos impedir que isso acontecesse. Talvez se tivéssemos podido seguir nossos desejos, se eu tivesse conseguido acariciar seus cabelos, inclinar sua cabeça para trás e beijá-la exatamente ao lado da pequena e macia cavidade de seu pescoço, teríamos tido menos necessidade de declarar nosso amor diante do tabuleiro de jogos. Mas não podíamos, por isso excluíamos meu irmão do mesmo modo radical que os apaixonados, em seus primeiros arroubos, sempre eclipsaram as pessoas à sua volta, não lhe restando opção senão ler romances ou distrair-se olhando imagens coloridas enquanto conversávamos e sussurrávamos no ouvido um do outro. Ele não podia ir a lugar nenhum. Nós também não.

Eu sabia o que se passava, e não me importava. Compreendi seu orgulho ferido, seu desconforto por precisar estar presente, como um acompanhante, quando o queríamos afastado. Compreendi a traição que ele deve ter sentido quando ficou claro pela primeira vez que alguém tomara seu lugar. Entendi inclusive a batalha que ele travou para ser feliz por mim, para se comportar como imaginava que eu teria feito se a sorte o tivesse favorecido. Durante anos, apesar de nossas naturezas diferentes, nossa convivência tinha sido o mais fácil possível. No entanto agora, pela primeira vez (no desespero de estar sozinho com ela, pelo menos na minha imaginação), eu reservava os momentos de prazer — impregnados de vergonha juvenil, pois o que ela pensaria de mim se soubesse o que eu imaginava? — para quando ele dormia. Ah sim, eu entendia como ele se sentia — em alguns momentos era como se eu fosse me rasgar em dois —, contudo, repito, não me importava.

Havia coisas que eu não contava para ele agora: promessas que eu fazia a mim mesmo, sonhos que eu tinha de ser livre. Não havia o que eu pudesse fazer. Parado uma tarde escura ao lado de Sophia enquanto ela olhava pelo microscópio (o que procurávamos naquele dia?, eu me pergunto), eu reparara nas suas curvas e na pressão do seu corpo na junção de osso com tecido. Quase paralisado pela minha audácia, assegurando-me de que meu irmão não conseguia ver, eu passara o braço ao redor da suavidade de sua cintura. Ela não me repeliu.

— Por favor, não me julgue mal — ela sussurrou mais tarde, quando estávamos os três sentados na sala, meu irmão, ao meu lado, lendo um romance. Ou fingindo ler. — Eu não suportaria que você me julgasse mal.

— Jamais poderia julgá-la mal — eu respondi também com um sussurro, tomando sua mão na minha. — Nunca. Nunca. Não enquanto eu viver.

E estava sendo sincero. Deus é testemunha de que estava sendo sincero.

Ah, mas não devemos jamais subestimar a maleabilidade da opinião dos jovens, ou a velocidade com a qual a mudança de opinião dos outros a nosso respeito, real ou imaginária, pode modificar a que temos deles. Torturado pela esperança, pelo medo, por fantasias de realização e por pesadelos durante os quais eu vagava por cidades desconhecidas à procura de meu irmão, como de um membro amputado, eu não sabia ao certo o que desejar. Rindo, ela apoiava a cabeça no meu ombro; segurava minha mão e acompanhava o contorno de meus dedos ou acariciava a pele da palma. Eu adorava sua voz, seu cheiro. Nós nos compreendíamos profundamente. Eu a queria como jamais quisera alguém ou alguma coisa na vida. Contudo, havia momentos, mesmo sabendo que isso jamais aconteceria, em que eu quase desejava que ela se fosse, momentos em que eu teria dado tudo para que as coisas voltassem ao que eram antes. E então, mal esse pensamento me atravessava a mente, eu já partia em outra direção, já me perguntava se ela sentiria o mesmo, atormentando-me com a ideia de que ela também desejasse nunca ter me conhecido. Quando eu discutia com Hunter e Coffin, sentia minhas mãos tremerem, a febre queimar por trás de meus olhos. Perpetuamente exausto, culpado de crimes que não conseguia compreender, eu tinha uma vaga consciência do mundo que desmoronava ao meu redor.

Uma desculpa para meu comportamento covarde? Certamente não. Na melhor das hipóteses, uma justificativa atenuante oferecida em minha própria defesa por meu *eu* mais velho.

Durante toda aquela profética manhã de segunda-feira eu forçara meu irmão como um cavalo velho, primeiro incentivando-o a sair da cama, depois observando, com crescente impaciência, sua demorada toalete matinal. Sophia nos esperava às 10 horas. Às 9h30, meu irmão apenas começara seu café da manhã e mastigava sua comida com tamanha deliberação, como um ruminante, que fiquei convencido de que tentava me irritar. Eu estava pronto desde as 9h15. Só me faltava vestir o casaco e sair. Cerrei os dentes e o escutei mastigar.

Por fim, não me contive:

— Podemos ir, por favor? Já é tarde.

— Estou comendo — respondeu ele, tomando um gole de chá.

Fiz um grande esforço para me controlar.

— Sei que está comendo. Mas pensei que pudesse se apressar um pouco, considerando a hora.

— Acabo em um minuto — ele insistiu, e continuou a comer.

— É falta de educação chegar atrasado.

— Desde quando você é tão pontual?

Não respondi. Um estranho tremor nervoso tinha tomado conta de meu estômago e aos poucos se espalhava por meus braços e pernas. Ainda que saíssemos imediatamente, estaríamos pelo menos 15 minutos atra-

153

sados. Eu podia imaginar Sophia se aproximando da janela na tentativa de nos ver chegar. Meu irmão raspou com a faca uma fina lâmina de manteiga e começou a espalhá-la na torrada.

— Você é um idiota — falei, em voz baixa.

— É o que você diz.

Foi quando descíamos as escadas que nos deparamos com Hunter, ou com sua voz, pelo menos. A porta do quarto que ele e Coffin alugavam exatamente embaixo do nosso estava aberta.

— Uma palavra, se possível, cavalheiros — pediu ele.

Não havia como recusar. Passavam já dez minutos das 10 horas.

Para minha surpresa — e de meu irmão, imagino —, encontramos o quarto ocupado não apenas por Hunter e Coffin (espojado como um sapo irritado em uma enorme poltrona perto do fogo), mas também por Dumat. Estava apoiado na lareira, elegante como um nobre.

— E como estamos esta manhã? — perguntou ele, animado, tentando não deixar transparecer que estavam à nossa espera. — Bem, imagino.

— De saída cedo, como sempre — acrescentou Coffin. — Não daria para...

— Já *discutimos* isso, Abel — interrompeu Hunter.

— Só o que fazemos é discutir, discutir...

— Sim, é isso, e peço que você, por favor, *não* interfira até conseguirmos explicar nosso ponto de vista.

— Que é ridículo, na minha opinião.

— Obrigado. Agora, se nos permitem...

Ele fez uma pausa e virou-se para nós.

— Cavalheiros, não vejo razão para fazer rodeios. — Nesse ponto Coffin riu com desdém. — Por isso, permitam-me ir diretamente ao que interessa. É um assunto sobre o qual já falamos inúmeras vezes, algo que com certeza não seria...

— Mas por que estamos fazendo tanto mistério, Sr. Hunter? — cortou Dumat, com um riso curto e nervoso. — Não é nada tão...

— Sr. Dumat, por favor. Trata-se, como já falei, de assunto sobre o qual conversamos diversas vezes antes e, infelizmente, sem chegar a uma solução. Apesar de nossa insistência, não conseguimos progredir. Só nos resta, então, lamentavelmente, esclarecer nossa posição em termos que não deixem margem a mal-entendidos.

Limpou a garganta. Eu mal escutava. Por que não discutíamos o que quer que fosse mais tarde? Olhei de relance para o relógio sobre a lareira.

— Em resumo — prosseguiu —, acredito que estou certo ao dizer que nós três aqui presentes concordamos em um ponto, isto é, que suas visitas a *mademoiselle* Marchant, ainda que desculpáveis durante algum tempo, não têm surtido o efeito benéfico que poderíamos esperar e correm o risco de, na verdade, exercer uma influência negativa na carreira de vocês. Permitam-me que seja franco: o que já foi divertido, não é mais. O que não passava de uma mera distração é cada vez mais visto como escandaloso, depravado, até. — Nesse ponto Hunter ergueu a mão, como se para interceptar perguntas que ninguém tinha feito. — Tenho plena consciência, claro, de que a plateia é uma amante volúvel. — Seus lábios se estreitaram. — Mas ela é assim, e devemos nos adaptar a ela do melhor modo que pudermos.

— Ao que interessa, direto ao que interessa — resmungou Coffin. — Pelo amor de Deus!

— Assim, enquanto o Sr. Coffin e eu acreditamos ter uma parte da responsabilidade pelo seu continuado sucesso, da mesma forma que toda a carga financeira, devo acrescentar, para a garantia da condução agora usada quase exclusivamente para as suas excursões, sentimos não ter outra escolha senão retirar esse privilégio. Ao fazê-lo, esperamos forçá-los a considerar suas visitas a *mademoiselle* Marchant como a obsessão doentia que elas se tornaram, e...

— Tudo que queremos dizer — interrompeu Dumat —, é que há certas... hã... considerações das quais, na sua idade, vocês não podem esperar ter conhecimento. A juventude é inocente, impressionável; como resultado, a imagem que ela faz do mundo é muitas vezes colorida por sua inexperiência, e quando os fatos saírem da sombra, poderá ser tarde demais.

— É isso mesmo, é isso mesmo — concordou Hunter. — Como seus tutores, e não apenas sócios em seus negócios, sentimos que nos enganamos ao permitir-lhes liberdade excessiva para a sua idade. Em consequência, no momento... e apresso-me a acrescentar que damos este passo unicamente para o seu bem... anularemos seus privilégios de locomoção até o momento em que...

— Não podem fazer isso — retruquei, surpreso e envergonhado por sentir que as lágrimas estavam a ponto de escorrer pelo meu rosto. — Vocês não podem fazer isso.

— Não podemos? — perguntou Coffin, inclinando-se à frente como um cachorro em posição de ataque. — E quem vai nos impedir, hein?

— Abel, por favor...

— Podemos fazer o que nos agradar, meu menino, nunca esqueça isso. Olhei para Hunter.

— Receio que o Sr. Coffin tenha razão — afirmou.

Meu irmão permaneceu calado. Olhei para todos enquanto escutava o martelar surdo de meu coração.

— Estamos atrasados — expliquei. — Marcamos um encontro com *mademoiselle* Marchant.

— Ouçam o que diz o pequeno lorde — riu Coffin.

— Com sua licença.

Meu irmão não se mexera.

— Não há condução — declarou Hunter tranquilamente.

— Alugaremos uma — retruquei. — Venha.

— Alugarão como? Vocês não têm dinheiro!

— Venha! — insisti, empurrando meu irmão na direção da porta. — O que há com você?

— Lordes não precisam de dinheiro — ouvi Coffin dizer às nossas costas. — Basta usar sua influência, não sabia? Ou fazer algumas piruetas para garantir seu sustento.

Estávamos agora encurralados contra a porta, e puxei meu irmão com toda a força que consegui reunir, um ombro apoiado no batente, como em um parto difícil.

— Venha — gritei, chorando abertamente agora e sacudindo-o com violência. — O que há com você?

— Não quero ir — respondeu meu irmão.

Não desisti até conseguir arrastá-lo como um corpo morto pelo corredor que levava à escada. Apoiando os pés nas paredes (em determinado momento meu irmão simplesmente se jogou no chão), chorando de raiva e humilhação, consegui chegar ao alto da escada. Agarrado às barras do corrimão e avançando devagar, uma mão após a outra, como um aleijado, consegui vencer o primeiro degrau. Um pouco rolando, um pouco nos debatendo, alcançamos o andar térreo. O hall de entrada era mais largo, mas, agarrando-me nas pernas dos móveis ou me arrastando como podia no chão encerado, cheguei por fim à porta da rua. Ergui um braço, chorando e xingando, e alcancei a maçaneta.

Só então compreendi a total inutilidade da situação. Percebi que eu não poderia mover-me e ao mesmo tempo suportar o corpo de meu irmão (passivo sob meus bofetões, pontapés e sopapos) até conseguir abrir a porta. E ainda que conseguisse, o que aconteceria? Onde acabaria tudo aquilo? Eu pretendia arrastá-lo por mais de 2 quilômetros pelas ruas, sobre a neve escura e os dejetos de cavalos, em pleno mês de fevereiro? Lutando para conseguir abrir a porta, parando apenas para bater na cabeça de meu irmão, afinal desabei como uma criança e chorei. Eu estava tão arrasado, tão perdido e derrotado naquele momento, que nem percebi quando Coffin e Dumat nos colocaram de pé, apoiaram nossos braços externos em seus ombros, nos reconduziram escada acima até o sofá junto à lareira e nos cobriram com cobertores.

Não me mexi. Recostado no sofá, ouvindo a respiração tranquila de meu irmão ao meu lado, senti as lágrimas secarem no meu rosto. Eu não conseguiria enfrentar todos. Não queria. Eu os ouvia falar de nós, e o som de suas vozes parecia estranhamente distante:

— Eles estão bem?

— Não imaginei que ele fosse levar o assunto tão a sério.

— Eu pressentia que sim.

— Santa Mãe de Deus, nunca vi coisa igual em toda a minha vida.

— Pensei que ele mataria os dois, quando os vi descer a escada daquele jeito.

— Ela deixou a cabeça dele confusa, pobre idiota!

Por fim abri os olhos. Não havia outra coisa a fazer. Coffin mantinha-se afastado e parecia de novo o capitão Coffin que tínhamos conhecido tempos antes, no *Sachem*. Percebi que Dumat tratava dos machucados de meu irmão. Hunter ofereceu-me um copo.

157

— Tome um pouco de água. Vamos, pegue — insistiu. — É preciso. Bebi.

— Está bem aquecido?

Concordei com a cabeça.

Ele virou-se para Coffin.

— Abel, traga um copo de vinho para este rapaz.

Eles pareciam de fato confusos, preocupados. E embora eu sinta vergonha agora, a verdade é que, na época, estava tão destruído que lhes permiti cuidar de mim. Aceitei de bom grado suas atenções desajeitadas e paternais, como se eles tivessem acabado de nos resgatar de um grande perigo, quando na verdade eram responsáveis pelo nosso estado; como se, por termos atravessado juntos os acontecimentos daquela manhã, de algum modo tivéssemos nos tornado mais próximos.

Ficamos no quarto deles até o final da tarde. Pratos de comida foram trazidos e levados de volta. Em determinado momento um médico apareceu e nos examinou rapidamente... estávamos doentes?... antes de sair para o corredor com Hunter.

— Choque nervoso — foi sua resposta à pergunta murmurada por Hunter.

Depois ouvi palavras soltas, como "difícil dizer", "repouso", "nenhum esforço exagerado", "em hipótese alguma", acompanhadas pelo som de seus passos no corredor. Eu não me importava. Sentia apenas uma tristeza profunda e constante, além do alívio entorpecido, quase animal, que acontece aos que passam por uma grande tensão. Alguma coisa tinha se partido... eu sabia. Não a veríamos naquele dia. Nem no seguinte. E sempre que eu pensava em não ver seu rosto, em não ouvir sua voz, sentia uma dor forte como se uma esponja encharcada de um líquido escaldante fosse enfiada no meu peito e seu conteúdo esvaziado em minhas veias. Depois, como um vento fresco e suave, vinha o esquecimento, o repouso. A sensação de estar livre de uma dor é poderosa. A capitulação, quando se é jovem, quando se tem medo, quando se está exausto, pode ser tão bem-vinda quanto um leito macio e quente no final de uma jornada difícil.

Bebi a água; aceitei um pouco de comida. Permaneci sentado tranquilamente ao lado de meu irmão calado (levaria dias, eu sabia, até que voltássemos a nos falar), agradecido pelo cobertor que tinham estendido sobre nossos joelhos. Não pensei em nada. Somente agora compreendo que a absolvição, mesmo quando oferecida pelos inimigos — não, *especialmente* quando oferecida pelos inimigos, por aqueles que uma hora antes enfiavam nossos rostos na lama pressionando os joelhos contra nossas costas — pode parecer a coisa mais doce da terra, uma bênção como nenhuma outra. Deixados sozinhos para repousar, ficamos sentados no quarto que escurecia enquanto o fogo avermelhado emergia da sombra cada vez mais densa e uma fina chuva vingativa começava a cuspir contra a janela. Em algum lugar dentro de mim o rosto de Sophia — seu riso, seu coração — ainda luzia como uma brasa que se consome; mas eu estava cansado demais para reavivá-la, e quando eles voltaram e nos encontraram adormecidos, o quarto estava frio e o fogo não passava de um punhado de fagulhas espalhadas na lareira.

VI

Durante quase uma semana não respondi suas cartas; limitei-me a mandar dizer que estávamos doentes e que escreveríamos assim que nos recuperássemos. Eu não sabia que ela fora até nossa porta na manhã da terça-feira seguinte, com a intenção de nos ver, e que fora mandada embora educada porém firmemente. Também não recebi as cartas cada vez mais desesperadas que me escreveu; essas, posso apenas supor, foram interceptadas por Hunter ou Coffin. Quando, quase duas semanas depois (ainda sem ter escrito, pois o que eu poderia escrever?), consegui receber uma carta dela, seu tom era tão exaltado, tão irritado e confuso, que só me inspirou uma resistência perversa.

— Peço-lhe uma única coisa — dizia a carta. — Que me escreva e explique o que está acontecendo, que me permita defender nossa causa. Peço este direito, esta misericórdia, apenas porque você, por alguma fraqueza ou algum mal-entendido, parece não poder ou não querer fazê-lo.

Com um gesto teatral que me deu um certo prazer, dobrei a carta — escrita apressadamente com sua caligrafia já familiar e imperfeita — e atirei-a no fogo. No mesmo instante, imaginei ter visto um ar de surpresa, quase um estremecimento, cruzar o rosto de meu irmão. Ele se abrandava agora, depois de ter me levado a uma atitude extrema? Estimulado pela crueldade, empurrei a carta entre as brasas com a ponta curva do ferro e observei-a enrugar-se devagar com o calor e logo se inflamar.

Eu estava certo de que ela tinha sofrido pelo menos tanto quanto eu; arriscado e perdido muito mais. Eu ouvira falar de suas lutas: do noivado

160

desfeito, dos constrangimentos públicos, do noivo que a tinha censurado. Pluvier rira da ideia de um duelo:

— Em quem eu atiraria, *monsieur*? E se matasse um, seria forçado a matar também o outro? É absurdo demais! Honra diz respeito a homens apenas; considero que minha honra não esteja mais em jogo nessa questão do que se *mademoiselle* Marchant tivesse tido seu afeto roubado por um par de poodles inteligentes... ou por gatos siameses.

Mais de uma vez eu tinha me perguntado por que uma mulher na sua posição suportaria de boa vontade tanta coisa. Agora eu sabia. Agora, graças ao bom professor Dumat, eu compreendia que a corrupção pode habilmente aliar-se ao amor, contorcer-se e crescer um dentro do outro até os dois se tornarem inseparáveis e não restar mais nada senão cortar ambos pela raiz. A ponderação tinha escapado aos meus olhos, e se o que eu via era amargo, bem, pouco importava. Eu abraçaria a verdade, ainda que ela me deixasse doente. Eu me envolveria nela como os santos tinham se envolvido nos trapos dos leprosos.

A verdade. A verdade. Somente anos mais tarde eu aprenderia que o diabo — que conhece seu negócio, afinal de contas — só se dá tão bem no mundo porque nunca deixa de caracterizar-se como a verdade.

— Meus bons amigos — exclamara Dumat naquela tarde fria de fevereiro —, eu preferiria ter adiado a conversa para uma data futura; quando vocês estivessem mais velhos, talvez, e conhecessem um pouco melhor as maneiras do mundo. — Deu um sorriso tranquilizador antes de largar sobre uma bandeja ao lado de sua cadeira o cachimbo que estava fumando. — No entanto, vocês foram jogados... com certa precipitação, receio... em um mundo complicado, um mundo no qual as coisas nem sempre são o que aparentam. Um mundo que pode machucá-los com muita crueldade.

Fez uma pausa para escolher as palavras com cuidado.

— Minha tarefa é ingrata. Sei que não confiam em mim, que desde que deixei de apoiá-los contra *monsieur* Hunter e *monsieur* Coffin, vocês acreditam que não sou seu amigo. Não tentarei fazê-los mudar de opinião. Direi apenas, com relação ao assunto, que os cavalheiros em questão talvez não sejam tão culpados quanto vocês imaginam nem tão inocentes quanto eu desejaria.

As brasas se desfizeram na lareira, clareando por um breve instante a sala.

— Um dia frio — disse Dumat.

Atrás dele, uma rajada de vento levantou algumas folhas mortas que voaram como um pequeno bando de pardais, no momento em que um pardal de verdade — como se fosse um pedaço de tecido munido de bico e patas — acomodou-se no peitoril da janela.

— Na verdade, porém, pouco importa se vocês têm ou não confiança em mim — prosseguiu Dumat. — Nenhum de nós tem escolha. Se tivessem um pai — nesse momento senti meu irmão retesar-se ao meu lado —, de bom grado eu me afastaria para deixá-lo cumprir seu dever, mesmo que eu imagine, mesmo que eu acredite, que ele teria feito isso bem antes. Do modo como as coisas estão... — Inclinou-se à frente gentil, sincero, quase sussurrando: — Vocês nasceram com um dom, meus amigos; um dom comparável a uma grande beleza, ou a uma inteligência suprema, que não pode ser negada nesta vida. Esse dom os diferencia dos outros homens. Dá outra forma ao mundo que os cerca. Impõe fardos e confere privilégios. E há ocasiões, suponho, especialmente agora que são jovens, em que esses privilégios parecem pequenos e os fardos, bem maiores do que é possível suportar. Eu entendo. Entendo, possivelmente melhor do que qualquer outra pessoa, o fardo que carregam. — Dumat inclinou-se à frente, sua voz elevando-se com convicção.

Até aquele momento eu me contentava em escutar, menos interessado em suas palavras do que nos gestos aparentemente inconscientes que as acompanhavam como a música gestual dos mudos.

— Eu entendo — ele estava dizendo agora — porque a natureza... ou Deus, se preferir, julgou conveniente abençoar outros, do mesmo modo como abençoou vocês. Porque vocês não estão sozinhos. Uma vez ou outra a natureza decide diferençar os indivíduos de uma forma comum — explicou, separando as mãos longas e pálidas como se dividisse dois pedaços invisíveis de massa. — Ela impõe sua marca enquanto a matéria ainda está fresca — prosseguiu, pressionando o polegar na massa invisível —, e cria algo inteiramente novo. Uma raridade. Uma exceção. Algo que nós, em nossa burrice e nosso medo, chamamos de monstruosidade. Mas estamos enganados, meus amigos. Vocês e os seus pares são prodígios, são maravilhas — afastou as mãos em sinal de impotente assombro —, representam a própria palavra de Deus. E quem somos nós para considerar, na nossa ignorância, que apenas porque essa palavra é inescrutável para nós — olhos apertados e sobrancelhas cerradas em concentração —, um hieróglifo mais complexo que qualquer outro encontrado nos pergaminhos de Alexandria, ela não tem sentido, não é — o longo dedo indicador apontava agora para o teto — divina em sua origem?

Endireitou-se na poltrona.

— Vejo, no entanto, pelos seus sorrisos... não, não tentem negar, não os quero mal por isso... que meus fortes sentimentos sobre essa questão os deixam constrangidos. Desculpem-me. Seu constrangimento diz tudo; os seres realmente superiores ficam sempre perturbados com o excesso de elogios.

Fez uma pausa, pegou o cachimbo, girou-o na mão e largou-o de novo.

— Preciso falar com franqueza, meus amigos, como um homem fala aos seus camaradas. — Ele suspirou, depois olhou-nos diretamente nos olhos pela primeira vez naquela tarde. — Vocês não são mais crianças, eu sei. — Baixou a voz para um tom conspiratório. — Sei que na privacidade de seus pensamentos vocês imaginam coisas... coisas de vários tipos... que lhes dão prazer e que os deixam envergonhados, e é assim que deve ser. — Percebi que Eng se mexia, inquieto.

Dumat limpou a garganta.

— O que não se espera que vocês saibam, no entanto, é que as representantes do belo sexo... e me refiro tanto às mulheres bem nascidas quanto às irmãs menos afortunadas... não apenas partilham seus pensamentos mas, em algumas circunstâncias, sob certas condições peculiares, transformam o que é natural e sadio em algo perverso e doentio. Nesses casos, a semente, se me permitem a comparação, em lugar de brotar do solo corrompido, em lugar de deixar sua origem inferior e florescer, na plenitude do tempo, em um amor aprovado por Deus e pelos homens, cresce enfraquecida e apodrece. E repito: vocês não têm obrigação de saber isso. Ninguém pode se considerar responsável, nessa idade, de não ter previsto as estranhas armadilhas que podem brotar de

163

um solo corrompido, ou as pústulas e úlceras capazes de aparecer na mais linda das flores.

De novo Dumat interrompeu por um momento o que dizia e olhou o chão à nossa direita com ar de sincera tristeza no rosto. Logo, porém, recuperou-se e prosseguiu:

— Mas vocês *precisam* saber. Precisam saber, meus amigos... e eu desejaria pelo Deus misericordioso que outra pessoa lhes dissesse isto... porque seu dom pertence àquela classe de coisas que acontecem uma vez ou outra, e quando deparadas com uma alma doentia, podem corromper a semente antes que ela germine.

— Não compreendo. — Cada vez mais agitado, meu irmão tinha de repente se sentado mais ereto no divã. Eram as primeiras palavras, além de um simples sim ou não, que eu o ouvia pronunciar nos últimos dias. — Não compreendo o que é que...

— É apenas o seguinte: há certas mulheres no mundo que...

— Está se referindo a *mademoiselle* Marchant?

— Estou falando em geral...

— Porque *mademoiselle* Marchant...

— Meu querido amigo, acalme-se. Não conheço *mademoiselle* Marchant. Estou falando em termos gerais, apenas. De que modo essas verdades gerais se aplicam a casos específicos ou indivíduos em particular, não sei responder.

— Porque meu irmão e eu não permitiremos que fale mal dela. Está ouvindo? Não permitiremos.

Minha garganta apertou-se de repente; resisti à tentação de olhar para ele. Dumat agitava as mãos como se limpasse uma janela bem na frente do rosto.

— Vocês me interpretaram mal. Por favor. Não tive a intenção de lançar uma calúnia sobre...

— O que queria nos dizer, *monsieur* Dumat? — perguntei com voz tranquila.

Pelo canto do olho pude ver que meu irmão me observava com ar surpreso. Não o encarei.

Dumat dirigiu-me um breve sinal de cabeça.

— Não mais do que isto: há neste mundo certas mulheres infelizes, sem dúvida merecedoras de nossa piedade, para quem o princípio de atração foi corrompido; voltado, na verdade, contra ele mesmo. Elas são atraídas pelo que as repele. — De novo a voz de Dumat começou a se elevar, como se fugisse de controle. — Procuram o mórbido, o doentio, até mesmo o cruel, do mesmo modo como suas irmãs saudáveis buscam o que é honrado e sadio. São um horror, uma abominação; no entanto, embora elas mesmas muitas vezes reconheçam a perversidade de suas naturezas, essa perversidade, essa corrupção, por artimanhas da natureza, é muitas vezes quase invisível para quem está de fora. Como a serpente, cujas cores permitem que seja confundida com as folhas caídas sobre as quais ela se enrosca, essa mácula é impossível de ser distinguida da beleza em que...

— Basta!

Levantamo-nos de repente. Eu já ouvira o suficiente.

— Por favor, meus amigos, vocês precisam acreditar...

— Chega, senhor. Não ouviremos nem mais uma palavra. Nem mais uma palavra.

— Estão cometendo um erro. Digo-lhes isto para evitar que...

Já nos dirigíamos, no entanto, para a porta. A voz de Dumat nos perseguia no corredor.

— Vocês *vão* me ouvir. Precisam me ouvir. Não é... Não sou o único a saber. É de conhecimento comum. Só vocês, na sua inocência, poderiam sinceramente acreditar que isto... Por favor... Quero explicar... Esperem!

Estávamos já na metade do corredor quando ele começou a ler. Devia estar com o volume o tempo todo, a maldita página marcada e à espera apenas do momento oportuno.

— Se não me escutarem — gritou às nossas costas enquanto subíamos as escadas, sua voz, agora vagamente demoníaca, ecoando contra as paredes —, escutem pelo menos *monsieur* Hugo, que deixa esta mulher falar por ela mesma. — Apressamos o passo. — "Eu te amo" — gritou no vão da escada —, "eu te amo não apenas porque és disforme, mas porque és vil." Estão escutando? — Pensei ter ouvido uma página virar, um som como o de uma bofetada. — "Um amante humilhado, desdenhado, grotesco, revoltante" — atravessávamos o corredor às pressas agora

165

—, "exposto ao riso naquele pelourinho chamado palco" — lá estava a nossa porta! — "tem uma atração extraordinária para mim. É um gosto da fruta do inferno."

Tive dificuldade em manusear a chave, como se um inimigo real estivesse nos nossos calcanhares, mas consegui encontrar a fechadura no momento em que Dumat lia as palavras que continuariam a ecoar — transformadas como que por alquimia em uma voz feminina, espantosa e cruel — anos depois de nossa porta ter se fechado com uma pancada como o ponto final em uma frase: "Estou apaixonada por um pesadelo. Você é a encarnação de um grande júbilo infernal."

VII

Até as estações, naquele ano, pareciam marcadas pela incerteza: dias de vento suave e incessante seguidos por noites que congelavam tão depressa quanto a morte. De manhã, contra o céu cinzento, a fumaça de carvão erguia-se dos telhados da cidade como uma floresta de colunas e as ruas cintilavam como vidro quebrado. Curvados sob a sucessão de acontecimentos, estranhamente apáticos, meu irmão e eu adquirimos o hábito de perambular pelas ruas da cidade, indo cada dia mais longe como se esperássemos de algum modo, com esse afastamento simbólico, tornar efetiva a nossa fuga. Como se, pelo simples fato de percorrermos longas distâncias, pudéssemos desfazer os laços que nos uniam.

Quantos quilômetros caminhávamos naquela época? Quinze? Vinte? Nos dias em que precisávamos fazer uma apresentação noturna, voltávamos para o alojamento ao cair da noite; nos dias em que não tínhamos compromisso, ficávamos na rua até tarde — até a meia-noite ou mais —, pois só depois que escurecia, quando as carruagens tinham sumido e as ruas ficado em silêncio, nos sentíamos livres. Uma ou duas vezes nos aproximamos do bairro dela.

Os galhos das árvores, o azul cada vez mais escuro do anoitecer... podia ter sido bonito. No entanto a mente, como o conteúdo da carroça de um vendedor ambulante, reflete as preocupações do dono. Distinguíamos os ossos sob os rostos dos varredores; ouvíamos a tosse arranhada dos tuberculosos, como baldes de carvão sobre tijolos; sentíamos o cheiro dos abatedouros quando o vento da primavera soprava do sul.

Meu irmão tentou falar comigo pouco depois do nosso episódio com Dumat:

— Não dê ouvidos a ele — disse de repente, quebrando um longo silêncio.

Caminhávamos em uma estrada estreita margeada por cerejeiras que começavam a brotar. De longe, contra um fundo de campos sombrios, os pomares pareciam polvilhados de mofo. Um vento úmido batia em nossos rostos.

— Não dê ouvidos a ele — repetiu, olhando para mim.

Lembrou-me um caracol preocupado, que testa o ar com as antenas.

— Do que está falando? — perguntei.

— De Dumat. Você não é obrigado a escutar o que ele diz. Faça de conta que ele não falou nada.

Dei um leve sorriso.

— Por que eu o escutaria?

— Porque escutou.

— Eu nem...

— Sei que escutou — interrompeu-me ele com voz calma. — Eu percebo.

— Percebe o quê? — perguntei, sorrindo de novo.

— Tudo bem. Deixe como está.

— Não, fale. Percebe o quê?

Ele não respondeu.

— Está falando de mim ou de você mesmo?

Eng continuou a caminhar, de volta à sua concha. Provoquei-o mais uma vez, apenas para ter certeza.

— Sugiro que faça uso de alguns de seus próprios conselhos, irmão.

— Não se preocupe comigo.

— Fique tranquilo. Não me preocupo.

Ele estava totalmente certo, claro. Seu conselho, embora tenha chegado tarde demais, era, ao mesmo tempo, generoso e sábio. Dumat, que não aparecia mais em nosso quarto, tinha feito seu trabalho. Embora eu não acreditasse nele, também não podia provar que estava errado. "Um amante humilhado, desdenhado, grotesco..." Eu conhecera o pelourinho do palco. Acreditava que Sophia Marchant tinha me amado porque eu era revoltante? Que ela percorrera meu torso com a mão naquela tarde escura na sala de sua casa, permitira que seus dedos explorassem a base de nossa ponte, no ponto em que ela brotava de minhas costelas, porque minha condição física a atraía? Não, não acreditava. Eu podia dizer com absoluta certeza que *não era isso*? Não, não podia. Eu era, afinal de contas, quem eu era: um estrangeiro sem um centavo, menino ainda, nem atraente nem ilustre. Tinha sido declarado um monstro, cuja simples visão prejudicaria um bebê ainda no ventre da mãe. Mais do que isso, o que tornava impossível qualquer união natural entre nós, eu já estava indissoluvelmente unido a outra pessoa. Contudo, ela tinha arriscado muito, com grande perseverança. Por quê? Por quê? "Estou apaixonada por um pesadelo." Eu poderia afirmar com absoluta certeza que, em algum lugar no fundo de sua alma, ela não estava atraída por mim como os dedos são atraídos por uma cicatriz, ou os olhos por um ferimento? "Você é a encarnação de um grande júbilo infernal." Não, não poderia.

Continuamos a caminhar. De noite, de volta ao nosso quarto, embora mal conseguisse me manter de pé, eu refazia o mesmo trajeto em meus sonhos: lá estava de novo o corvo, gritando alguma coisa do alto de uma tília; o varredor de rua com uma venda no olho; e o rio, estranhamente silencioso, seus remoinhos vorazes aspirando o ar. O cachorro preto que tínhamos visto sumir com as patas rígidas no turbilhão da torrente e reaparecer na margem oposta. Precisei buscá-lo. Ele me lembrava alguma coisa. Eu queria tomá-lo em meus braços. Depois estávamos sentados lado a lado em um quarto, no crepúsculo, a cabeça de Sophia apoiada em meu ombro. Eu sentia seu calor através de minhas roupas. Tinham me dito que eu estava morrendo. Eu queria contar-lhe, mas sabia que, no momento em que abrisse a boca, isso se tornaria verdade. E eu seguia, descendo ruas estranhamente vazias de veículos e cavalos, passando por prédios escuros, onde nenhuma lamparina brilhava, percorrendo campos de restolhos onde a mesma silhueta longínqua trabalhava atrás de um arado como se condenado a abrir o mesmo sulco, a manter a ferida aberta, dia após dia e noite após noite em meus sonhos.

Mas nem tudo era perda. Ainda que nosso conhecimento de francês fosse pequeno, aprendemos muito naquelas longas caminhadas por Paris e seus arredores imediatos. Descobrimos, por exemplo, que os chifres de novilhos abatidos eram transformados em pentes "de casco de tartaruga", os ossos de suas pernas em cabos de escovas de dente e dominós. O sangue recolhido ia para refinarias de açúcar; a gordura, para lamparinas ou sabão. Havia algo de terrivelmente fascinante naquilo. Cada vez com mais frequência tomávamos o rumo de Montfaucon. Era como se não conseguíssemos deixar de ir. Quando nos viam, os trabalhadores rapidamente nos rodeavam, cochichavam entre si, nos observavam (a maioria tinha ouvido falar de nós e muitos tinham nos visto no palco), até que alguém, com ar de autoridade, percebesse a interrupção do trabalho e viesse verificar o que estava acontecendo. Os outros eram mandados de volta aos seus postos e com muita frequência nos era oferecida, então, uma visita guiada.

A maior parte do que vimos caiu no esquecimento. Mas não tudo. Lembro-me, por alguma razão, da silhueta esbelta de um artista sentado contra uma pilha de fardos, esboçando o abate de um cavalo. Personagem romântico, cabelos escuros e bigode, ele trabalhava como um alucinado, em ritmo frenético, concentrado em capturar o movimento dos músculos expostos antes de serem também retalhados pelo facão. Em Montfaucon, em um dia frio, observamos um trabalhador descarnado cujo rosto parecia permanentemente escurecido pela sombra, e cujo trabalho consistia em coletar as vísceras para a alimentação de porcos e aves domésticas, enfiar a mão nas entranhas ainda fumegantes de uma égua recém-abatida e delas retirar o canal intestinal. Enrolou-o como uma corda longa e escura no antebraço, entre a palma da mão aberta e o cotovelo, e deu 13 voltas completas antes que a extremidade emergisse da pilha aos seus pés e subisse como uma cobra pela sua perna.

A pele, nos explicaram, seria vendida a um curtidor; os tendões, frescos ou secos, aos fabricantes de cola. Até a carne apodrecida seria usada. Coberta por uma camada de feno ou palha, logo atrairia moscas, e dentro de uma semana fervilharia de larvas. Essas seriam então recolhidas e vendidas como comida para aves domésticas ou iscas para peixes. Isso ainda não era tudo. Tínhamos reparado, sem dúvida, no número assustador de ratos. Uma vez a cada 15 dias, ficamos sabendo, a carcaça de um cavalo era colocada em um quarto com aberturas especiais nas paredes e no chão concebidas para permitir livre acesso aos ratos. De noite essas aberturas eram fechadas, encurralando os ratos, e as doninhas eram soltas. Em uma peça, em menos de quatro semanas, tinham matado mais de 16 mil ratos. Nosso guia sorriu satisfeito.

— Pense nisso, *monsieur* — disse, dirigindo-se a mim. — Os peleteiros de Paris pagam 4 francos por cem peles. E elas não nos custam nada!

Por que fomos lá? E por que voltamos, se só o cheiro que impregnava nossas roupas bastava para nos deixar enjoados? Sentindo-me corrompido por dentro, eu procurava a corrupção externa na esperança de estabelecer um equilíbrio? Ou eu procurava a áspera antessala da morte com a intenção de me machucar contra a sua dureza, de esfregar meu nariz contra ela até que, como uma serpente que se esfrega e se esfrega contra as arestas das pedras, eu sentisse a pele antiga mudar diante dos meus olhos e me arrastasse, renascido, para fora de mim mesmo? E meu irmão? Não dizia nada porque assumia uma parte da responsabilidade, sentia alguma cumplicidade pelo meu estado, ou também ele tinha alguma atração, por menor que fosse, por aquele lugar decadente?

Foi nesse estado de espírito, em todo caso, que nos encontramos uma noite em um bairro deserto e mal iluminado que margeava um pequeno canal. Parecia não haver ninguém por perto. Continuamos a caminhar, sempre atentos aos nossos passos, pois as pedras da rua estavam em péssimas condições. De tempos em tempos um homem surgia da escuridão das ruelas laterais e seguia apressado seu caminho. Ouvimos o que parecia uma risada de mulher ou um pequeno grito abafado, depois a voz de um homem gritando alguma coisa que não conseguimos entender. Aqui e ali, bem acima da rua, uma vela piscava em uma janela escura.

Mas devo me explicar. Não éramos ingênuos a ponto de não saber onde nos encontrávamos. Tínhamos passado anos, afinal de contas, na companhia de homens mais velhos. Das margens do Mekong ao convés

171

do *Sachem* tínhamos ouvido suas histórias, rido de suas piadas com ar de entendidos. No entanto, quem poderia se surpreender, dadas as dificuldades apresentadas por nossa condição, que aos 20 anos ainda não soubéssemos nada? Era uma ignorância que meu irmão — embora tão interessado quanto eu, a julgar pela frequência de seus gemidos e estremecimentos no meio da noite — suportava com uma firmeza enlouquecedora. Ele sempre fora mais acanhado, mais retraído; depois de nossa experiência com as concubinas do Palácio Real, porém, sua timidez natural se transformara em pudor mórbido.

Às vezes, parecia que ele estava disposto a suportar para sempre o fardo de nossa inocência. Não que eu estivesse firmemente decidido a renunciar a ela. Quando Coffin, apenas uma semana antes, tinha aventado a possibilidade de conseguir companhia feminina para nós — esperando, dessa maneira rude, compensar nossos problemas recentes —, tínhamos *ambos* recusado a oferta. Meu irmão tinha medo, daí o tom de dignidade ofendida, as negativas veementes de qualquer necessidade ou desejo. E eu? Estava apaixonado.

Talvez estivéssemos apenas cansados naquela noite. Ou talvez, dada a existência estranha e onírica que estávamos levando, o que aconteceu naquela noite não tenha parecido nem mais nem menos real do que um pintor desenhando o abate de um cavalo, do que o sonhado calor da coxa de Sophia contra a minha, do que o farfalhar da seda de seu vestido. Talvez. O mais provável é que modéstia e amor, minados pela dor, tenham simplesmente cedido à suave pressão da oportunidade, à doce tirania do momento.

Como ela era? Razoavelmente bonita, com braços e panturrilhas redondos e claros e seis fartos e claros que ela emoldurava com renda, como a pintura de uma cena de inverno. Dez anos mais velha que nós, talvez mais, não tinha o ar libertino de muitas de suas companheiras; um pouco gorducha, com olhos inteligentes e pescoço fino e liso como um talo de cereja, parecia ter escapado de muitos dos estragos de seu ofício. Não sabíamos nada disso, no início. Não conseguimos vê-la. Foi sua voz, dirigida a nós do vão escuro da porta fechada de uma loja, que nos fez diminuir o passo: baixa, quase rouca, havia nela um calor, um humor provocante, que pressagiava tanto curiosidade quanto aceitação.

Instintivamente paramos, tremendo por dentro diante do que sabíamos que aconteceria — o passo atrás involuntário, a mão sobre a boca, o breve grito de choque. Sem dúvida ela tinha imaginado que éramos dois homens caminhando lado a lado. No entanto, quando viu como éramos de fato, não pareceu assustada nem surpresa demais. Aparentemente já tinha ouvido falar de nós. Uma amiga nos tinha visto, explicou, desenhando um palco com as mãos antes de fazer uma simpática mesura na direção do canal, à guisa de explicação.

— Vamos — disse meu irmão.

— Meu nome é Corinne — apresentou-se, tocando um ponto logo abaixo de seu pescoço, observando-nos.

— Chang — falei, apontando para mim mesmo.

— Chang — ela repetiu.

— E este é meu...

— Vamos — cortou meu irmão.

— Este é Eng — concluí.

— *Enchantée* — ela respondeu, olhando para ele.

— Eu disse vamos.

— Não.

Ela de repente deu um passo à frente e colocou a mão diretamente na nossa ponte. Meu irmão recuou como se tivesse sido mordido por uma vespa, e empurrou-me com violência para a esquerda.

— Não... — começou. Em seguida dirigiu-se para mim: — Vamos!

Antes que pudéssemos nos mexer, ela ergueu a mão e tocou a face de meu irmão com as costas dos dedos enluvados, depois pousou-os sobre a boca.

— Calma — sussurrou. Eu ouvia o canal gorgolejar suavemente na escuridão. Um grito curto ressoou em algum lugar acima de nossas cabeças. Ela sorriu e revirou os olhos.

Seria melhor se eu pudesse dizer que lutei e discuti comigo mesmo enquanto a seguíamos pela escada estreita e a observávamos enfiar apressadamente a chave na fechadura. Mas não foi esse o caso. Eu me sentia aturdido, embriagado. Não senti remorso pelo que estava por fazer. Inebriei-me com o suave balanço de suas saias enquanto ela subia a escada à nossa frente, contei os anéis escuros que tinham escapado de seu grampo. Se pensei em alguma coisa, foi que não tínhamos falado em dinheiro.

— Temos 4 francos — Eng sussurrou quando, com um rápido sorriso e uma explicação que não conseguimos entender, ela entrou no corredor, deixando-nos sozinhos em um quarto pequeno e muito limpo.

Por um momento, pensamos em escapar do mesmo modo como tínhamos chegado. Antes que pudéssemos tomar uma decisão, porém, ela estava de volta.

Ah, a impudência dos inocentes! Por não termos experiência, imaginamos que o que viesse a acontecer seria uma coisa natural e por isso observamos fascinados, mas não surpresos, quando ela primeiro nos despiu, devagar, com ternura — apenas o ritmo acelerado de sua respiração traindo suas emoções —, depois livrou-se de suas rendas e desabotoou-se, camada por camada, até deitar-se diante de nós na cama, com uma nudez chocante, tão branca quanto uma amêndoa despida de sua casca.

Parecia fascinada por nossos braços, nossos quadris, pela musculosa maciez de nossa ponte, e corria as mãos sobre nós como se para confirmar o que seus olhos mostravam. Nada a surpreendia. O que quer que tentássemos, ela compreenderia. Quando, cheio de interrogações, incapaz de resistir, toquei com a ponta dos dedos a suavidade provocante de seus seios, ela deslizou a mão por trás de minha cabeça e delicadamente pressionou-me para baixo antes de insinuar-se entre meus lábios. Quando sentiu meu irmão, angustiado de vergonha, pressionado de modo incontrolável contra seu flanco, ela tomou-o com delicadeza na mão e acariciou-o, ao mesmo tempo em que o controlava como a um cavalo nervoso. E no instante em que, com um gemido estranho, ele despejou de repente sua semente sobre seus quadris e seu ventre, ela riu de prazer e beijou-o na boca.

Tínhamos subido, com algum constrangimento, na cama. Tentando do melhor modo que consegui sustentar meu peso nos braços, coloquei-me acima de seu corpo. Meu irmão, para sempre colado a mim, espremia-se contra seu flanco. Ainda beijando-o, o braço ao redor de seu pescoço, ela deslizou a outra mão para as minhas costas e rapidamente, com firmeza, puxou-me para dentro dela.

O resto... — a urgência cada vez mais desenfreada de seus quadris, a música reprimida de seus gritos, a acolhida de minha crise pelo ar ávido e congelado de suas feições — tudo aconteceu em uma espécie de névoa para mim. Eu sentia o êxtase de suas mãos esfregando nossa ponte, e o que era esperado aconteceu — anunciado por um rápido grito reprimido, por uma imobilidade receptiva — e durante poucos instantes nós dois nos unimos no desmoronamento tão doce quanto repentino de muros que tinham se mantido de pé por um tempo longo demais. Perdido naquele delicioso naufrágio, eu a senti depositar um colar de beijos ao longo de minha clavícula.

Mas não tinha terminado. Perturbado por nossa atividade, meu irmão parecia ter ressuscitado. Eu ainda tentava me recuperar quando senti que ela me empurrava suavemente para o lado. Sem protestar, deslizei de cima dela, empurrando, assim, meu irmão para cima dela. Essa, ao que parecia, tinha sido sua intenção. Ainda um pouco atordoado e percorrendo quase inconscientemente a lateral de seu corpo com a mão, percebi quando, levantando de leve os quadris e orientando com a mão as explorações mal-sucedidas de meu irmão, ela ofereceu-lhe a cópia exata do que acabara de me dar. Foi um presente que meu irmão, sem mais nenhum protesto, aceitou com entusiasmo — fato que tive a ocasião de trazer-lhe à lembrança, mais de uma vez, nos anos seguintes.

Eu nos culpo pelo prazer que tivemos naquela noite? Não, de modo algum.

A vida se ofereceu e, sabendo que, para pessoas como nós, outra oportunidade talvez jamais aparecesse, aceitamos. Culpo Corinne por ter maculado nossa experiência? Por nos desejar porque éramos como éramos? Porque nossa duplicidade a excitava? Não, de modo algum.

Não a culpo ainda que em determinado momento naquela noite, ao ouvir um ruído estranho como de ratos em paredes, eu tenha levantado os olhos e percebido o vão da porta repleto de rostos femininos curiosos e compreendido por que ela sumira no corredor assim que chegamos. De novo, tínhamos sido considerados apenas monstros em um palco. Empurrando-a para longe, ignorando suas frenéticas desculpas e explicações, escapulimos da cama — meninos que ainda éramos — e corremos semivestidos pela escada estreita para dentro da noite, onde prendi o pé em uma pedra solta, tropecei e caí pesadamente no chão, levando comigo meu irmão.

Como teria sido bom se eu soubesse então o que sei agora: que o coração é grande, muito grande — suficiente para abrigar todo tipo de contradição. Que pecador e santo dormem em quartos vizinhos e caminham de mãos dadas em seus jardins. Talvez tivéssemos ficado. Deixado nossas vidas de lado por uma hora. Pedido às mulheres, simplesmente, que fechassem a porta.

Éramos o que éramos, afinal de contas. Como me parece absurdo, agora, querer ser desejado por alguma coisa que não se é! Ou culpar alguém por querer a pessoa pelo que ela é, quando no mundo inteiro gerações de homens e mulheres têm vivido e morrido sonhando exatamente com isso.

No entanto, foi o que fiz. Talvez porque eu não quisesse admitir quem eu era, jamais admitiria que isso fosse justo. Mas não foi culpa dela. Melhor, infinitamente melhor, seria culpar o Criador por ter me feito como eu era. Ou Sophia, por ter me mostrado um amor que eu jamais poderia ter, um amor tão devorador que eu o queria só para mim.

VIII

Paris chegava ao fim para nós. Sabíamos bem. As pétalas tinham amarelado e caído; as roseiras não floriam mais. Com Ritta-Christina presentes para afastar os poucos que ainda poderiam ter ido nos ver, sentíamos que nossa situação se tornava mais desesperadora a cada semana. Era evidente que um dia encontraríamos o teatro vazio. Contudo, não fizemos nada. Fazia semanas que não víamos Dumat; aparentemente não tínhamos mais necessidade de tradutor, e quanto ao seu papel de tutor, bem, parecia da mesma forma ter chegado ao fim. Dias inteiros transcorriam sem que falássemos com Hunter ou Coffin, que passavam cada vez mais tempo longe de seus aposentos. Com frequência, um bilhete introduzido embaixo de nossa porta nos dava o endereço e a hora de nossa apresentação naquela noite. Nada mais. Com mais frequência ainda, não havia sequer bilhete.

Ficávamos então ao pé da lareira, conversávamos, líamos — do melhor modo que podíamos — os romances ingleses que tínhamos começado a ler com Sophia. Eu desenvolvera por eles uma estranha afeição. Eles estavam junto à nossa cama na manhã em que acordei ainda acreditando que encontraria com ela dentro de uma hora; estavam ao meu lado, na mesa, enquanto eu insistia que meu irmão acabasse logo seu café da manhã, com medo que nos atrasássemos. Do lado de fora, na avenida, um vento impiedoso pressionava os casacos e mantas dos passantes contra as costas de seus donos, revelando a silhueta — como dedos em uma luva molhada — sob a carapaça de tecido. Cavalheiros caminhavam apressados, com a mão no chapéu. Impelidas por mãos invisíveis, senhoras bem-vestidas aceleravam subitamente o passo, depois o diminuíam.

Sabíamos que precisávamos fazer alguma coisa; no entanto, capturados pela armadilha da indecisão, cansados das conversas intermináveis sobre uma situação que parecia não ter remédio — aonde ir? a quem recorrer? — nada fizemos. Durante quatro dias a chuva nos prendeu dentro de casa. As pedras da rua estavam escorregadias de lama, as estradas de terra intransitáveis. Poderíamos ter aproveitado a oportunidade para falar com Hunter e Coffin e exigir o que nos deviam. Não falamos. Continuamos em nosso quarto. Se os galhos escuros que arranhavam nossas paredes externas tivessem sido substituídos por folhas de palmeiras, teríamos acreditado que estávamos de novo em Saigon. Tão logo a chuva acalmou, voltamos a atravessar campos e bosques, mais uma vez circundando o cerne imutável de nosso dilema, como pequenos planetas barrentos incapazes de escapar da gravidade de sua situação. Ainda consigo me lembrar da órbita irregular que percorríamos — ao longo de ruas angulosas, de muros de pedra e estátuas escurecidas pela chuva —, guiados menos pela imaginação do que pela simples falta de vontade, dobrando à direita ou à esquerda com base em nada além de um vago jogo de luzes na parede de um depósito ou a sugestão de um cheiro — de trigo, de cinzas, de lã molhada — trazido pela brisa.

Estávamos nos afogando, claro. Havia anos longe de casa, em uma terra estranha, à mercê de dois homens aparentemente decididos a nos defraudar de tudo que era nosso por direito, corríamos ainda mais perigo do que imaginávamos. Sem condições de procurar as autoridades — como conseguiríamos explicar nosso caso? — e achando pouco provável que tivéssemos uma boa acolhida — se tivéssemos alguma —, sentimos que a situação se tornava desesperadora, embora ao mesmo tempo parecêssemos estranhamente incapazes de lutar. Era mais fácil não fazer nada. O aluguel de nosso quarto continuava a ser pago, dizíamos a nós mesmos; os envelopes que deslizavam por baixo de nossa porta a cada dois ou três dias ainda continham dinheiro suficiente para nossa alimentação. O menor movimento poderia comprometer o equilíbrio. Quase trinta anos mais tarde um homem que nunca conheci pessoalmente escreveria as palavras que exprimiriam para mim, com a mesma precisão de um daguerreótipo, a desesperança de nossas vidas naquela primavera:

"Porque em situações extremas, as almas humanas são como homens que se afogam; têm plena consciência de que estão em perigo; conhecem bem as causas desse perigo — no entanto, o mar é o mar, e esses homens de fato se afogam."

Na tarde de 4 de abril, meu irmão e eu nos vimos em uma área de Paris desconhecida para nós; um bairro bem cuidado, de casas respeitáveis e cocheiras protegidas por imensas árvores musculosas que estendiam seus galhos viçosos sobre a rua. Logo, no entanto, as árvores começaram a rarear e os galhos se espaçaram cada vez mais acima de nossas cabeças. As ruas se tornaram descuidadas e confusas. Depósitos e prédios indefinidos e anônimos — escritórios de algum tipo, na nossa opinião — elevavam-se dos dois lados. Prosseguimos. Um chuvisco fino molhou nossos rostos, mas logo diminuiu. Observamos um cachorro pequeno, de três patas, parar ao lado de um prédio de madeira e levantar o coto contra a parede. Começou a chover de verdade. À nossa frente surgiu um edifício imponente com uma imensa cúpula de vidro. De cada lado da entrada, um pequeno leão de bronze, agora esverdeado pelo tempo, montava guarda com os dentes à mostra. Gárgulas com caras de macaco faziam caretas do beiral do telhado e lentos fios de chuva pingavam de suas queixadas. Acima do portal, uma pequena placa dizia MUSÉE DE L'HOMME ET LA NATURE.

Foi alguma curiosidade vaga e indefinida ou apenas a chuva cada vez mais forte que nos fez procurar abrigo no local? Ambos, talvez. A não ser pelo cachorro, que naquele momento desaparecia atrás de uma pilha de tijolos quebrados, a rua estava vazia. Passamos entre os leões e forçamos as pesadas maçanetas duplas. Nada. Tentamos de novo, dessa vez apoiando todo o nosso peso contra o portal esquerdo e puxando o direito. Lentamente, a enorme porta de entalhes complicados se abriu.

Vimo-nos em um salão amplo como uma catedral, cavernoso, silencioso. Estranhamente, parecia não haver ninguém por perto. Nenhuma luz acesa. Nossos chamados ficaram sem resposta. Olhamos para cima. Vimos nuvens apressadas cruzarem o teto de vidro. Traves maciças de aço erguiam-se e formavam um arco acima de nossas cabeças, como se para sustentar a abóbada do céu nas suas costas. Avançamos um pouco e nossos passos ecoaram no mármore. De cada lado, escadas circulares de ferro batido conectavam estreitos balcões de madeira que se sucediam, uns sobre os outros, quase até o teto. Prolongando o comprimento do salão, cada balcão continha duas minúsculas alcovas com espaço apenas para uma escrivaninha e uma cadeira; as próprias paredes dos balcões pareciam forradas com vitrines e estantes envidraçadas. A partir do terceiro nível, refletindo o teto acima, elas pareciam longas faixas de nuvem quebradas ou, mais estranho ainda, fileiras de janelas em um outro céu em plano inclinado.

No centro da sala, elevando-se até quase o teto, havia uma pirâmide diferente de tudo o que já tínhamos visto ou imaginado: a própria pirâmide da vida ou, o que é mais provável, da morte; fileiras e mais fileiras de antílopes e zebras, raposas e lobos, javalis com presas amareladas e macacos de rabos compridos. Miraculosamente conservados, eles nos olhavam com seus olhos de vidro tão líquidos, tão escuros e tão vivos, que era quase possível esperar que se virassem e piscassem a qualquer momento. Inspirados pela profusão da natureza, os criadores, quaisquer que fossem, tinham aparentemente reunido espécimes dos quatro cantos do mundo. Um lado da pirâmide continha não menos de 14 zebras deitadas; outro, uma pequena manada de antílopes de manchas castanhas e com longos cornos em espiral. Havia uma família inteira de leões com os dentes à mostra, além de um bando de lobos arqueados e eriçados. Quatro leopardos sentados marcavam os cantos da pirâmide, os rabos em volta de suas patas imóveis.

Caminhamos devagar ao redor da base, calados, reverentes como acólitos diante do altar. Mais e mais a pirâmide subia — erguendo os olhos, podíamos distinguir as camadas superpostas de falcões e garças, texugos e porcos-espinhos, esquilos e gatos — pilhas empoeiradas de elementos sempre menores de plumas e ossos, de sedimentos de camundongos, ratos selvagens e víboras e, por fim, uma grande quantidade de tentilhões e pássaros canoros, morcegos e tordos, pequenas montanhas de pardais. Bem no alto — um toque de esquisitice — andorinhas e borboletas, aparentemente suspensas do teto por fios tão finos quanto cabelos, davam a impressão de agitar as asas e investir contra o céu de verdade, enquanto do outro lado pássaros vivos, separados de seus irmãos imóveis pela cúpula de vidro, eram empurrados pelo vento e sumiam de vista.

180

O sol apareceu e se refletiu timidamente em uma vitrine no terceiro balcão, banhando o lado sul da galeria com uma pálida luz invernal. As paredes de madeira se avermelharam no mesmo instante; a montanha de peles e penas à nossa frente pareceu mover-se de leve. Estava tudo tão calmo que quando meu irmão falou, quebrando o silêncio, me assustei.

— Não devíamos ter entrado — sugeriu ele com voz hesitante.

— Por que não? A porta estava aberta...

— Eu sei. — Olhou ao redor. — Não foi isso que eu quis dizer.

— Sei o que quis dizer — retruquei.

— Sei que sabe.

Mas não fomos embora. Não mais preocupados em sermos descobertos ou precisarmos dar explicações às autoridades sobre como tínhamos entrado no estabelecimento que, apesar das portas destrancadas, estava obviamente fechado ao público, começamos a percorrer a sala. Senti um odor estranho, amarelo, certamente químico, embora não desagradável. Fomos de vitrine em vitrine, olhamos os dentes de morsas e os crânios de macacos, os pequenos insetos presos em broches, como joias, até que, inesperadamente, nos deparamos com uma porta na parede. A sala estava escura de novo; acima de nossas cabeças, a chuva golpeava os vidros com uma espécie de ansiedade. Esquecendo por completo a ideia de ir embora, tentamos a porta e, ao encontrá-la destrancada, passamos por baixo de um pequeno retângulo escuro que sugeria a existência no passado de uma placa de madeira acima do portal.

A sala em que entramos, embora ainda de tamanho considerável, parecia estreita e limitada em relação à imponência do salão principal. Mal iluminada por janelas altas e sujas, visivelmente mal cuidada, tinha em toda a sua extensão a companhia pesada e silenciosa de estantes e vitrines. Ao vê-las comprimidas umas contra as outras em grupos de duas ou três, tive a estranha sensação de que interrompera algo, como se as figuras à minha frente tivessem acabado de assumir sua forma inanimada. Na verdade, por um momento imaginei ainda ouvir o eco surdo e murmurante de suas vozes — a partida ruidosa da multidão —, depois tudo ficou em silêncio.

Devagar, caminhamos até a vitrine mais próxima de nós. Depois passamos à seguinte. Não conseguíamos falar. Era como se nossas línguas tivessem ficado espessas em nossas bocas, como se nossas gargantas tivessem decidido se engasgar. Na primeira vitrine, sobre um fundo de veludo escuro, repousavam como se fossem joias os ossos de sete mãos minúsculas. Adoravelmente desarticuladas, delicadas como conchas, algumas mostravam seis dedos, outras sete; uma, aberta sobre um leque em miniatura que caberia sem problema na palma da mão de um homem, tinha oito. Em uma segunda vitrine, um arranjo de flores secas de linho e trigo cinzentas e opacas, emoldurava um cenário campestre alegórico. No centro, em cima de uma colina escarpada de cálculos biliares cor de ferrugem, havia um crânio. Na base, reclinado como um ser minúsculo que tomasse um banho de sol, via-se a miniatura de um esqueleto humano. Nos ossos da mão direita segurava a asa translúcida como papel de uma mariposa.

Se isso fosse tudo, poderíamos ter deixado o Musée de L'Homme et la Nature perturbados, porém ilesos. Mas não era.

Começou na terceira vitrine com um gatinho de duas cabeças (a esquerda olhava para o lado, a direita lambia uma pata com a pequena língua cor-de-rosa); ao lado, suspensa por fios, havia uma víbora empalhada cujo corpo, como o tronco de uma árvore, apresentava a terça parte dividida em dois no sentido do comprimento. A quarta vitrine mostrava o que parecia ser o esqueleto de um cachorro com as ancas perfeitamente formadas de um outro projetando-se do seu flanco.

— Ai, meu Deus — ouvi meu irmão sussurrar —, que lugar é este?

Balancei a cabeça, sem conseguir falar. Foi então que percebi que ele não olhava para o cachorro.

Em três vitrines dispostas frente a frente em ângulos oblíquos havia desenhos com detalhes anatômicos — retratos, na verdade — de gêmeos muito parecidos conosco, porém, ao mesmo tempo, terrivelmente diferentes: homens e mulheres que tinham se fundido um no outro em maneiras que ninguém teria considerado possíveis. Aqui, como se tivessem corrido juntas a grande velocidade, duas mulheres jovens tinham sido fundidas rosto com rosto, pescoço com coxa. Compreendi de imediato: nunca tinham conseguido olhar para o lado oposto. Queixo contra

182

queixo a vida inteira, tinham morrido olhando nos olhos uma da outra. Ali havia dois meninos reclinados em suas costas, e os quadris de um desapareciam de maneira incrível dentro dos do outro, formando um único abdômen ininterrupto. Embora dois pares de pernas fracas e mal formadas surgissem de seus flancos, jamais teriam conseguido andar, nem lhes teria sido possível ver um ao outro, a não ser que se levantassem apoiados nos cotovelos. Mais adiante outro par, também de meninos e com não mais de 6 anos, tinha se misturado de tal forma pela lateral do corpo que suas costelas pareciam ter se desenvolvido juntas, com um só estômago; embora um único órgão masculino fosse visível entre o par central de pernas, ele parecia pertencer a um terceiro irmão cuja parte superior do corpo tivesse se perdido na deles.

Foram os rostos que nos atraíram, que nos retiveram ali por tanto tempo. Rostos tão reais, de uma certa forma tão humanos, que seriam necessários anos até eu ver outros comparáveis — nas telas dos grandes mestres, nos daguerreótipos que de tempos em tempos capturariam, como por acidente, a agonia de nossa raça: rostos de algum outro mundo de experiência paralela, rostos que pareciam prestes a chorar ou a abrir um sorriso absurdo, irônicos ou envergonhados, paralisados em atitudes de estoicismo e coragem que ultrapassavam minha compreensão.

Foi no momento em que nos viramos para sair que o vimos: um homem inteiramente desenvolvido — de pele levemente bronzeada, quase atraente — que nos olhava de um quadro no lado direito de uma vitrine de porta dupla. Com as mãos, segurava alguma coisa que se projetava diretamente do seu peito. Ainda que a essa altura estivéssemos preparados para aceitar tudo que nossos olhos pudessem nos mostrar, levamos alguns instantes para perceber que se tratava de outro ser humano, menor, ou, mais exatamente, da cintura, das pernas e dos pés de um ser humano — uma criança ainda pequena, pelo que entendi — cuja parte superior do corpo parecia ter sido absorvida pela do irmão mais velho.

Não foi o horror da imagem que ficou gravado na minha memória, nem a crueldade inominável da situação. Não foi o esqueleto completo no lado esquerdo da vitrine, que mostrava claramente como o pequeno ser acabava — como humano reconhecível, de todo modo — na cintura; como a ilusão tinha se desintegrado em um caos de ossos — um pedaço de coluna retorcida apontando, acéfala, através das costelas do irmão, um embrião de um braço — apenas um pouco abaixo da pele. Não foi sequer o fato de essa saliência espectral, esse parasita (pois isso é o que era) estar vestido com calças bem talhadas, meias e sapatos de amarrar. Até isso eu teria podido tolerar.

O que eu não conseguia suportar era o olhar no rosto do irmão mais velho: um ar de orgulho inequívoco, de suficiência, de altivez. Um braço forte aprisionava as coxas do irmão menor; o outro o apoiava por baixo. Assim nascemos, ele parecia dizer (embora o outro jamais conseguisse ouvir uma palavra do que ele dizia, nem pensar, nem respirar), e assim continuaremos.

Demos meia-volta e fugimos, passando diante das vitrines daquela antessala lúgubre, da pequena placa de madeira um pouco torta na parede — GALERIE DES ANOMALIES, MONSTRES ET PRODIGES —, nossos passos batendo com força e próximos contra as pedras do chão, depois sumindo na imensidão da galeria principal. Corremos sob o som da chuva que estalava contra a cúpula de vidro para em seguida encontrá-la de verdade, lá fora, sem sequer nos preocupar em abotoar nossos casacos enquanto nossos cabelos colavam rapidamente em nossas testas e a frente de nossas camisas grudava em nossos peitos. O cachorro se fora. Os depósitos desapareceram. As ruas ficaram mais limpas. As árvores de cada lado se elevaram até entrelaçar os galhos sobre nossas cabeças, como se para nos proteger da chuva.

Isso nos tomou uma hora, talvez mais. Meu irmão sabia para onde íamos? Eu sabia? Embora nenhum de nós dois tenha falado durante esse tempo todo — nem uma única palavra —, acredito que nós dois sabíamos, desde o instante em que nos viramos e começamos a correr, que realmente só nos restava um lugar para ir, e por isso não houve discussão nem momentos de indecisão enquanto as esquinas se sucediam e o mundo se tornava mais uma vez familiar ao nosso redor. Chegar por fim à sua rua foi como ver as janelas de casa — a mesma subida, as árvores das quais nos lembrávamos... Lá estava o muro de pedra cuja neve tínhamos removido com as mãos. Lá tínhamos caminhado de braços dados, colados um ao outro para nos proteger do frio. Lá estava o degrau do cabriolé em que eu a tinha ajudado a subir entre uma brincadeira e outra (eu ainda me lembrava do calor de seu hálito, do suave peso de seu corpo) e de onde ela dissera algumas palavras adoráveis e fizera uma mesura à sua plateia. Meu Deus, ela tinha me amado. Agora eu sabia. Eu sentia a chuva correr pelo meu rosto. Lá estava a casa! Após o que parecia uma interminável vida errante, pés doloridos e alma exausta, com uma tristeza que chegava ao fundo do coração, o viajante estava de volta.

Não havia ninguém. As janelas estavam sem cortinas. Finalmente a porta foi aberta, por um velho bem-vestido, de óculos, chapéu e casaco, como se estivesse pronto para sair. No mesmo instante percebi: ela tinha ido embora!

— Sinto muito, mas *mademoiselle* Marchant deixou Paris há três dias... Recado? Infelizmente não.

Ele sabia a data de sua volta? Impossível dizer. Também não podia revelar para onde ela tinha ido. Ele estava ali com o propósito único e específico de organizar a mudança dos pertences de *mademoiselle* Marchant, nada mais.

Não foi indelicado. Ao ver que eu piscava com insistência para me livrar das gotas que continuavam em meus cílios, deu um passo ao lado e abriu passagem. Estávamos encharcados. Gostaríamos de entrar por um momento e nos abrigar da chuva? Fez gestos de quem se secava, desapareceu rapidamente e logo voltou com duas toalhas. Em uma das mãos carregava uma garrafa; na outra, as hastes cruzadas entre os dedos, dois cálices pequenos. Mas não consegui beber. Sentia uma dor estranha no peito. Olhei ao redor. Lá estavam as portas que davam para a sala de visitas, que Claudine abria todas as manhãs para entrar luz. Como o sol penetrava parecendo uma coluna tombada! Lá estava a sala, tal e qual a tínhamos deixado — o sofá e a estante, as cadeiras de mogno e tecido de crina, o piano em que ela tocara para nós... Eu ainda ouvia sua voz! Era impossível, impossível que ela tivesse ido embora. Os desenhos que a chuva formava ao se refletir nos móveis faziam a sala parecer submersa.

E então, como se as semanas e os meses desde que eu a vira pela última vez se juntassem de repente e me oprimissem, comecei a chorar. Não fiz um escândalo. Apenas fiquei imóvel, como um idiota, o maxilar cerrado e as lágrimas rolando e pingando do meu queixo. Quando, coisa absurda, perguntei se podíamos ficar sozinhos por um momento, o velho inclinou de leve a cabeça para o lado, com os lábios franzidos, fez um gesto de anuência, depois saiu e fechou a porta às suas costas.

Ela estava lá. Eu podia sentir seu perfume, podia ouvi-la. Podia perceber sua mão sobre meu braço. Jamais experimentara esse tipo de dor. Era como se meu peito afundasse, desmoronasse dentro de mim como paredes de areia sob a maré montante. E depois — não tenho vergonha de admitir —, percorri a sala (um pequeno desatino) e beijei as coisas que ela conhecera, uma por uma: os braços do sofá e as almofadas sobre as quais sua cabeça repousara, o livro na mesa de pernas finas, que ela estivera lendo, o castiçal de prata que ela comprara na Espanha. Meu irmão não disse uma palavra, seguindo-me por todos os cantos da sala escura e úmida, ajoelhando-se em silêncio ao meu lado enquanto eu me ajoelhava diante do sofá como um pretendente que pede a mão de um fantasma e depois (por um arroubo despropositado, pela terrível falta que sentia dela), pressionava contra o rosto a almofada vermelha bordada que ela mantinha sempre sobre os joelhos como um amante.

Não sei há quanto tempo ele estava no vão da porta quando reparamos na sua presença. Agradecemos e nos viramos para sair.

— Não há de quê! — respondeu, com uma voz de certa forma mais simpática do que antes. Olhou para mim quando paramos junto à porta. Eu recuperara um pouco a serenidade. — Sinto muito que *mademoiselle* Marchant não esteja — ele prosseguiu, sem pressa. — Tenho certeza de que lamentará não tê-los encontrado.

Comentário simpático. Voltamos sob chuva para nosso alojamento. Uma semana mais tarde, quando Coffin e Hunter decidiram por nós, trocamos Paris por Londres sem discutir. Jamais voltaríamos a ver aquela cidade.

Durante trinta anos perguntei a todas as pessoas que encontrei e que tinham viajado para a França se alguma vez ouviram seu nome. O momento, no entanto, havia surgido e sumido, e os anos se encarregaram de enterrar nossa história comum.

IX

De volta a Londres, mais uma vez precisamos suportar as longas horas na companhia de nossos inescrupulosos tutores, como acontecera em nossa chegada à Europa. Ah, mas as coisas tinham mudado dessa vez! Nossos companheiros, não mais entusiasmados com nossos primeiros sucessos, quase não nos dirigiam a palavra. O humor dominante era o de soturna desesperança; a pobreza seguia firme atrás de nós, como um pedaço de pano preso à porta de uma carruagem.

Refletindo a escassez de nossos recursos, as hospedarias à beira da estrada tinham ficado menores e mais sinistras desde que por ali passáramos seis meses antes. Quase destelhados e mergulhados em silêncio ao anoitecer, esses lugares muitas vezes apresentavam uma atmosfera tão desoladora que apenas o odor dos chiqueiros indicava que não estavam totalmente abandonados. Água estagnada cor de argila enchia os retângulos de terra remexida nos dois lados do caminho. Dois ou três degraus rachados e cobertos de musgo e um pedaço pequeno e frouxo de corrimão (invariavelmente escamando em afiadas lâminas de ferrugem) levavam à porta sem aldrava.

Éramos recebidos, noite após noite, pelo mesmo velho esquisito e disforme, sempre com um gorro de lã na cabeça, muitas dobras na pele, o pescoço de barba rala, a boca enrugada e mole como uma maçã caída da árvore mastigando o vazio, em atividade, em atividade... Levantava a lanterna para iluminar nossos rostos e nos observava com olhos aquosos por um longo momento, como se tentasse descobrir se o ceifeiro tinha ou não começado a fazer seu trabalho; depois, virando-se aos poucos, nos conduzia até uma cerca empoeirada onde havia sempre um pote de estanho ou um esfregão de cozinha pendurado e nos fazia subir um lance de escadas rangentes.

Tetos baixos e úmidos, paredes com manchas de gordura e decoradas com pequenos quadros que invariavelmente retratavam alguma cena alegre das Escrituras, uma lareira que vomitava nuvens de fumaça, mas nenhum calor ou luz dignos desse nome... assim eram os quartos para os quais nos recolhíamos, noite após noite, depois de uma refeição de carne de carneiro e pão em uma peça que lembrava um porão, ao lado da cozinha. E eles estavam lá para nos receber: Abraão com a adaga levantada para o apavorado Isaque; a mulher de Ló olhando para trás e se transformando para sempre em estátua de sal. Sem muita coisa mais para olhar, nós os estudávamos à luz da vela: a boca de Isaque, redonda e escura como um buraco na tela, a barba eriçada de Abraão e sua horrível túnica amarelo-canário; a fenda no céu por onde, supostamente, a voz de Deus seria ouvida para deter a mão do pai. Ló fugindo com seus companheiros, desconcertado sob um disfarce de mascate; atrás dele, propagado por anjos, o fogo ardia na planície.

Não tínhamos sido os primeiros a fazer um estudo das obras de arte que aqueles cômodos continham; acima de cada pintura — registro de desespero tão comovente à sua maneira quanto as pequenas cercas barradas com que os prisioneiros contam os anos — uma auréola de fumaça de vela marcava a parede como um arco-íris sujo. Mas logo ficava frio demais para arte. O fogo chiava e cuspia. Gelados até a medula, nos refugiávamos em nosso colchão de palha. Após apagar a vela com nossos dedos úmidos (parecia não haver apagador de velas entre Paris e Londres), mergulhávamos em nosso leito e nos escondíamos embaixo da coberta comida pelas traças, aquecendo o ar com nossa respiração, enquanto a fita de fumaça de vela ainda rodopiava no ar.

Com que rapidez o destino, como um lutador, pode nos jogar no chão! Um quarto com soalho de madeira, uma coberta, uma lareira... em quanto tempo isso assumiria valor aos nossos olhos? Em quanto tempo aquelas paredes, aquela lareira, começariam a ser lembranças queridas? Tremendo na escuridão embaixo de nossa coberta, fazendo pequenas brincadeiras para manter o ânimo, não tínhamos como saber que chegaria — e logo — o dia em que as brincadeiras acabariam; o dia em que, sem muito hesitar, estaríamos prontos a oferecer um dedo por outra noite como aquela; a colocar nossas mãos sobre o cepo e olhar para o lado; e mais um dedo por outra noite — se pelo menos houvesse alguém para aceitar a oferta.

Durante algum tempo — muito breve, é verdade — acreditei que talvez conseguíssemos recuperar nossa sorte. Durante algumas preciosas semanas, em maio, as salas de espetáculo (ainda que cinco vezes menores do que as que tínhamos alugado um ano antes) estavam de novo repletas. Mais uma vez nossos nomes e nossas características apareciam nas páginas do *John Bull* e do *Universal Pamphleteer* — em comentários nada comparáveis, é preciso admitir, à época em que nos apresentávamos no Pavilhão Egípcio para a rainha Adelaide e o duque de Wellington, mas, dada a nossa situação, mesmo assim animadores.

Estimulados por nosso sucesso, voltamos a falar sobre qual a melhor forma de abordar nossos tutores. Fazia mais de seis meses que Eng registrava cuidadosamente os totais que ele acreditava nos serem devidos. De volta à Inglaterra, ele se dedicara a reconstruir, do melhor modo possível, as apresentações que tínhamos feito nos primeiros meses após nossa chegada; calculava o tamanho da plateia e o número provável de ingressos vendidos; anotava, sempre que a oportunidade se oferecia, o custo das salas em que tínhamos nos apresentado, depois deduzia as despesas estimadas com refeições e hospedagem. Eu o ajudava como podia — lembrando-me de datas e locais, escrevendo cartas para pedir informações —, mas a maior parte dessa tarefa recaía sobre ele. Todas as noites ele trabalhava. Com medo de perder suas provas, ou de tê-las roubadas, passou a carregar para onde fosse o caderno em que fazia seus cálculos. Havia meses, percebi, sua raiva contra a injustiça que nos tinham feito vinha cozinhando em silêncio dentro dele.

Eu conhecia meu irmão. Era o mesmo homem que tinha nos salvado após a morte de nosso pai; que, ao emergir do harém do rei, tinha levantado as calças e insistido para que vendêssemos nossos ovos de pata aos cidadãos de Bangcoc; o homem que tinha imaginado e organizado nossa sobrevivência, concebido nosso triunfo, até o dia em que Deus, na forma de um tufão, pusera seus planos a perder. O que Hunter e Coffin tinham feito estava errado. Ele ficaria nos seus calcanhares como um cão de caça, mandíbulas apertadas e olhos fechados, até que a justiça fosse feita ou que o espancassem até a morte, uma coisa ou outra.

Poucas vezes eu o vira tão feliz.

— Prepare-se, irmão — avisara ele em uma noite quente no nosso quarto alugado em Rosemary-lane.

Fechou o caderno em que estivera fazendo anotações. De fora, chegava o clamor agitado da rua: cascos de cavalos e relinchos assustados, o grito de um mascate apregoando suas mercadorias, o tinir de aço contra aço...

Seus olhos brilhavam.

— Verifiquei os números e conferi tudo.

"Peixe, meio penny o peixe frito!", gritaram na rua.

— E então?

Eng limpou a garganta, esforçando-se para assumir o tom de um advogado.

— Se considerarmos, como acho que podemos, que todas as despesas que deixamos de levar em conta são maiores do que o saldo das apresentações que esquecemos...

"Peixe, meio penny o peixe frito!" De novo o grito chegou da rua e foi encoberto pelo ruído de patas nas pedras. Um cheiro peculiar de Londres — mistura de estábulo e pedra molhada — subiu com o ar quente.

— ... e deduzindo 10 libras extras para não deixar margem a queixas ou discussões, os senhores Slumber e Muffin — pois era assim que, em nossa infantilidade, nos referíamos a Hunter e Coffin — nos devem 4.653 libras e nem um penny menos que isso!

Encarei-o como se tivesse sido informado de que tinha herdado o trono da Inglaterra. A soma que ele mencionava era enorme, suficiente para vivermos — e bem — durante anos. Suficiente para nos levar de volta para casa. Para satisfazer as necessidades de nossa mãe até o fim de seus dias. Para comprar a casa em Bangcoc com a qual tínhamos sonhado. Ou duas. Investido de maneira adequada, o valor daria respaldo a qualquer especulação, amorteceria qualquer queda.

— Meu Deus! — murmurei.

O ruído da rua pareceu diminuir naquele momento, como se Rosemary-lane, com seus cheiros e gritos, seus vendedores de verduras e pássaros, tivesse, de uma hora para outra, literalmente se afastado de nós.

Meu irmão fez um sinal afirmativo com a cabeça.

— É isso mesmo.

— Tem certeza?

— Claro que sim — ele confirmou.

Senti crescer em mim a vontade de dar uma risada alta e selvagem. As feições de meu irmão, no entanto, mostravam que ele tinha passado de um desvario controlado para uma determinação sóbria. Na rua, bem abaixo de nós, começava uma discussão acalorada.

— Não vamos conseguir um penny desses patifes a não ser com muita cautela — alertou ele com calma. E sacudiu a cabeça. — Não conhecemos as regras aqui. É como lutar com alguém no escuro.

— Mas temos isto — retruquei, batendo com os dedos no caderno. — Você conhece a verdade.

— A verdade? — Meu irmão sorriu. — A verdade é a seguinte: eles ganharam pelo menos *18 mil* libras à nossa custa durante os seis meses em que botamos a língua para fora e demos saltos mortais como uma dupla de macacos de realejo.

Alguém golpeava uma porta.

"Abra, miserável, ou arrebento sua cabeça", gritou um homem na rua. Outras vozes acompanharam a dele.

Meu irmão olhou na direção da janela.

— Sinto que estão se movimentando... tramando alguma coisa... mas não sei o quê.

De baixo, como que para animar o ambiente, chegou o som de latidos, depois um rosnado forte, mas muito breve.

Não foi um grande evento, em comparação ao resto. Naquele ano haveria rebeliões em Bristol e Nottingham; na América do Norte, Nat Turner, com suas sobrancelhas grossas, mataria cinquenta pessoas em nome da verdade e seria enforcado em um carvalho amarelado; Charles Darwin embarcaria no *Beagle*. Para nós, no entanto — ainda que a história seguisse seu rumo como a roda de uma carruagem, que registra as palavras de príncipes e membros do parlamento sem se preocupar com o pedregulho arremessado contra seus ferros ou atirado nas valas —, um quarto vazio na Aldgate High-Street foi mais importante que qualquer invasão da Síria.

Era 23 de maio de 1831. Acabávamos de voltar do bar Temple, onde (ignorando os olhares espantados dos empregados que corriam de um lado para o outro como enormes camundongos frenéticos) tínhamos falado rapidamente com um homem alto e cadavérico chamado George Francis Rump, um advogado. Não tinha dado certo. O tempo todo lançando olhares oblíquos ou por cima de nossos ombros, sempre curiosamente acompanhados de um sinal de cabeça, uma sobrancelha erguida, um leve sorriso dissimulado, ele tinha demonstrado algum interesse no nosso caso até explicarmos nossas dificuldades financeiras, quando o que lhe restava de entusiasmo pareceu escapar como o ar de um balão furado. Inclinou a cabeça e começou a explorar a orelha direita com o dedo. Meu irmão, sem desistir, continuou a explicar nossa situação:

— O senhor vê então que, mesmo que esse papel que supostamente assinamos exista, entendemos que...

Com as palmas das mãos para cima, Rump começava agora a inspecionar suas unhas, um olhar preocupado no rosto. Ele me fez pensar em uma criatura empalidecida por uma vida sempre subterrânea que estudasse suas patas. Cheguei a esperar que ele as lambesse.

— ... entendemos que, como nenhum de nós viu esse papel... — continuou meu irmão.

— Hum.

— ... muito menos o assinou...

— Compreendo.

— ... ele deve ser falso.

Ao perceber que meu irmão se calara, Rump rapidamente endireitou o corpo e olhou ao redor da sala, como se tivesse dúvida sobre como proceder.

— Sim, bem... Mas o senhor não afirmou que se apresentou em público com seu irmão nos últimos meses? — argumentou, afastando alguns papéis um pouco para a esquerda.

— Afirmei.

— E que esses cavalheiros eram seus agentes nessas ocasiões?

— Sim, claro. É o que temos dito o tempo todo.

Ele balançou a cabeça, visivelmente irritado.

— Compreendo. Bem, tudo isso é muito interessante — prosseguiu, enquanto seus lábios se expandiam de leve em uma tentativa de sorrir —, mas como podem ver — explicou, batendo de leve em uma enorme pilha de livros ao seu lado —, já tenho muitas causas com que me ocupar e me faltam horas no dia para dar-lhes a devida atenção. Entrarei em contato, cavalheiros — anunciou, sem explicar como pretendia fazê-lo sem conhecer nosso endereço. — Agora me deem licença e tenham um bom dia.

Na rua, o vento soprava uma poeira quente e escura. Na esperança de economizar o dinheiro da condução, voltamos para a Rosemary-lane a pé, respirando dentro de nossas mãos. George Francis Rump era a terceira pessoa que tínhamos tentado convencer a assumir nossa defesa. Havia dias não ouvíamos uma palavra de Hunter ou Coffin. E de repente — de maneira tão precipitada e automática como quando nos dirigimos para a casa de Sophia após a visita ao Musée de L'Homme et la Nature — tomamos a direção da espaçosa residência de Hunter e Coffin na Aldergate High-Street. O momento era aquele.

Eles tinham ido embora. Pela segunda vez em dois meses nos vimos diante de uma porta aberta para a escuridão de aposentos semivazios. Os senhores Hunter e Coffin tinham informado sua saída duas semanas antes, segundo nos disseram. Seu navio partira para Cingapura no dia 20.

Minha primeira reação, ainda que fugaz, foi de uma dolorosa solidão. Eu sabia que era um absurdo. Tínhamos sonhado em nos libertar deles, falado sobre isso sem parar. Contudo, embora o efeito aparente de ser abandonado e abandonar seja o mesmo, no coração é como se fosse janeiro e junho. Conhecíamos Hunter fazia anos, afinal de contas, e embora tivéssemos passado a desprezá-lo, assim como a Coffin, até o ódio pode construir uma relação. Em certos momentos da vida, se houver a combinação certa de vaidade e fraqueza, pode ser tão difícil abandonar o ódio quanto o amor.

Meu irmão, por outro lado, ficou fora de si. Nunca o tinha visto tão furioso. Gritou de frustração, quebrou a bengala contra o corrimão, depois deu um soco no ar, sem se preocupar com o que isso me causava. Contrariamente ao meu hábito, tentei consolá-lo. Uma multidão começara a se reunir. Um menino saiu em disparada, sem dúvida em busca de um policial.

— Está tudo bem — expliquei tolamente, incapaz de pensar em outra coisa para dizer.

Ele olhou-me com tanta fúria que quase caí.

— Sabe o que isto significa? — gritou, soltando uma série de blasfêmias que eu jamais o ouvira pronunciar.

Se Hunter ou Coffin tivesse aparecido naquele momento, acredito sinceramente que ele teria lhes tirado a vida com as mãos nuas.

— Tudo vai dar certo, irmão — falei, não deixando minha raiva transparecer. — Fique calmo.

— Fique calmo? — Ele riu. — Fique calmo?

Eng soltou minha camisa, arrancou das minhas mãos a bengala, uma bela peça esculpida que eu comprara uma semana após nosso desembarque do *Sachem*, e bateu-a contra o corrimão.

— Estou calmo. Calmo como um bebê. Calmo como um bezerro em uma pastagem de verão. Estou... tão... calmo — a bengala quebrou com um estalo e o cabo voou para o outro lado da rua — que poderia arrancar esse corrimão com as mãos e dobrá-lo tranquilamente com os dentes.

Virou-se para mim e sacudiu-me tanto quanto nosso elo permitia.

— Sabe o que isso significa? — repetiu. — Não? Vou lhe explicar o que isso significa. Significa que não temos nada. Nada. Entende agora?

Aos poucos sua raiva começou a se aplacar e seus olhos se encheram de lágrimas. Sacudiu-me de novo, em um último acesso de raiva.

— Eles vão nos devorar vivos, irmão. Não percebe? Vão nos devorar vivos.

Mas eu não percebia. Eu era mais jovem que ele, jovem de um modo como ele jamais seria. Embora soubesse que o que ele dizia era verdade, embora compreendesse — ou imaginasse compreender — a crua realidade de nossa situação, eu não a sentia. Meu próprio momento de fraqueza, purificado pela sua raiva, tinha passado. Não apenas eu não sentia mais pânico, como no fundo do meu coração uma pequena parte de mim se excitava com o drama de nossa situação, com a aventura a que seríamos levados. Éramos fortes, engenhosos. De algum modo encontraríamos uma saída. Senti crescer em mim uma espécie de exaltação perversa, uma sensação de saúde selvagem. Vislumbrei nossa liberdade. Era profunda, bela, uma fatia de céu de verão entre construções ao anoitecer. Estávamos livres daqueles patifes.

Meu irmão, não mais fraco do que eu, apenas mais velho e mais sábio, tinha consciência do preço que pagaríamos por essa libertação.

X

Em uma outra vida, bem alimentados e aquecidos, colocaríamos mais lenha no fogo, enfiaríamos os pés sob o ventre das cadelas e contaríamos como tudo aconteceu. Seria uma bela história também, colorida, angustiante, porém redentora no final... Dez mil toras de lenha queimariam até virar cinza antes que acabássemos de contá-la.

Deixaríamos alguma coisa de fora, é óbvio; todo trabalho tem suas exclusões, e essas, como todas as omissões, implicam em ajustes forçados, substituições. As coisas ficaram mais complicadas. Quando nossos filhos (que tinham guardado nossas histórias na memória e reclamavam de qualquer mudança toda vez que as recontávamos) chamavam nossa atenção para o fato de que o vestido era verde, não azul, ou que nosso alojamento ficava em Sandy's-row, não em Boar's-head-yard, meu irmão e eu agradecíamos a ajuda e, tocando a testa com o dedo, explicávamos que a memória, assim como a barriga, amolece com a idade. Mas não tínhamos esquecido. Tínhamos apenas perdido o controle sobre nossas mentiras, permitido que a realidade, como o fantasma de um carpinteiro, abrisse uma fenda e desviasse por um momento os encaixes de nossa narrativa.

Melhoramos aprendendo com nossos erros. Nossas histórias, aplainadas e suavizadas pela repetição, logo se tornaram tão concisas que nenhuma verdade indesejada conseguia se introduzir nelas. Nossos filhos quase não nos interrompiam mais; nossas esposas, que já tinham ouvido tudo, concordavam com a cabeça sem desviar os olhos do tricô.

Talvez fosse necessário. Mas não era a vida que tínhamos vivido. Para contá-la — contá-la de verdade — eu precisaria me ajoelhar e recolher as partes e os momentos que não entravam na história, os fragmentos que tínhamos deixado de lado. Para contá-la certo, eu precisaria introduzir à força esses elementos no objeto modelado e polido que tínhamos fabricado, separar as junções, tirar a lingueta de seu encaixe.

Por onde eu começaria? Começaria pelo medo. O medo como um cheiro. Como um suor repugnante e estranho. Como o golpe rápido e afiado de uma faca de 15 centímetros no escuro. O tipo de medo da meia-noite, tão rico de autoaversão que seria capaz de impedir alguém de ouvir os sons vindos do outro lado da sala: a respiração difícil, os gritos abafados pelas mãos, a tábua rangente... Eu incluiria tudo isso. Incluiria as manchas em forma de nuvem nas lãs acima do fogão, os sapatos sujos, as calças de lona amontoadas contra a parede. Incluiria o arrepio e o tremor na pele de um homem quando ele se lava com uma toalha de mão, os pingos que caem no balde, o modo como ele desdobra a roupa com dedos hesitantes — com cuidado e reverência — como se ela fosse um pergaminho e pudesse se rasgar. Incluiria o braço erguido, a carne flácida pendurada nos ossos.

Incluiria a manhã de setembro em que acordei sobre uma tábua em um quarto silencioso e de chão sujo e não soube onde estava. A 3 metros, uma chaminé de luz erguia-se até um buraco no teto do tamanho de um punho fechado. Na penumbra do lado de fora, como um personagem de um quadro flamengo, estava sentado um homem, nu da cintura para cima, segurando o rosto nas mãos como uma tigela.

Todos os outros ainda dormiam — compridos fardos de andrajos contra as paredes. Observei-o. Vi os dedos pressionados contra a pele de alabastro manchada, as mechas de cabelos empoeirados, a articulação arredondada dos ombros... Usava botinas de mulher amarradas do lado e com as pontas cortadas para poder enfiá-las. Mantinha os joelhos apertados e os pés apontados um para o outro, como uma criança.

Chorei no ombro de meu irmão naquela manhã, em silêncio, sem acordá-lo. Acabei adormecendo. Quando acordei de novo, o velho tinha partido. Senti uma dor aguda no estômago. Olhei para Eng. Seu crânio — a forma de seu crânio — começava a aparecer através da pele. Seus lábios, como se esticados por dedos invisíveis, estavam rachados e partidos; as órbitas dos olhos, aumentadas, estavam mergulhadas na sombra. Ele parecia um menino que, de brincadeira, sugava as faces para assumir um ar fantasmagórico e me deixar com medo.

Lembro-me de ter me perguntado — quase com indiferença, como se me referisse a uma pessoa qualquer — qual de nós acordaria um dia e encontraria o outro morto. Depois, com cuidado para não incomodá-lo, afastei minha roupa para ver, mais uma vez, a estranheza de minhas próprias costelas e os ossos dos quadris subindo à superfície, aparecendo como o contorno mais ou menos familiar de uma falésia em erosão.

Em resumo: a morte é uma conjugação. O *eu* morre. A narrativa de sua vida, órfã de repente, é retomada por uma terceira pessoa. *Repouso minha cabeça sobre a mesa ao lado da tubulação de gás, e adormeço/ Ele morreu terça-feira à tarde em uma hospedaria de Black-Horse Yard. Mas quando, quando...* Essa é a essência que resta no fundo do pote.

Se pelo menos soubéssemos que um dia teríamos o privilégio de ser os narradores de nossos dias! Com que rapidez nosso desespero teria desaparecido, e nossa coragem florescido! Os dias teriam passado como páginas e as teríamos folheado (absorvidos pela narrativa, entretanto já pela metade excluídos dela), protegidos pela certeza de que seu número, afinal de contas, era finito; que logo o livro acabaria e poderíamos fechá-lo, suspirar e, admirados com a estranheza da vida, repousar.

XI

Naquela tarde de junho de 1841, no entanto, não tínhamos ideia do que a vida nos reservava. Voltamos para a Rosemary-lane pelas ruas apinhadas de quiosques de cerveja e limonada, o ar quente do verão cheirando a roupas velhas e alcatrão em um momento, a agrião e cravo-de-defunto no seguinte. O vento se transformara apenas em brisa, a poeira baixara. O mundo estava em paz. Passamos por homens jovens carregando bandejas em que se empilhavam pães de ló e por jovens descalças vendendo caracóis a 2 pennies o quarto de galão. Finas tiras de carne e cebola, aquecidas em tachos de carvão, crepitavam por trás das janelas abertas. Na esquina da Glasshouse Street, como sempre, um homenzinho, com um rosto comprido de toupeira, vendia erva-de-passarinho e senécio da cesta de cerda que carregava às costas. Ficamos surpresos de ver que nada mudara. Ainda éramos jovens o suficiente para acreditar que o mundo de algum modo refletiria nossos destinos, que as folhas cairiam sobre o Mekong no momento de nossa morte e que as crianças que brincavam na poeira em Tânger levantariam a cabeça de seus jogos acreditando que uma pequena nuvem passara diante do sol.

Naquela noite espalhamos todos os nossos pertences em nossos casacos e os vendemos no meio-fio da calçada, na frente do alojamento. Conservei um pequeno Buda de jade e um romance inglês com duas cartas prensadas entre as páginas. Meu irmão guardou seu relógio (só precisaríamos de um), o caderno onde havia calculado o que nos deviam e a faca de nosso pai. Quando os casacos ficaram vazios, os vestimos e fomos embora. Era quase noite. Uma disputa irrompera entre a pequena

199

multidão de meninos de rua e vendedores ambulantes com dentes quebrados que tinham se reunido ao nosso redor.

— Mostrem a costura de vocês! — alguém gritou enquanto abríamos caminho pela multidão de rostos.

Começamos a caminhar. Não sabíamos para onde estávamos indo. Procurávamos apenas um lugar fechado e estreito, do mesmo modo como um animal se refugiaria em uma toca. Passamos por cima das poças deixadas pela carroça de água, desviamos dos odores ácidos das lojas de judeus e das gaiolas frágeis dos vendedores de pássaros, com seus pintassilgos e tentilhões, toutinegras e tordos, e fomos em frente. Nosso método era simples: onde dois caminhos se apresentavam, escolhíamos o mais pobre — preferíamos a luz trêmula da vela à lamparina que iluminava; as pedras quebradas ao calçamento liso; o chão batido aos dois.

Tomamos o rumo norte na direção do rio, deixando para trás os irlandeses que fumavam seus cachimbos curtos sentados em banquinhos toscos de madeira diante de suas portas; os vendedores de nozes com os dedos manchados do fruto; os carrinhos de mão vermelhos de beterrabas. Durante algum tempo, virando para um lado ou para o outro, ainda ouvíamos vozes que gritavam "cavalinhas a oito por 1 xelim!", "couve-flor grande por 1 penny!" e "enguias, enguias vivas!", mas era como se nos enfiássemos em um poço, e logo até essas vozes se calavam e o barulho das ruas ficava para trás. Aquele era um mundo de ruídos menores: o estalo de uma lamparina, o rápido roçar de patas no escuro, a tossida em um punho úmido. Podíamos sentir o cheiro do rio: um sopro fresco de barro, a podridão da maré baixa.

Seguíamos em frente. Como se luz e ruído fossem uma coisa só, as ruelas se tornaram ao mesmo tempo escuras e silenciosas. Algumas eram tão estreitas que poderíamos ter tocado as paredes de um lado e de outro apenas abrindo os braços. Parecia haver muito pouca gente naquela área. Aqui e ali uma massa indistinta assumia a forma de um homem dormindo contra um muro, as mãos presas entre as pernas.

Nós a encontramos no fim de um beco estreito riscado por cordas de secar roupa e apinhado de carrinhos de verdureiros — uma casa de cômodos anônima composta de não mais do que uma cozinha (com um fogão e uma grande mesa lascada) e um quarto de terra batida com quarenta beliches ou estrados. Compramos uma ficha no guichê e entramos pela porta da cozinha. Uma corda pesada de tanta roupa molhada formava uma barriga sobre o tanque. Um pano tinha sido enfiado em uma vidraça quebrada. Meia dúzia de homens, a maioria nua da cintura para cima, ergueu os olhos de seu lugar à mesa para nos observar. Houve um momento de silêncio.

— Valha-me Nossa Senhora! — exclamou um deles.

— E o menino Jesus também — completou um velho grisalho de costas largas e peludas.

Encarei-o. Rosto quebrado de pugilista, orelhas pequenas e grudadas no crânio, sobrancelhas espessas, angulosas, caóticas. Ninguém mais falou. Percebi que seus braços compridos, que à primeira vista tinham parecido estranhamente doentes, estavam, na verdade, cobertos por pequenas cicatrizes triangulares.

Após nos avaliar por mais um momento, voltou a prestar atenção na mesa à sua frente, onde um par de coelhos mortos com moscas rondando suas bocas repousava ao lado de um queijo holandês, um xale de seda e uma lima.

— Tommy, menino danado! — exclamou, erguendo um dos coelhos e indicando um menino de olhos úmidos agachado no canto. — Fique fora da Hairbrine Court e da Prince's Street até eu dizer o contrário. Vamos deixar os príncipes se virarem sozinhos por um tempo — acrescentou em voz baixa.

O menino fez um sinal positivo com a cabeça. Como se de repente lembrasse de nós, o homem virou-se para onde ainda estávamos, junto à porta.

— Não podem dormir aqui, senhores — disse, como se isso fosse óbvio.

— Pagamos como todos os outros — argumentei. — Vamos dormir onde quisermos.

Por um momento, suas feições horríveis pareceram mostrar que ele se divertia conosco.

— Como queiram — respondeu, virando-se de costas para nós mais uma vez —, mas a não ser que tenham uma chave para abrir essa dobradiça de vocês, um dorme no estrado e o outro fica pendurado da borda como um pedaço de carne.

Um ou dois dos outros riram.

Sem conseguir pensar em uma resposta, fomos até a porta que levava ao quarto. A maçaneta tinha sido substituída por dois pedaços de corda que passavam por um buraco e eram arrematados em cada extremidade por um pedaço grosso de madeira. Entramos de lado e fechamos a porta atrás de nós, depois paramos por um instante, sem nos mexer, para acostumarmos os olhos à escuridão. Muito ao longe, no lado oposto do quarto comprido, uma única vela, colocada na altura da cintura de um homem, saudou nossa chegada.

— Monstros — ouvimos uma voz dizer às nossas costas.

— Só falta a gente começar a tropeçar nos malditos anões — zombou outro.

— Chineses, ou coisa parecida. E o que mais, depois disso?

— Já vi esses dois na Peter's Court — cortou uma voz jovem.

— Fecha essa matraca! Quem se interessa em saber onde você viu esses dois, idiota?

— Imagine passar a vida inteira grudado no seu maldito irmão — interrompeu alguém com voz rouca e fraca. — Melhor enfiar uma faca no pescoço. Isso eu garanto.

— Ele faria isso por você — resmungou outra voz.

Estrados estreitos ao longo da parede, empilhados em quatro níveis como prateleiras gigantes, desenhavam-se na escuridão. Semicírculos indistintos tomaram a forma de dois baldes contra a parede. O chão começava a aparecer, e um par de botas emborcadas parecia surgir da terra como uma planta de folhagem abundante. O cheiro de suor — velho e maduro — enchia o quarto como uma presença física.

Na cozinha às nossas costas, alguém pigarreou ruidosamente e cuspiu.

— Eles vão perder esse brilho em um dia ou dois — ouvimos uma voz dizer.

— Você devia saber, Jimmy — disse o homem que falara conosco. Suas palavras silenciaram a peça como uma espada tirada da bainha.

— Você é o rei dos perdedores. Ao seu lado, somos todos simples duques e condes.

— Eu só estava... — começou o outro.

— Ah, mas não se preocupe, Jimmy — prosseguiu a voz. — Agradecemos muito. Muito mesmo. Qualquer um de nós que começar a sentir o peso da riqueza, que notar que precisa perder alguma coisa, mas não sabe o que fazer... está acompanhando o que digo, Jimmy?... já sabe quem procurar. — Ouvimos alguma coisa quebrar sobre a mesa. — Agora você vai trazer aquela tira até aqui, Tommy — perguntou com calma —, ou preciso matar todos eles eu mesmo?

Foi quando a contagem começou. E nunca parou. Algumas semanas antes, como se suspeitasse de alguma coisa, meu irmão tinha começado a economizar alguns xelins da pequena importância que Hunter e Coffin nos davam para comida e deslocamento. Desse modo ele conseguira guardar 1 libra e 2 xelins. Somados às 3 libras e 11 xelins que tínhamos em nossos bolsos, possuíamos exatamente 4 libras e 13 xelins na hora em que percebemos que tínhamos sido abandonados.

Foi na nossa volta à Rosemary-lane naquela noite que descobrimos que nosso quarto não estava sendo pago havia quase uma semana. Quando o proprietário ameaçou chamar a polícia, recusando-se a aceitar outra coisa que não o pagamento integral e imediato de nossa dívida, fomos forçados a reduzir nossas economias em 1 libra, valor que foi compensado — e até um pouco ultrapassado — com a venda de nossos pertences na calçada. E assim foi. As cobertas empoeiradas — ou "flanelas", como as chamávamos — que compramos na rua (só descobrimos dias mais tarde que estavam infestadas) nos custaram quase 1 xelim. Embora dormíssemos no chão, a casa de cômodos nos fazia pagar o dobro.

Durante muito tempo me perguntei por que naqueles primeiros dias, antes de nossa pobreza começar a se revelar em nossas roupas, não procuramos a ajuda de antigos conhecidos. A única resposta é que, em primeiro lugar, nunca tivemos grande relacionamento com nenhuma dessas pessoas, as quais apenas divertíamos, e em segundo, sabíamos, ou sentíamos, que a caridade é sempre concedida com mais alegria a

203

quem precisa menos. Um ano antes, quando não pedíamos nem queríamos ajuda, tínhamos recebido ofertas de cavalheiros de chapéu de seda e coletes de cetim que tinham lido *The Times* de Londres e farejado nosso sucesso. Seriam menos generosos agora.

Havia, no entanto, uma razão mais profunda para não termos procurado ajuda de outras pessoas. Simplesmente sentíamos vergonha. Vergonha de nosso fracasso. Vergonha de nossa aparência e de nosso cheiro. Em especial, talvez sentíssemos vergonha de nosso azar. Eu sempre acreditara que a história de Jó era falsa, que a maioria dos homens assumia sua culpa, aceitava suas pústulas e sua dor, se maldizia antes de maldizer seu Deus. Agora nosso comportamento me dava razão. Embora nunca tocássemos no assunto, nem entre nós nem com qualquer outra pessoa, nos sentíamos um pouco culpados, como se tivéssemos feito algo indecente, cometido um crime, e estivéssemos sendo forçados a pagar por nossos atos. E como chegou depressa a punição! Na primeira manhã já parecia que tínhamos sido arrastados pelas ruas pelos calcanhares. Na segunda, tivemos piolho. Na quarta, ofendemos não apenas estrangeiros bem-nascidos que tinham se aproximado demais de nós, como também nós mesmos.

Como poderia ter sido diferente? Dormíamos todas as noites, do jeito que dava, sobre dois colchões de palha que tirávamos dos estrados e colocávamos lado a lado no chão da passagem entre as fileiras de beliches. Sem pele nem tapete para nos cobrir na primeira noite, usamos nossos casacos. Nossos companheiros — até o mais limpo deles — estavam infestados de pragas. Não havia toalhas, bacias, nem tinas de madeira onde nos lavar, apenas um grande balde junto à parede. Fazíamos nossa limpeza, como podíamos, usando a fralda de nossas camisas.

Gastamos três preciosos dias procurando trabalho no rio, no meio de dragas e carregadores, vagueando entre a Leman Street, perto das docas de Londres, e a Sparrow Corner. Não conseguíamos nada. Alguns tomavam nossos pedidos por brincadeira, como se fôssemos príncipes excêntricos cansados da vida palaciana; respondiam com formalidade exagerada, pediam mil perdões, tiravam seus gorros. Outros nos olhavam, incrédulos, mudos de espanto ao nos ver parados à sua porta. Outros ainda nos insultavam como se fôssemos o próprio diabo que chegava para cobrar o que lhe era devido. Poucos — homens em geral mais velhos, mais tristes — respondiam com educação, mas também nada tinham a oferecer. No fim da semana estávamos de volta à Rosemary-lane para nos vender: meio penny para olhar, 1 penny para tocar. Para garantir que ninguém nos olharia de graça, esperávamos até que uma pequena multidão estivesse reunida (mantendo-a distraída o tempo todo com truques e piadas), depois fazíamos circular uma tigela e então, e só então, tirávamos nossas camisas. Os que nos tocavam, por outro lado, pagavam um a um.

Durante algum tempo, deu certo. Logo aprendemos a avaliar quais ruas eram viáveis; não deviam ser muito ricas (para não corrermos o risco de uma investida da polícia) nem pobres demais (pois pouquíssimos teriam dinheiro para gastar com um momento de diversão). Com nossas andanças de rua em rua conseguíamos garantir um fluxo regular de clientes. Ao final de três semanas, tínhamos quase 7 libras e pudemos nos mudar para uma casa de 3 pennies com soalho de madeira e toalhas feitas de lençóis cortados. Tamanha é a perversidade da natureza humana (ou o poder do hábito), que por um momento quase sentimos falta do pardieiro que tínhamos deixado para trás. Embora fosse verdade que os outros residentes mal nos dirigiam a palavra a não ser para resmungar ou pedir alguma coisa, o homem com ar rude e sobrancelhas espessas tinha sempre trocado uma palavra ou duas conosco quando nos sentávamos perto do fogão ou à mesa. Ele parecia divertir-se com nossa presença, e, como era o chefe indiscutível daquela pequena comunidade de mendigos e ladrões, o fato de reconhecer nossa existência diminuíra um pouco nosso sofrimento.

Estava agachado ao lado de uma tina de lixo vazia quando saímos, e lancetava calmamente com uma faca um corte feio e inflamado no polegar.

— Em frente e de cabeça erguida, rapazes! — disse, apontando com o queixo os cobertores dobrados sob nossos braços. — Bem, boa sorte para vocês!

— Fique com Deus, Jack — agradeceu meu irmão, comovido por sua generosidade.

— Melhor ficarem vocês com ele — continuou, espremendo do corte aberto algumas gotas de um líquido repugnante. — Eu prefiro me manter longe da vista dele.

O que foi mais do que conseguimos fazer. Dois dias depois, meu irmão, ao acordar, enfiou a mão dentro de sua camisa para apalpar a carteira em frangalhos (porque sempre dormíamos com ela colada à pele) e percebeu que ela tinha sumido. Desesperados, por alguns instantes pensamos que ela poderia ter escorregado para dentro de suas calças, ou caído no meio das cobertas. Apalpamos nossas roupas de cama, viramos e sacudimos o cobertor, em seguida o sacudimos de novo, olhamos dentro de nossos sapatos (como se a carteira pudesse ter criado vida e se escondido), inclusive folheamos, absurdamente, os romances no meu lado da cama. Com o estômago cada vez mais embrulhado, percorremos agachados um raio de 3 metros, tateando o chão como mendigos atrás de moedas. Nada. Ela *não pode* ter sido roubada, dissemos a nós mesmos. Não apenas o ladrão precisaria saber onde a guardávamos, como meu irmão sempre tivera o sono leve, e a carteira estava bem escondida contra sua pele, sob duas camadas de roupas que eram sempre bem abotoadas de manhã. No entanto, o fato incontestável permanecia — ela sumira. Parecia impossível, mas a carteira tinha simplesmente desaparecido.

Não arrecadamos nem 1 xelim naquele dia mostrando nossa condição física em uma cidade que parecia ter perdido o gosto por monstros, embora pequenos grupos de meninos de olhos remelentos ainda tenham ido gritar insultos quando ouviram o anúncio de "Gêmeos siameses! Um penny para ver os incríveis gêmeos siameses, grudados desde o nascimento!", apertando os olhos quase fechados pela secreção e caminhando com as pernas duras e os braços ao redor da cintura um do outro até que Eng, em um súbito acesso de fúria que nos jogou no chão, conseguiu agarrar pelos cabelos um que tinha se aproximado demais.

Era já o final da tarde na Rosemary-lane, perto do Fisher's Alley. Durante semanas — enquanto eu me enfurecia e praguejava — meu irmão tinha suportado em silêncio as rimas maldosas e as brincadeiras cruéis, os ataques repentinos dos que tinham apostado que conseguiriam tirar nossas roupas ou nos derrubar, as saraivadas de frutas estragadas (maçãs pequenas demais ou ameixas moles como barro que os vendedores de frutas jogavam nas ruas) que não nos deixavam escolha senão dar no pé. Naquele dia, quase chorando de raiva e frustração, ele insultou e bateu sem piedade na cabeça do pequeno mendigo que tentava se soltar, enquanto passantes paravam para olhar e rir, talvez pensando que se tratasse de algum tipo de espetáculo, uma dupla de monstros de circo espancando um pobre.

Quando por fim se cansou (duas vezes tínhamos caído nas pedras em um emaranhado de braços e pernas), meu irmão segurou-o pela camisa e pelos fundilhos e atirou-o longe. Ele caiu a uma pequena distância, mais atordoado do que machucado, e apenas começava a recobrar o raciocínio quando um homem bem-vestido aproximou-se com passo firme e deu-lhe um violento pontapé no ventre. Reclamamos da injustiça e fomos atrás do agressor, mas ele afastou-se como se nada tivesse acontecido. Quando nos viramos, o menino descia a rua correndo, segurando a barriga. A multidão se dispersava.

Naquela noite, nosso jantar resumiu-se a três cebolas e o equivalente a meio penny de peras moles compradas de um irlandês que vendia refugos e que, afastando com a mão as moscas que voavam sobre as frutas escuras e meladas, encheu o chapéu sem abas que tínhamos encontrado na véspera. Mais tarde, ainda com fome, compramos uma batata cozida de um vendedor ambulante que a tirou fumegante da lata com os dedos e riu enquanto a equilibrávamos e a jogávamos de um para o outro.

— Ei, e fiquem felizes de serem dois, meus rapazes — disse, enrolando os *erres*. — Assim queimam os dedos duas vezes menos.

Foi a primeira noite que dormimos na rua, enroscados sob uma carroça em um beco sem saída próximo ao rio. Acordamos antes do amanhecer. O silêncio era tão grande que podíamos ouvir o som das latas da mulher que trabalhava na ordenha na rua vizinha. Recolhemos nossas cobertas e saímos rastejando antes que o proprietário da carroça nos descobrisse. Sem outro lugar para ir, voltamos em silêncio para a Rosemary-lane. Nada se movimentava. No ponto de cabriolés, um cavalo cochilava de pé, a cabeça caída como se pastasse em campos invisíveis enquanto seu cocheiro dormia tranquilamente atrás. Não trocamos uma palavra. Não havia o que dizer. Ao longe, o fogo da primeira barraca de café crepitava na escuridão. Eu podia ver o vendedor tomando conta de suas latas fumegantes, soprando o carvão, colocando as canecas brancas sobre a mureta de pedra.

Para outro homem, a cena poderia ter parecido familiar, até acolhedora. Para nós, era apenas uma lembrança do profundo exílio em que nos encontrávamos: já distanciados do mundo que nos cercava por nossa cultura e língua, mais distanciados ainda pela inexorável realidade de nossa condição, tínhamos sido exilados uma terceira vez pela perda do nosso dinheiro. Quase toda a nossa conversa diária, percebíamos agora, girava em torno de alguma transação; o dinheiro era nosso combustível, o óleo na lamparina. Sem ele não havia uma razão particular para falar com alguém, e menos razão ainda para que os outros falassem conosco. Passávamos pelo mundo como fantasmas.

A menina que vendia agrião, com a cabeça descoberta e sonolenta, já estava em seu posto. Atrás dela, o vendedor de coelhos ergueu o caixote com os pequenos corpos quentes e agitados, tirou-o do carrinho de mão com um movimento brusco e começou a preparar a bancada. Os dois estavam em algum outro lugar agora, em um mundo bem distante do nosso. Em toda a minha vida, não acredito que tenha sentido uma solidão tão profunda quanto naquele instante.

XII

Eu tinha ouvido dizer que prisioneiros choravam e lutavam para impedir sua transferência de uma cela para outra idêntica em todos os detalhes, e que seriam capazes de matar para que lhes permitissem comer primeiro o pão e depois a sopa, e não o inverso. Agora eu acreditava. Embotados pela fome, incapazes de pensar no que fazer, nos aferramos aos hábitos, percorrendo as mesmas ruas, voltando na mesma condução todas as noites, escapulindo cada manhã antes de o sol nascer... Nos dez últimos dias, por uma espécie de lógica tão irresistível quanto a do depósito de lodo no rio, nos limitávamos a recolher as frutas e os legumes deixados na rua. Toda noite levávamos nossa coleção de talos amolecidos e raízes raquíticas até uma bomba que tínhamos encontrado não muito longe de onde dormíamos e tirávamos a sujeira pelo tato.

Ele aproximou-se de nós quando paramos na rua perto de um homem que vendia uma caixa cheia de filhotes de cachorro de focinho úmido, sempre apregoando nossas mercadorias.

— Não se pode dizer que a mudança fez um grande bem a vocês — afirmou, plantando-se à nossa frente, a dobra de suas calças reluzentes de graxa e a camisa marrom puída arregaçada até os cotovelos.

Ao seu lado havia uma gaiola de madeira repleta de pardais que piavam sem parar. Alguma coisa na sua mão atraiu meu olhar. Percebi que era seu polegar. Inchado como um ovo de galinha, tinha um tom preto amarelado — a cor de um pôr do sol de inverno.

— Você também não está com aparência muito boa — retruquei.

209

Ele forçou um sorriso.

— Está vendo isto aqui? — Bateu de leve na gaiola ao seu lado. — Três dúzias de pardais. Recebi uma encomenda ontem para uma competição de tiro hoje à tarde. Duas libras o lote, já avisei, e nem um penny menos.

— Bem grelhados! Venham ver de perto. Bem grelhados! — gritou um menino de cabelo cor de ferrugem a uma breve distância de nós, segurando um peixe marrom amarelado espetado na ponta de um garfo.

Contemplou-nos por um momento, as mãos enfiadas nos bolsos. Parecia sólido como uma parede.

— Quando foi a última vez que enfiaram os dentes em um bom arenque de Yarmouth, hein, rapazes?

Ele comprou dois peixes fritos e um pãozinho para cada, depois nos levou a uma barraca de café, onde um homem com um gorro esfarrapado e calças com manchas marrons de alcatrão recusou o pagamento de nossas três xícaras de café.

— Nem pense nisso, Jack — resmungou, pegando as xícaras penduradas na parede e secando-as com um pano. — Eu lhe devo bem mais do que alguns cafés.

Ele olhou o fundo da xícara, raspou alguma coisa com a unha, depois serviu com cuidado o líquido preto do bule de lata sem derramar uma gota.

— Aí está, senhores — disse polidamente. Virou-se para nosso amigo: — Não há um dia, Jack, que os meninos não digam "Cumprimente o Sr. Batão por nós, pai", e não há um dia que eu não comente com minha esposa como é bom eles estarem lá para dizer isso.

Caminhamos uma distância curta ao longo do muro até uma pilha de tijolos e fizemos nossa refeição — devagar, para saboreá-la, quase atordoados de gratidão — pegando os nacos de carne ao redor das guelras e chupando as espinhas, que tirávamos depois da boca para ver se o serviço estava completo. Nosso amigo, cujo nome todo, agora sabemos, era Jack Black, não parecia inclinado a falar de si mesmo, e foi com muita insistência que ficamos sabendo que anos antes ele tinha ficado conhecido em Londres como "o apanhador de ratos da rainha"; que tinha esposa e filhos e uma excelente casa em Battersea; que durante 14 anos tivera um próspero negócio e uma carroça com ratos pintados nas laterais e folhetos impressos em que se lia: "J. Black. Destruidor de ratos e toupeiras para Sua Majestade".

— Ratos d'água, ratos de esgoto... não sei se existe alguém que pode falar mais sobre rato do que eu — admitiu por fim, não sem uma pitada de orgulho. — O rato de esgoto é maior, marrom claro em cima e com uma barriga branca suja, quase cinza. O rato d'água tem cabeça maior e pelo mais grosso, então as orelhas quase não aparecem; o rabo tem mais pelo. Matei milhares e milhares deles. Matei com a ajuda de doninha, matei usando ratoeira... Se o espaço era pequeno, eu simplesmente pegava os bichos com as mãos. A mordida de um rato é uma coisa muito particular: tem o formato de um triângulo... como a de sanguessuga, só que mais funda. Duas vezes quase morri; uma quando fui mordido no lábio, a outra quando esqueci de fechar a camisa e um rato de esgoto enorme correu pela manga e mordeu o músculo do meu braço. Nunca vi coisa igual. Fiquei completamente entorpecido, sangrei como um animal. No dia seguinte o braço inchou e ficou tão pesado que eu mal o conseguia erguer. Parecia um tijolo. Eu sentia um frio que me gelava os ossos, e no minuto seguinte estava encharcado de suor. A mordida virou uma ferida tão grande quanto o olho de um peixe cozido, e cada vez que eu furava para sair o pus, ela piorava.

Fez uma pausa para tomar um longo gole de café.

— Eu me lembro do médico abrindo meus olhos com os dedões para ver se eu continuava vivo. Um cara jovem ainda. Disse que precisava me cortar o braço, mas não deixei e acabei melhorando.

— E o comerciante de café? — perguntou Eng.

— Tom? Ah, foi um caso terrível. No inverno passado sua mulher acorda no meio da noite, com o choro dos filhos. Quando entra no quarto e acende uma luz, vê ratos correndo para dentro de buracos no chão e nas paredes. As camisolas das crianças estão empapadas de sangue, como se alguém tivesse cortado a garganta deles. Os ratos tinham roído as mãos e os pés deles, imaginem só.

— O que o senhor fez?

211

— Dei veneno. Noz vômica e aveia. Funcionou como um chamariz até eles entenderem. São bichos espertos, os ratos. O resto eu mesmo apanhei, embora não sem um bocado de trabalho.

Voltamos para a barraca de café, onde Tom pegou nossas xícaras, limpou-as com um pano e colocou-as de volta no lugar. Jack Black apanhou a gaiola. Começamos a caminhar.

— Pardais são os ratos dos pássaros — disse de repente, para continuar a conversa, batendo de leve nas barras com um dedo. — Veem como eles se amontoam nos cantos? Exatamente como ratos em um buraco. Uma vez peguei cinquenta ou sessenta na cozinha real... ratos, bem entendido... e com uma gaiola que não era maior do que esta. Pensei que teria de levar alguns dentro do casaco, mas eles se empilharam direitinho, como copos, um em cima do outro. — Balançou a cabeça com a lembrança. — Eu me saía muito bem naquela época.

Um vendedor de tecidos judeu tinha espalhado sua mercadoria em uma mesa dobrável: casacos, gorros, botas de solado novo, uma boneca suja com vestido azul, uma coberta de criança com estampa de pequenas rosas quase brancas de tão desbotadas.

— Então o que aconteceu? — indaguei.

Tínhamos parado na esquina da Stone Lane com a Meeting House Yard. Não longe dali uma menina muito bonita estava atrás de uma mesa molhada onde se empilhavam percas, carpas e cadozes.

— O que está querendo dizer? — perguntou. — Tirei todos e coloquei na carroça.

— Não é isso. Estou falando de...

— Está falando de Jack Black, o destruidor de ratos e toupeiras para Sua Majestade? O martelo vira o prego, como diz a canção. — Olhou ao longe, adiante de um homem com um chapéu de copa amassada que vendia ostras. — Agora você caminha tranquilamente, daqui a pouco cai de bunda, amigo. Como no gelo de janeiro. — Correu a mão pelos cabelos espessos de texugo. — Não dá para fazer nada. Você corre, você cai. Tenta caminhar devagar e com cuidado, não chega a lugar nenhum e cai do mesmo jeito. — Sorriu. — Acho que a gente pode se arrastar de barriga, como um caracol, mas isso serve para alguma coisa, hein? Não, levei uma rasteira e fui para o chão. — Fez uma pausa e virou-se para nos olhar. — Não é muito diferente de vocês dois, imagino. Faz menos de um ano que vi os anúncios para a apresentação no Pavilhão Egípcio. Parece que foi um sucesso incrível, lá.

— Agora tenho a impressão de que foi a vida de outra pessoa — disse meu irmão.

Eram suas primeiras palavras aquela tarde.

— Deu certo, não deu?

— Nos encontramos com o rei da França.

— É mesmo? — Tínhamos começado a caminhar de novo. — Bom-dia, Sally — disse ele a uma mulher atrás de um tabuleiro de nozes do tamanho de uma mesa. Em seguida dirigiu-se a nós. — E então, onde está seu rei da França agora, hein?

Não respondemos.

— Querem um conselho? Desistam.

— *Já* desistimos — respondeu meu irmão, irritado.

Ele riu.

— Vocês parecem bebês agarrados ao peito da mãe. E pode ser que esse peito esteja seco, rapazes, acreditem em mim. Podem sugar quanto quiserem que não sai nada.

Ele virou-se de repente para observar um grupo maltrapilho de meninos de rua e batedores de carteira que nos seguia a mais ou menos cinco metros de distância — gritando e rindo, animados — desde que saímos da barraca de café. Havia oito ou dez — mais do que o usual —, alguns caminhando devagar ao longo das paredes, outros aparecendo e sumindo no meio da multidão. De tempos em tempos um menino de 12 anos gritava "Monstros! Vejam os monstros!" ou "Por que não pegam uma serra, monstros infelizes?" e os outros, magros como chacais, riam e mostravam os dentes.

Estávamos acostumados a isso. Raramente passávamos uma hora sem que pelo menos um dos pequenos rufiões estivesse à espreita; eles gruda-vam em nós como carrapichos. Embora uma pedra jogada contra meu irmão uma semana antes tivesse cortado seu couro cabeludo, acabamos entendendo que de modo geral eles se limitavam a nos insultar e uma vez ou outra a atirar ameixas podres na nossa direção. Se tivéssemos sorte, um policial aparecia ou outros meninos ameaçavam bater neles porque prejudicavam seu comércio (ainda que com muita frequência se voltassem contra nós por atraí-los) e tínhamos alguns minutos de paz.

A multidão se dispersara por um momento e a corrente andava mais devagar. Nosso amigo parou no meio da rua com as mãos enfiadas nos bolsos, como sempre, os pés plantados como se seus sapatos tivessem se enraizado nas pedras. Ao vê-lo virar-se e caminhar na sua direção, o grupo recuara, a passo lento, até ele parar.

— Billy — gritou para um menino de rosto fino, com ar de mais velho, cuja pele parecia ter sido puxada à força para trás da cabeça — quem sou eu? — Sua voz era calorosa e familiar.

— Como assim? — retrucou o jovem, constrangido.

— Quem sou eu, Billy? Vamos, responda.

— Não sei...

— Diga quem sou eu, Billy.

— Jack Black, rei dos catadores de ratos.

— Isso mesmo, Billy — aprovou nosso amigo, olhando-o com ar divertido. — E você é um rapaz com dez dedos nos pés, duas orelhas inteiras e um par de olhos que enxergam.

O grupo recuou. Alertado por algum sinal invisível, um enorme rato adulto tinha escapado da camisa ampla de nosso amigo e subido para seu ombro. Um segundo ocupou o outro ombro. Um terceiro escalou sua gola até o topo de sua cabeça e sentou-se como um cachorrinho.

— Quero que espalhe para todos, Billy — prosseguiu, como se não tivesse percebido. — Está ouvindo? Se alguém me disser que *um* de vocês está perturbando meus amigos aqui presentes, que *um* de vocês esqueceu de dizer bom-dia ao cruzar com eles, juro por Cristo que boto esses ratos sanguinários nos seus colchões enquanto estiverem dormindo. — Sorriu.

Cinco ou seis meninos concordaram com a cabeça. Pareciam fascinados, não apenas pelos ratos, mas por aquela voz calma e afetuosa que se enfiava suavemente neles como uma lâmina.

— Eles vão cobrir vocês como um cobertor, meus meninos. Vão tosquiar vocês. Estão ouvindo?

Balançaram a cabeça de novo. Pareciam coelhos hipnotizados por uma víbora. Por um momento, quase me apiedei deles.

— Agora sumam todos!

Os meninos desapareceram. Ele esperou até que tivessem partido, depois tirou com cuidado os ratos de sua cabeça e do ombro direito e os recolocou dentro da camisa. Entregou o terceiro ao meu irmão.

— É meigo como um gato, acredite — disse, à guisa de explicação. — Dorme ao meu lado de noite.

— Criávamos patos quando morávamos no Sião — explicou meu irmão para ninguém em particular, enquanto acariciava o animal entre suas pequenas orelhas translúcidas.

E por um instante apenas, fazer o percurso inverso me pareceu tão impossível quanto voltar no tempo.

Fizemos o que era preciso para sobreviver. Sem condições de subir em árvores, ficamos impedidos de nos juntar aos caçadores de pássaros que apinhavam as estradas à procura de sabiás de papo-roxo, pintarroxos e tordos que começavam a voar ao amanhecer; o resto nós tentamos. Empurrando um carrinho de mão quebrado que encontramos perto do cais de Londres, nos uníamos aos catadores que vinham a cada manhã revirar as pilhas de lixo. Pássaros empalhados e estojos de barbear quebrados, calçadeiras e tinteiros de bolso, decantadores, limas, tripés e cremalheiras — limpávamos tudo na medida do possível e vendíamos pelo melhor preço que conseguíamos.

Durante algum tempo nos ligamos à comunidade de apanhadores de papel velho que coletava tudo, de contas de alfaiate e hinários a edições baratas de Molière; arrancávamos as capas dos livros, amarrávamos as páginas com barbante e as vendíamos por peso a um comprador de papel velho na Cartwright Street. Às vezes nos parecia que em algum lugar de Londres havia um comprador e um vendedor de praticamente tudo, de arreios de segunda mão a caramujos que serviam de moeda na África. Infelizmente para nós, não tínhamos nada de valor para vender. Durante algum tempo, com um pequeno exército de trapeiros e catadores de ossos, reviramos com pás e ancinhos montes de cinza e lixo das casas, à procura de alguma coisa que pudesse ser vendida.

E sobrevivemos. Todas as manhãs dividíamos nossos lotes, separávamos os panos brancos dos coloridos, e ambos da lona e da aniagem que

215

às vezes também encontrávamos. Os panos brancos eram os mais raros, e nos rendiam 2 ou 3 pennies o meio quilo; os coloridos, que vendíamos com os ossos para as confecções, rendiam apenas 2 pennies cada 2 quilos. Quando afinal vimos que negociar tecidos jamais nos traria mais de 5 ou 6 pennies por dia no máximo, resolvemos catar pontas de charuto, depois dragar esgotos. Durante dois dias memoráveis, pensando que nosso tamanho e nossa força poderiam nos ajudar, até fizemos parte do grupo dos revolvedores de lama das margens do rio. Logo, no entanto, percebemos que seríamos sempre batidos pelas crianças que pareciam correr acima da sujeira, pulando de uma barrica quebrada para uma tábua, enquanto nós afundávamos até os joelhos e ficávamos presos no fundo, como uma barcaça carregada de carvão surpreendida pelo refluxo da maré.

De tempos em tempos, quando tínhamos os 4 pennies para a cama, dormíamos com um teto sobre a cabeça; com mais frequência economizávamos o dinheiro e dormíamos onde dava. Durante duas semanas, em julho ou agosto, perambulamos na companhia de uma cadela vira-lata que nos tinha sido dada junto com um frasco de um líquido de cheiro fortíssimo para passar no seu pelo por um dos meninos maltrapilhos que antes adoravam nos perturbar. Em que consistia a substância, jamais descobrimos, mas o que quer que fosse, tornava nossa protegida, que já estava no cio, extremamente popular. Todos os dias ao amanhecer (hora em que os negócios dessa natureza costumavam ser tratados) caminhávamos pelas ruelas com nossa cadela de manchas brancas, bem perfumada. E todas as manhãs, cachorros de todos os tamanhos, formas e índoles saíam das aleias e quintais como poetas encantados atrás do primeiro aroma da primavera e (depois de uma brevíssima apresentação) pediam... e em geral recebiam... o amor que procuravam. Deixávamos que começassem suas investidas, depois os levávamos — em duas patas, com ar idiota — até a esquina, onde, missão cumprida, aceitavam alegremente a corda que passávamos ao redor de seus pescoços. Não era de admirar que meu irmão desaprovasse essa linha de trabalho; de minha parte, eu achava engraçado, lembro-me, e até me divertia. Nossas atitudes, no entanto, tinham pouca influência sobre o inegável sucesso que essa atividade nos proporcionava: vendíamos todos os cães a um indivíduo conhecido apenas como Carrots, que os revendia aos foguistas e marinheiros do *Hamburg*, do *Antwerp* e dos grandes vapores franceses ancorados no cais, que por sua vez, segundo nos disseram, os vendiam no exterior.

Uma linha de trabalho indigna? Sem dúvida. No entanto, acredito que continuaríamos a praticá-la se não tivéssemos ficado sem a poção mágica. Durante algum tempo tentamos conseguir mais um frasco — até oferecemos uma soma substancial —, porém o menino em questão, que tinha garantido uma boa noite de sono pela sua generosidade, não nos conseguiu nem mais uma gota.

Colocamos as 15 libras que ganhamos naquela semana — uma soma principesca —, em uma bolsa que eu tinha costurado dentro de minha camisa. Estávamos no fim de setembro. Nas manhãs frias, a fumaça de carvão deixava a impressão de que tudo tinha sido esfregado com uma borracha suja. Os vendedores de café ou batata, em seus quiosques, mantinham-se agora um pouco mais perto das brasas. Influenciados, como formigas, pela aproximação do inverno, os exércitos de necessitados esquadrinhavam a cidade para se apoderar de qualquer pente desdentado, gorro amassado ou escarradeira rachada. Nossa quinzena de prosperidade tinha sido seguida por duas de desespero crescente. Apesar de todos os nossos esforços, o dinheiro que tínhamos poupado minguou — penny por penny, xelim por xelim, libra por libra.

Foi de novo Jack Black quem nos mostrou a saída. Havia mercado, nos disse ele, para todo "puro" — ou dejeto canino — que conseguíssemos recolher. Explicou que os curtumes de Bermondsey o utilizavam para purificar o couro destinado a capas de livros, luvas infantis e outros artigos, esfregando-o no lado da carne e no lado do pelo para remover a umidade; pagavam 10 pennies por um balde cheio, às vezes mais, conforme a qualidade.

Foi assim que, durante um mês ou mais, nos tornamos catadores de "puro", percorrendo as ruas na primeira claridade do dia, acrescentando com cuidado um pouco de argamassa de muros velhos para dar à mistura a qualidade desejada, e finalmente nos dirigindo a Lamont e Roberts, a Murrel ou Cheeseman no final da tarde, antes de os escritórios fecharem, para vender nossa coleta.

É estranho pensar agora em quão familiar esse mundo já foi para nós: os curtumes onde vendíamos nosso "puro"; o escritório nos fundos da loja de Murrel com a vela na prateleira (um toco apenas, não mais, afogando-se na cera); o velhinho que sempre tateava o conteúdo do balde com um pedaço de pau que mantinha apoiado contra o muro, como se esperasse encontrar um tijolo. Todos os dias, após comprarmos nosso pedaço de pão e o equivalente a 1 penny de arenque, íamos até um espaço entre as cercas dos fundos e acrescentávamos até 1 xelim a nossas economias.

Foi no início de uma manhã ventosa em meados de outubro, quando as chamas amarelas dos quiosques de café queimavam na horizontal como miniaturas de estandartes e os vendedores mantinham-se curvados com as costas contra a poeira, que me surpreendi pensando, a apenas um terço do início de nossa coleta diária, na distância que ainda teríamos que percorrer. A meio caminho do Blue Anchor Yard, precisei correr para dentro de uma viela e, rezando para que ninguém aparecesse naquele instante, aliviar-me contra o muro.

Menos de meia hora mais tarde, aconteceu de novo. Corremos para outra viela. Apoiado na lateral de uma carroça velha, as pernas trêmulas, deixei escorrer o líquido que havia em meu intestino enquanto meu irmão, agachado ao meu lado, me impedia de cair. Naquele exato momento, com um ruído estridente de metal contra metal, uma janelinha no prédio acima de nossas cabeças abriu-se com força. Uma mulher gritou. Olhamos para cima a tempo de vê-la fazer o sinal da cruz e desaparecer.

Sem condições de chegar aos curtumes, escondemos nosso meio balde de "puro" atrás de uma cerca perto de nosso alojamento, cobrindo-o com o lixo que havia ao redor. Não sei como conseguimos passar pela mulher no guichê, atravessar a cozinha e entrar no quarto quase vazio dos beliches. A mais ou menos cada meia hora meu irmão, que não tinha forças para outra coisa senão ficar deitado ao meu lado no escuro, me arrastava até os baldes, depois de volta aos nossos cobertores estendidos no chão batido. O pouco de claridade que entrava pela pequena janela empoeirada por fim desaparecia. Então a escuridão era total.

Queriam que fôssemos embora. Ainda que a metade dos residentes costumasse apresentar algum tipo de queixa, as doenças verdadeiras tinham sempre sido motivo suficiente para despejo. E ainda que fosse cruel, não era injusto: uma doença introduzida na promiscuidade de uma casa de cômodos se espalharia como fogo em palha seca.

Não me restavam mais forças para lutar ou discutir. Retorcendo-me no chão ou cambaleando até o balde, eu tinha a impressão de ficar vazio por dentro. As vozes ao meu redor enfraqueciam e logo se tornavam inaudíveis por longos momentos. Era meu irmão quem nos salvava, argumentando do chão, onde ficava estendido ao meu lado, impotente — barganhando nossas vidas. Pagaríamos duas vezes mais se nos deixassem ficar. Pagaríamos 1 penny a quem nos trouxesse comida, outro a quem se oferecesse para nos ajudar a chegar até os baldes, meio xelim a quem conseguisse um médico.

De muitas maneiras deve ter sido pior para meu irmão. Ele não podia fazer nada. Embora saudável e forte, não podia trabalhar nem procurar ajuda. Deitado ao meu lado hora após hora, ele não tinha condições nem de se aliviar sem precisar me acordar. Quando eu estava suficientemente alerta, ele precisava erguer-me, arrastar-me semi-inconsciente para o outro lado do quarto, abaixar-me, mole como um pedaço de pano, sentar-me em um balde perto do seu e, finalmente, responder ao chamado da natureza, ao mesmo tempo em que impedia que eu caísse à frente ou para o lado (derramando sem dúvida o conteúdo do balde) antes de ele ter acabado. Uma bela figura devemos ter formado — unidos na riqueza e na pobreza, na saúde e na doença, até que a morte os leve, amém. Mas tinha sido sempre assim, e assim sempre seria. A doença, como o amor, tornava nossa prisão visível, revelava que nosso elo era um anel de ferro, símbolo e substância de nosso casamento arranjado. A mesma tira de carne que custara minha única chance de felicidade nos arrastaria ciumentamente para o fundo.

Quando a febre tomou conta de mim comecei a delirar e a me agitar, a ponto de os residentes ameaçarem nos jogar na rua. Por um momento voltei ao Muang Tai, onde as palmeiras balançavam e sussurravam com o vento; estávamos de volta ao nosso barco. Ha Lung nos chamava da margem. Que alegria constatar que ele não estava morto. Ele nos estendia alguma coisa que eu não conseguia ver. Alguma coisa que estava enrolada em seus braços, como faixas de luz. Percebi que era um pedaço cinzento de intestino.

Desapareceu na curva. Um pintor de cabelos pretos estava diante de seu cavalete. Irritado, fez um sinal para que seguíssemos em frente quando diminuímos o passo para olhar a tela. E de repente ela estava lá, afastando meus cabelos molhados do meu rosto. "Meu amor", murmurou. Tentei falar, mas minha voz não saía. Eu queria dizer-lhe tudo, explicar-lhe tudo. Seu rosto e sua voz eram tão familiares quanto os meus. "Por favor, não me julgue mal", pediu. "Procurei-o por toda parte."

Alguma coisa estava errada. Sua voz apresentava uma vibração estranha. O toque da ponta de seus dedos na minha testa sumira. Uma mão pesada pousava agora sobre minha fronte. "Procurei-o por toda parte", ouvi-a repetir, com uma voz que se distanciava, que eu não conseguia acompanhar, que se transformava, por alguma alquimia incontrolável, em algo tão estranho que me partia o coração. "Seu irmão pode me ouvir?", perguntou a voz. Depois: "Represento os interesses do Sr. Phineas T. Barnum, cavalheiro, e acredito que minha primeira tarefa será levá-lo a um médico."

PARTE QUATRO

I

Foi assim que, adequadamente limpos e restaurados, fomos levados (vomitando o trajeto inteiro, pois o caminho era muito irregular) para a terra mais feliz do mundo — a terra dos sabás, como uma vez dissera Charity Barnum. Salvos do Egito, colocamos o pé no cais de madeira de Canaã. Ao nosso redor, homens de todas as idades e raças movimentavam-se em cima de montanhas de caixas e tonéis, puxavam cordas, amarravam velas. De um canto tranquilo, abrangíamos tudo: o cheiro de vinagre e madeira, areia e pedra; o homem que liberava um cavalo preso entre pilhas de tábuas; as três gaivotas imóveis empoleiradas no telhado de um barracão que anunciava o ELIXIR FORTIFICANTE COLLIN. Olhamos para o alto. Bem acima de nossas cabeças, aprumados como baionetas contra o céu claro de dezembro, uma floresta de mastros inclinados, árvores desfolhadas e pretas como se devastadas pelo fogo. Jamais víramos tantos navios. De longe, a teia de cordames dava ao ar a impressão de que fora tecida por uma aranha, como se o mundo no qual nos encontrávamos, se visto corretamente, não passasse de uma folha de caderno de escola.

E de fato às vezes parecia que o mundo no qual nos encontrávamos era apenas isso: uma página em branco em que qualquer coisa podia ser escrita, qualquer uma, até as narrativas mais extravagantes — e, se levadas a sério, se tornavam realidade. Realidade, pelo menos, segundo a definição que parecia ser a dominante: se acreditam, é verdade; se compram, é real. Pois aquela, acabamos entendendo, era a terra prometida do embuste, o lugar mais feliz do mundo para charlatães, intrigantes e fraudadores. Flutuando acima desse Eliseu de mentirosos, cuja profundidade nenhum prumo conseguiria jamais sondar, sempre à procura de algum tolo crédulo, reinava ninguém mais ninguém menos que Phineas T. Barnum.

Anos mais tarde, muito depois de termos deixado de ser seus empregados, ainda líamos notícias dele (e do pequeno Charlie Stratton, de Anna e de outros que tínhamos conhecido) nos jornais. Barnum, diziam, acabara de adquirir dois camelopardos de pescoço comprido (como as girafas eram chamadas naquela época), ou uma criança albina de pálpebras vermelhas que nunca vira o sol. Mandara construir uma casa em Connecticut com torres e minaretes turcos. Tinha comprado 400 hectares de terra ao longo da via férrea que levava a Nova York e contratado um homem para arar os campos com um elefante. E outras coisas.

Na época eu achava — não posso falar por meu irmão — que mesmo Phineas T. tinha servido a um objetivo; que sem ele talvez nunca tivéssemos encontrado a vontade de ser outra coisa que não monstros. Esse é o privilégio dos sobreviventes: ter permissão para moldar os meios para atingir seus objetivos, para reunir as peças de uma narrativa que revele (como se pela luz divina da inspiração) o arco predestinado de seus dias. Esse não é um presente que se recuse. Com ele conseguimos neutralizar os efeitos até das maiores perdas, reduzir os piores patifes a um papel secundário na tragédia de nossas vidas, colocada nesta terra com o único propósito de incentivar a nossa causa. Bem-aventurados aqueles que podem acreditar em suas próprias histórias.

O emissário de Barnum voltou da Inglaterra com um porco sábio, uma anã, um negro branco, um bezerro de duas cabeças e nós. Superamos todos. Tivemos mais sucesso na Broadway do que em Piccadilly, fomos mais populares em Boston e Filadélfia do que tínhamos sido em Paris. "O negro é o sujeito mais inútil que já vi", queixou-se Barnum a seu amigo Moses Kimball em uma carta encontrada e entregue por um amigo nosso, "e o bezerro caga tanto que não sei o que fazer com ele, mas os gêmeos vão atrair multidões, isso eu garanto. Admito que não seja uma dupla simpática, sempre se achando os tais, questionando despesas e criticando o que *nós* fazemos, mas consigo reverter essa situação no tempo certo. Eles valem os aborrecimentos que causam. Se me derem 15 dias, o público ficará louco por eles. E quando o público faminto abrir a goela, meu caro Kimball, então, como um bom gênio, jogarei não um osso, mas um petisco, um bombom, e ele o engolirá de uma bocada só."

A goela se abriu, o bom gênio nos jogou dentro. Três anos depois, para seguir a metáfora alimentar até sua conclusão natural, emergimos, devidamente mastigados e enfim digeridos, como celebridades. Tínhamos roupas, tínhamos dinheiro — e a atitude que acompanha tudo isso. Era hora de ir embora. Poderíamos ter ficado, claro, poderíamos ter permitido que nos fizessem percorrer o ciclo mais uma vez, passar como uma pérola pelo segundo estômago da América, ser regurgitados, vendidos e consumidos de novo; na verdade, uma coisa parecia certa: o Todo-Poderoso Público — um boi gordo com cabeça de leão e alma de galinha de quintal — estaria sempre pronto para outra rodada. Escolhemos partir. Alguns apetites podem deixar a pessoa pouco à vontade.

Mas se o apetite do público parecia insaciável às vezes, não era nada em comparação ao de Barnum. Afinal de contas, se as massas pagavam para ver Joyce Heth, de 161 anos, "a escrava de Washington", ou "a Sereia das Ilhas Fiji", uma monstruosidade dessecada que consistia no rabo de um peixe, corpo e seios de um orangotango e cabeça de um babuíno (uma coisa com todos os atrativos de um pedaço gigante de carne coberto de pelo), era porque seu apetite tinha sido estimulado artificialmente. O de Barnum, glutão desavergonhado e insaciável, era real. Farto e satisfeito em excesso, empanturrado até quase explodir, ele queria mais.

— Preciso conseguir o menino gordo — gritou um dia dos fundos do museu da Ann Street, com uma voz que deve ter feito tremer os hóspedes e vibrar as janelas da Astor House, do outro lado da rua. — Preciso, ouviram bem?

E o conseguiu, como conseguiria todos os outros meninos tristes de 7 anos com queixo triplo que se seguiram ao longo dos anos — "o prodígio de Carolina", o "Bebê Golias", "o fantástico menino de Wisconsin" e "o bebê gigante de Indiana" —, cada um levado com grande pompa para o alto da escadaria do Museu Americano de Barnum (e para fora do pouco de infância que lhe restasse) por sua pobre mãe cheia de orgulho.

225

Não, se faltava alguma coisa à personalidade de Barnum, comedimento não estava entre elas. Ele conseguiu todos — "beldades albinas" e "meninos-cães", preguiças da África e crocodilos do Nilo, "homens-macacos" e Mister Músculos. Conseguiu "Quacres trêmulos" e anões alemães, flautistas com 12 dedos e comediantes etíopes com chifres. Conseguiu Madame Josephine Cloffulia, cuja barba preta e viril media 13 centímetros e que jamais era vista em público sem um broche com o retrato do marido também barbudo. Conseguiu um homem de 26 anos sem braços, o Sr. Nellis, que media 1,35 metro e podia atirar, tocar violino e recortar uma guirlanda de papel com os pés. E, claro, conseguiu nós dois.

Detestei-o desde o momento em que o vi — sentimento partilhado, dessa vez, por meu irmão. Eu tinha aversão ao volume de seus cabelos, ao seu rosto de homem bem nutrido, aos seus dedos de salsicha de porco. Não gostava de seu ar autossuficiente, da atmosfera quase sufocante de pretensão que enchia a sala. Acima de tudo, detestava os cálculos que eu sentia estarem em curso por trás daquelas sobrancelhas espessas, dos olhinhos rápidos, das faces rosadas e carnudas — sua maneira incessante e mecânica de calibrar e recalibrar a opinião e o tom, a busca e a avaliação das fraquezas, o constante contar e recontar das probabilidades de sucesso.

Mais do que qualquer outro homem que eu tenha conhecido, Barnum era provido de um faro instintivo, quase canino, para o poder. Os mais poderosos, ele bajulava abertamente; os que em sua opinião eram inferiores, ele maltratava ou ignorava. Mudava de humor de uma hora para outra — lisonjas e risos forçados em um momento, dentes à mostra no seguinte. Pior ainda, conseguia ser encantador, mostrar um entusiasmo infantil irrepreensível e uma risada cordial e estrondosa que tornava difícil odiá-lo. Conhecedor da diversidade dos desejos humanos, servia uma mesa ao gosto do convidado e o fazia assinar na linha pontilhada antes do segundo prato. Ao conhecê-lo, tinha-se a nítida impressão, acima de tudo, de que era o tipo de homem capaz de fazer qualquer coisa para ganhar; que isso era de importância suprema para ele; que tudo nele era dirigido, como um canhão, para servir aos seus propósitos.

— De todos os filhos da puta do mundo — Gideon me disse certa vez —, os piores são os que conseguem fazer você rir logo após terem enfiado um forcado em seu peito.

Discordei dele. Disse que os piores não eram os amáveis, mas os que sabiam o que você queria. Os que podiam lhe dar aquilo de que você precisava. Esses eram como os rios — bastante benignos, úteis até, desde que você siga o mesmo curso deles. Tente, porém, ir contra a corrente para ver o que acontece. Assim era Barnum.

Ele nos salvou, suponho, ou, mais precisamente, seu representante em Londres nos salvou. Quando nos encontrou no chão da pensão de Parson's Court, não nos restavam mais do que 10 xelins. Eu estava mais arruinado do que aqui. O emissário de Barnum organizou tudo. Fomos transferidos para um quarto decente, banhados e alimentados. Um médico de verdade nos tratou. Em menos de um mês estávamos de pé. As passagens para a travessia já estavam compradas, nos disseram. Assinamos um contrato preliminar que designava Phineas T. Barnum nosso representante exclusivo; os detalhes seriam acertados na chegada em Nova York. Não estávamos em condições de discutir. Pegamos o navio uma semana depois, com uma só bolsa para os dois. Nossos pertences, além do mínimo indispensável que tinham comprado para nós, se resumiam a dois romances ingleses e a uma miniatura de Buda em jade. Meu irmão tinha vendido seu relógio e a faca de meu pai na nossa última semana na pensão. O Buda seria o seguinte. Os romances sobreviveram porque não tinham valor.

Foi somente no final da primavera do ano seguinte que voltamos a ver o homem que tinha nos encontrado: um tal de Sr. Timothy O'Shay, um cavalheiro alto, muito digno, de costeletas, e que, no entanto, dava a impressão de ter visto um fantasma em algum momento de sua vida e ficado marcado para sempre pela experiência. Suas mãos, em particular, pareciam ter registrado o choque; rápidas e nervosas, descontrolavam-se de tempos em tempos como crianças difíceis de dominar, erguendo-se quase até o rosto ou retirando rapidamente um fio de cabelo da língua antes de conseguir mantê-las de novo sob controle. Ele tentava esconder esses gestos, como um pai constrangido, chamando a atenção para outra coisa — ria alto ou se irritava de repente com algum assunto que até então tinha passado despercebido.

Estávamos sentados na penumbra fresca da sala de Barnum, nos fundos do museu, e esperávamos, como sempre, que ele decidisse que já tínhamos aguardado o suficiente. Da frente do prédio, vindo da sombra profunda em um momento, do pleno sol no seguinte, nos chegava o alarido da Broadway: cascos de cavalos e rodas de carruagens, gritos e blasfêmias, trechos de músicas e risadas. Aqui e ali uma determinada voz, não mais alta do que as outras, se distinguia e compreendíamos as palavras claramente, como se a cidade tivesse desaparecido por um momento ou a pessoa estivesse ao nosso lado, invisível, na poltrona de couro perto da lareira.

— Masie? Um guichê apertado demais para mim — disse alguém com uma risada.

— Bote abaixo, idiota! — gritou um outro.

— Ah, os aborrecimentos que tive com aquele preto, não quero nem começar a contar! — queixou-se uma voz feminina jovem a algum companheiro invisível.

Foi em parte para encobrir essas vozes que vinham da rua (eu achava vagamente indecente estar ali ouvindo-as) que perguntamos a ele como tinha nos encontrado.

— Por puro acaso, na verdade — respondeu O'Shay, tomando um gole de vinho do Porto com ar deliberadamente informal. Franziu as sobrancelhas, uma expressão que lhe vinha com naturalidade. — É claro que eu tinha ouvido falar de vocês. Todo mundo tinha. O Sr. Barnum até me mandou, quando fui para o continente, encontrá-los. Nada, no entanto, tinha funcionado. Ladrões e outros canalhas, quando descobriam que eu estava disposto a pagar por alguma informação sobre o paradeiro de vocês, inventavam que tinham visto os dois aqui e ali, mas as pistas não levavam a nada.

Enquanto O'Shay falava, seu dedo indicador direito, vendo a oportunidade, tinha começado a desenhar rápidos círculos pequenos na borda interna de seu copo. Quando percebeu, colocou depressa o copo sobre a mesa ao seu lado.

— É óbvio que com esse tipo de gente nunca se sabe — continuou, recostando-se na poltrona e fazendo um gesto largo com o braço que indicava a multidão irresponsável do outro lado das paredes. — Foi por causa de um mestiço como esses que eu...

— O'Shay! — chamou uma voz imperiosa.

Nosso companheiro ergueu-se de um salto, como se tivesse sido picado por uma abelha, uma das mãos saltando automaticamente para os cabelos, a outra para a ponta do colete.

— Sim, Sr. Barnum — respondeu ele, procurando o casaco e a bengala. — Estou indo, Sr. Barnum!

— Timothy, Timothy, Timothy O'Shay, que colhe flores em maio, eu sei... — cantarolou Barnum, divertindo-se.

— Foi por puro acaso, é verdade — insistiu O'Shay, sussurrando.

— E que as come cruas como um cavalo come feno, também sei... — continuou Barnum. — Conte por que faz isso, Timothy O'Shay.

Houve um silêncio.

— O'Shay! — rugiu.

— Estou indo, Sr. Barnum!

Pegou a bengala, fez uma leve reverência na nossa direção e entrou apressadamente no escritório, fechando a porta sobre os versos quebrados de Barnum e a nossa estada de dois anos no Velho Mundo.

II

Foi mais ou menos nessa época que conhecemos Charlie Stratton e Jesus Cristo. O primeiro, acabaríamos deixando para trás. O segundo, "assumimos", como se diz, permitindo que nos seguisse com seus pés descalços, de mártir, e se insinuasse em nossas vidas... Durante 17 anos ele sentou-se em nosso pórtico na Carolina do Norte, esgaravatando os dedos dos pés e maldizendo nossos prazeres, falando pela boca de meu irmão.

Barnum, claro, pensava que Stratton e Deus fossem um só, e se alguém trocar a moeda vigente no céu pela moeda menos nobre da Broadway, vai perceber que isso era possível. Para Barnum, afinal de contas, Stratton *era* o Salvador — seu próprio salvador em tamanho reduzido —, e como ele sabia reconhecer uma coisa boa, orava com fervor pelo contínuo bem-estar do homenzinho, dedicando-lhe seu coração e sua carteira, ajoelhando-se diariamente aos seus pés minúsculos. A imagem é tão sedutora quanto apropriada: Barnum de joelhos, suplicante. O general de pé, ereto, olhando imperiosamente o umbigo de seu discípulo. Como era típico o homúnculo aceitar uma reverência tão ridícula. E como era típico do outro — sempre orando com um olho aberto e a mão na carteira — oferecê-la.

Que espetáculo eles teriam apresentado — Phineas e o general. "Venham ver os dois falarem pelo canto da boca, senhoras e senhores. Venham ver como logram os amigos mais próximos." À medida que a palavra evangélica tornava-se cada vez mais poderosa no país, e em todo lugar o canto se tornava hino, eles adaptaram a melodia sem hesitação. "Pequeno em estatura, mas grande em Cristo", era como Stratton se definia então, sempre acrescentando "e não há um dia em que eu não caia de joelhos e agradeça a Deus por não ser o contrário." Às vezes, ainda mais se a imprensa estivesse presente, ele fazia exatamente isso e, caindo de joelhos (as mãos postas e os finos tornozelos unidos), agradecia ao Todo-Poderoso por tê-lo feito como era.

Quem podia resistir a tal submissão? A tão profunda resignação? Quem conseguia ignorar a lição de humildade que ele dava àqueles de nós (como o Sr. Nellis, talvez, ou a "Lettie", a Criança-Leopardo) que talvez julgassem ter uma questão ou duas a resolver com o destino? Não a imprensa, ao que parecia. Também não o público, que jamais se cansava de sua devoção *ou* de suas palhaçadas. "Tão grandes foram a coragem e a aceitação cristã demonstradas por Tom Polegar quando se ajoelhou ontem à noite diante do Todo-Poderoso no Museu Americano, que poucos conseguiram olhá-lo sem chorar", escreveu o repórter do *New York Observer*, comentário com o qual concordei sem pestanejar.

Com cautela, claro. O Museu Americano de Barnum, como todos nós sabíamos, não era uma democracia. Apesar do nome, os direitos e deveres em vigor nas ruas esbarravam nas suas portas. Obediência era o esperado. Em um dia ruim, um sorriso irrefletido ou um riso abafado podia levar alguém para o canto, bolsa na mão e coração na garganta. É claro que, como em toda monarquia que se preze, os duques tinham liberdades que eram negadas aos camponeses: as maiores atrações podiam arriscar um sorriso irônico ocasional. Para outros, isso seria fatal.

Foi uma lição que aprendi logo após nossa chegada. Eu cometera o erro, uma noite, de permitir que meus sentimentos transparecessem em meu rosto enquanto ouvia um dos rápidos discursos autoelogiosos do general. Logo fui agraciado com um pequeno sermão furioso:

— Precisamos aceitar nosso destino com humildade e gratidão — ele grasniu, enfiando um dedo indignado na minha barriga e acusando-me, como um estrangeiro em terras cristãs, de não compreender o perigo que eu corria ao resistir à vontade do Todo-Poderoso.

Tão surpreso fiquei com a veemência de seu ataque que dei um passo para atrás, depois dois, arrastando comigo meu irmão, ao mesmo tempo em que resistia à imperiosa vontade de colocá-lo aos meus pés.

— Tenho plena consciência — ele prosseguiu, e a partir desse momento dirigiu-se mais ao público do que a mim — de que alguns têm se perguntado ultimamente sobre o interesse dos americanos pelo exótico e até feito objeção à vergonhosa preferência do público pelos estrangeiros em detrimento das curiosidades nativas. Nunca me incluí entre esses críticos. No entanto, quando constato um comportamento tão anticristão em estrangeiros que nada sabem de nosso nobre país, ainda que estejam prontos a aceitar seus favores, confesso que compreendo como essas pessoas conseguem adotar tal atitude. — Virou-se para mim e declarou: — Fui abençoado, senhor, abençoado, e sou sinceramente grato por isso. Aos olhos de Deus, senhor, sou um gigante.

Por um instante absurdo e irreverente, imaginei a deidade olhando pelo microscópio de Sophia Marchant a excrescência peluda sob o nariz de nosso herói, miraculosamente transformada em um robusto pé de trigo cabeludo brotando do solo. Ele me fez uma pequena reverência e saiu. A multidão irrompeu em aplausos.

Eu percebia seu jogo, claro. Via como, sob uma aparente devoção, as damas podiam mais facilmente tratá-lo como um gato raro sem pelos, acariciá-lo e cumulá-lo de atenção, soltando gritinhos de admiração ao ver seus pés, seus olhos e seu adorável chapeuzinho. Eu percebia o talento com o qual ele tirava proveito da situação, aninhando-se sob suas saias, deixando-se beijar, acariciar, mimar. Ele tinha feito de si mesmo um bebê, vejam vocês, e um bebê cristão, ainda por cima. Como seu famoso predecessor (prematuramente sábio, rodeado de jumentos que o olhavam por cima da palha), teve sucesso durante algum tempo.

Segurei a língua. Todos nós. A única pessoa a fazer frente à dupla — e que viveu para contar a história — foi Anna. Não conseguíamos imaginar que fosse tão destemida, dizendo sempre o que pensava e rindo alto dos absurdos dos dois com uma pureza e uma espontaneidade que nunca deixaram de nos fascinar. Estranhamente, quando defrontados com essa insubordinação irredutível, os dois pareciam aceitá-la do mesmo modo como se aceita uma força da natureza, com má vontade, com raiva, até, mas no fim com uma espécie de resignação. Anna era simplesmente Anna, e não havia nada que pudesse ser feito. Os outros, como nós — impressionados, respeitosos —, nem sonhavam em adotar sua atitude. Ela constituía, tínhamos compreendido, uma exceção única.

Isso não significa que fosse fácil para ela, nem que os dois aceitassem a derrota de boa vontade. Barnum, em especial, a detestava cada vez mais e com grande criatividade: ameaçava mandá-la de volta para a Nova Escócia ou espalhava boatos sobre outra gigante, descoberta pouco antes na França ou nas Ilhas Fiji, e que a faria parecer pequena. Enquanto o general (que durante a apresentação sentava na palma de sua mão com as pernas cruzadas e fumando um cachimbo de 3 centímetros de comprimento) tinha instintivamente compreendido que encontrara sua parceira, Barnum continuava a se enraivecer. Incomodado com uma mulher 60 centímetros mais alta do que ele — e que além de tudo o tinha mandado para o chão no seu primeiro encontro porque, na tentativa de verificar se ela não estava em cima de um estrado, levantara sua saia sem avisar —, ele jamais perdia a oportunidade de lançar dúvida sobre sua popularidade ou de lembrá-la da quantia exata que ela lhe devia.

Ao que Anna invariavelmente respondia com uma risada encantadora, descrente, e lhe dava as costas. "E como vai o Sr. Bunkum?", perguntava ao entrar em seu escritório, ou, se as coisas estivessem particularmente tensas entre eles: "Me diga uma coisa, o impostor está por aqui, hoje?" De noite nos reuníamos na sala de estar para jogar cartas e ela nos distraía com histórias sobre as últimas trapaças de Bunkum: um casal de irmãos malucos arrancados de um hospício em Ohio e transformados em "as fantásticas crianças astecas"; uma "beldade caucasiana" que tinham ouvido dar um grito tão estridente diante de um espectador que seria possível pensar que o Hudson tinha passado por baixo dos minaretes da Wall Street para desaguar diretamente no Bósforo; um "incrível touro de três chifres", cujo apêndice suplementar tinha inexplicavelmente se inclinado como a Torre de Pisa no meio de uma apresentação, o que valera ao seu dono uma viagem rápida ao abatedouro...

Era um jogo perigoso, e deixava nosso pequeno círculo — *madame* Cloffulia e Isaak, o Sr. Nellis e Susan — visivelmente nervoso. Barnum, por mais tirânico que fosse, ainda era o salvador deles; era sua vontade (ou capricho) que os mantinha fora do asilo de pobres. Essa clemência — se é que era possível chamar aquilo de clemência — ficava com-

233

prometida pelo fato de ele jamais deixá-los esquecer. Fazia questão de manter vivo neles o sentimento de que tinham uma dívida para com ele. Eles riam constrangidos, abaixavam a voz, olhavam ao redor a todo instante para saber se estavam sendo ouvidos. De todos, percebo agora, apenas Anna assimilava a verdadeira natureza do pacto entre Barnum e seu bando. Somente ela compreendia que o elo era menos uma corda salva-vidas (jogada por ele para nós) do que, digamos, um elo siamês; que do mesmo modo como nos mantinha acima do poço, ele, por sua vez, ainda existia apenas pela virtude de continuarmos a acreditar nele.

Quarenta anos depois ainda consigo ver Isaak Sprague, com os cabelos lustrosos e bem penteados, distribuindo lentamente as cartas com braços cujos pulsos não eram mais grossos do que um dedo meu. Posso ver *madame* Cloffulia sorrindo para si mesma quando fazia uma boa jogada, o retrato do marido olhando do seu peito como uma miniatura de dama de companhia. Posso ver Susan, uma verdadeira montanha de carne, sentada a mais de um metro da mesa em um tamborete de ferro; Anna, ao seu lado, distribuindo as cartas. Consigo ver o Sr. Nellis, reclinado em sua cadeira, os dedos do pé bem abertos deslizando pelo tampo de madeira da mesa. Com incrível destreza, ergue o copo até os lábios. De repente, recolhe as cartas, fazendo uma pequena pilha caprichada, leva-as ao peito e abre-as em leque como um rabo de pavão.

Eram nossos amigos. Nós os víamos quase todos os dias, dividíamos com eles o palco, viajávamos em sua companhia. Durante três anos discutimos e nos apiedamos com eles, negociamos seus humores (e eles os nossos), partilhamos suas aflições e ressentimentos. Passamos inclusive a amá-los, creio eu.

É possível que nunca tivéssemos conseguido fugir sem Charity Barnum. Sincera em demasia, palerma como ela só, sua falta de humor chegava quase a assustar. Totalmente incapaz de compreender a mais simples brincadeira (quando os outros riam, ela esboçava um leve sorriso, como um surdo-mudo, ou um viajante em terra estranha), parecia às vezes dominada por um marido que vivia para rir (de preferência à custa dos

234

outros), um marido que a olhava como um pecador impenitente olha o flagelo e o chicote.

A maioria de nós, em nossa ignorância, sentia pena dela. Teria sido melhor nos apiedarmos de Barnum. Porque Charity era, em todos os sentidos, uma antagonista à altura do marido. Pálida e sujeita a desmaios, brandia sua frágil fé evangélica contra o apetite onívoro do marido por jovens dançarinas francesas de pernas de fora, e o combatia de igual para igual.

Barnum adorava o teatro. Charity desaprovava. Barnum fumava como uma locomotiva a vapor. Charity desaprovava. Barnum se interessava de perto pelas saias e decotes de seu elenco feminino. Charity, como era de esperar, desaprovava. Como Hunter antes dele, Barnum batalhava por cada centavo, sem se preocupar que sua riqueza pudesse de algum modo impedir sua entrada no céu. Para Charity, nenhum trabalho podia ser tão bom, nenhum emprego tão estimulante, quanto o de glorificar Cristo em um mundo agonizante.

E assim era. De volta do exterior, Barnum a ridicularizava em público, chamando-a de doente, de hipocondríaca, e acusando-a de por pouco não ter arruinado sua temporada europeia. Ela suportava tudo — e rezava por ele. Interrogada pela imprensa, declarava que achara Paris o lugar mais vulgar que já visitara, cheio de prostitutas seminuas ansiosas por mostrar as pernas e expor sua nudez no palco. "Deveriam ser chicoteadas e deixadas a pão e água até decidirem ganhar a vida com decência", acrescentava, faltando pouco para se oferecer para fazer o serviço ela própria. Barnum rangia os dentes. Quando sua amada Charity, "sempre pateticamente se queixando de uma coisa ou outra", desmaiou na escada que descia para as cataratas de Niágara, ele continuou em frente sozinho, fumou um charuto contemplando as quedas d'água retumbantes e jogou a guimba no abismo.

Se Barnum tivesse sido menos hipócrita, ou sua esposa mais, eu talvez simpatizasse com ele. Do modo como as coisas eram, eu preferia manter os dois a distância. Quando Charity nos procurou, mês após mês, determinada a nos arrastar para baixo da asa protetora de Deus, resisti o mais polidamente que pude. Quando nos informou, à sua maneira trêmula, à beira de um desmaio, que aos Seus olhos todos eram iguais, maravilhei-me com a cegueira dela. E dele.

Isso, vejo agora, foi quando nossas vidas começaram a divergir. Eu poderia ter previsto e impedido de algum modo. Nada fiz. Não via necessidade. Só mais tarde percebi que, embora meu irmão e eu tivéssemos escutado as mesmas palavras, tínhamos interpretado o sermão de maneiras diferentes.

Sentada à nossa frente, as pernas juntas como uma estudante, Charity Barnum contou a todos nós — madame Cloffulia e o Sr. Nellis, os Gêmeos Albinos e as Crianças Astecas — que a barba feminina ou a falta de braços, a pele de casca de ovo ou uma mente frágil eram invisíveis a Ele. Que essas coisas eram como a neblina enganadora, que escurece por um momento a casa onde moramos e que, do mesmo modo como o homem sábio ignora a bruma e a trata como o elemento fugaz, sem substância que ela é, Deus, em Sua sabedoria, ignorava o que era passageiro e se preocupava apenas com o real. A moradia luminosa do coração. A alma. Como o sol matinal inevitavelmente dissipa a bruma, acrescentava com os olhos brilhando, Ele um dia mandaria seu único Filho dissipar toda a vaidade e falsidade do mundo e revelar, como por uma chama luminosa, a rocha da Igreja dentro de todos nós.

— Quando? — perguntou Anna, certa vez.

— Quando o quê? — retrucou Charity Barnum, confusa por um momento.

— Quando ele virá dissipar a bruma?

— Logo, menina. Olhe ao seu redor. — Fez um sinal com o braço na direção da Broadway. — Os últimos dias realmente chegaram.

— Hum.

Olhei para os outros. Madame Cloffulia, os olhos apertados como se sentisse dor, curvara a cabeça e orava com convicção. Susan, perdida em seus pensamentos, contemplava as manchas no chão, onde réstias de sol e sombras em forma de folhas se agitavam sobre a madeira. O Sr. Nellis levantou-se, pegou seu gorro com os dedos do pé e colocou-o com destreza na cabeça.

Eu tinha a impressão, então, de que quase tudo que Charity Barnum nos dissera funcionava precisamente em sentido inverso. Para todos nós ali sentados, admitíssemos ou não, a bruma era uma pedra — nem escorregadia nem insubstancial — e nunca se acabaria. Ainda que desejássemos que fosse diferente, nossa forma terrena *era* nossa casa, nossa alma, e sua incapacidade de enxergar aquela verdade, de reconhecê-la, de prostrar-se a nossos pés por isso, tornava para sempre impossível para mim vê-lo. Ele podia manter seu Filho em casa, no que me dizia respeito. Evitar que Ele sofresse. Ele estaria atrasado demais, de todo modo.

Fomos embora. Deixamos Barnum de repente — pegamos nosso dinheiro e partimos —, em parte, ao menos, porque eu compreendera, graças à sua esposa, que apenas aqui na terra, e não no céu, eu podia esperar encontrar o que mais se aproximava da igualdade que Charity nos prometia. Eu deixaria o mundo dos monstros e tentaria viver como homem, igual aos outros aos meus próprios olhos, se não aos deles. Meu irmão, no entanto — meu irmão bebê, como eu sempre o considerava —, tinha sido tocado. A semente tinha sido plantada. Aos olhos do Todo-Poderoso, éramos todos idênticos. Apenas os homens interpretavam mal sua criação, viam diferenças onde elas não existiam. Permanecer como empregados de Barnum, portanto, explorando continuamente essas diferenças, seria viver uma mentira, negar a verdade divina. E foi assim que, embora inspirados por motivos diferentes, seguimos nosso caminho.

III

Nossa despedida é algo que relembro com uma boa dose de satisfação. Ninguém podia nos acusar de não ter aprendido a lição.

Quando chegou a hora, tudo tinha sido planejado; cada etapa antecipada. Sabíamos que Barnum raramente perdia o que considerava seu; sempre que colocava a pata em algo, ou o guardava no Museu Americano ou o tornava tão pouco atraente que ninguém mais o queria. Embora menos rentáveis do que Tom Polegar, ainda éramos uma de suas maiores atrações, parte do estábulo central do qual o museu dependia; ele lutaria como um leão para ficar conosco, e seja lá o que se possa dizer sobre leões, de uma coisa tenho certeza: eles não são cavalheiros. Na metade da década de 1840, a reputação de Barnum como uma pessoa cruel era tão grande que mesmo os realmente famosos tratavam-no com cautela.

Barnum, no entanto, nunca encontrara alguém como meu irmão, que continuava a carregar, como um aguilhão, o caderno em que anotara com grande sacrifício tudo o que Hunter e Coffin nos deviam. Quando chegou o momento, ele descarregou sobre Barnum toda a raiva e todo o ressentimento que tinha guardado, todas as humilhações que tinha suportado nas mãos dos dois. Cada monte de lixo que tínhamos revirado, todo dejeto que tínhamos vendido, cada instante que ele aguentara no chão daquela casa de cômodos vendo nosso dinheiro sumir enquanto eu quase desaparecia de fraqueza ao seu lado — todas essas provas ele transformava em arma. O primeiro alvo lhe tinha fugido, escapado na floresta do mundo. O segundo estava sentado, gordo e de olhos fechados, do outro lado da sala, preparando-se, caso necessário, para negociar nossa volta ao asilo de pobres.

Ele nunca soube o que o atingiu. Pela primeira vez na sua vida, acredito, Phineas T. Barnum sentiu-se dominado — com um golpe rápido e decisivo — por uma força cuja vontade era maior que a sua. Desesperado, tentou resguardar-se no nosso contrato. Meu irmão o tinha na memória e recitou-o, palavra por palavra. Barnum enumerou despesas que precisara fazer, sugeriu que lhe devíamos dinheiro. Meu irmão conhecia nossa situação financeira até o último centavo. Não devíamos nada. O Sr. Barnum, na verdade, até pelas estimativas mais conservadoras, nos devia pouco menos de 3 mil dólares. Dois mil novecentos e setenta e três dólares, para ser exato. Esperávamos pagamento integral em dois dias.

Barnum mostrou-se primeiro furioso, depois ofendido. Chamou-nos de ingratos e lembrou-nos de como nos salvara. Meu irmão mencionou a soma que o tínhamos feito ganhar ao longo dos últimos três anos. Barnum apelou para a nossa misericórdia. Os tempos eram particularmente difíceis. O Museu Americano, apesar das aparências, lutava para manter as portas abertas. Poderíamos com certeza ficar mais seis meses, um ano no máximo, pelo menos em consideração aos amigos que estaríamos deixando para trás. Meu irmão respondeu que, infelizmente, não podíamos. Quando nenhuma de suas tentativas funcionou, Barnum, como se podia esperar, mostrou os dentes. Ameaçou destruir-nos para sempre. Nunca mais teríamos condições de nos apresentar diante do público de novo, disse, socando a mesa. Nos esmagaria como milho no triturador. Não se sentiria intimidado. Não seria ameaçado por jovens inexperientes que pensavam poder entrar no seu escritório e dar as ordens. Com quem achávamos que estávamos falando? Ele tinha muita vontade de nos agarrar pelas nossas orelhas siamesas e nos atirar longe.

Eu sentia o sangue me subir à cabeça, o coração bater indignado dentro do peito. Barnum ergueu-se atrás de sua escrivaninha, enorme, com o rosto vermelho, as mãos carnudas estendidas sobre a madeira à sua frente, como se para evitar investir contra nós. Resisti ao desejo instintivo — que eu sempre sentia diante de alguma coisa que me apavorava — de pular no seu pescoço.

Meu irmão esperou que ele terminasse e fitou-o diretamente nos olhos. Estávamos nos retirando da vida pública, explicou com calma. Ficaríamos no Spencer por dois dias para esperar sua resposta. E nos despedimos.

Uma hora após esse encontro no seu escritório, ele mandou que nos levassem os papéis anunciando que aceitava nossa demanda. Menos de 24 horas depois, nossos advogados haviam extraído de seu bolso, tão asseadamente quanto se extrai um dente, os 3 mil dólares devidos, além de uma declaração assinada nos liberando de toda e qualquer obrigação contratual com Phineas T. Barnum, o Museu Americano ou ainda qualquer representante ou subsidiário, declaração que passava a ter efeito imediato.

Sabíamos exatamente para onde iríamos. Seis meses antes, por ocasião de uma turnê pelo Sul, tínhamos parado na pequena cidade de Wilkesboro, no estado da Carolina do Norte, e decidido que um dia voltaríamos para viver naquele lugar. Construiríamos uma casa. Seríamos fazendeiros. O trigo não se importava que dois homens empurrassem o arado em vez de um; ele amadureceria da mesma forma que para os outros agricultores.

Foi esse pensamento, mais do que qualquer outro, que, no inverno anterior, nos surgira como uma janela aberta quando estávamos em nosso divã observando a neve fustigar de um lado e de outro a fachada de tijolos vermelhos da galeria de Matthew Brady. Trabalharíamos mais do que todos os outros. Fazendeiros de todo o estado iriam ver nossos campos. Com o tempo, nossos vizinhos aprenderiam a nos julgar como julgavam uns aos outros — pelo trabalho de nossas mãos. Se não o fizessem, dizíamos a nós mesmos com a arrogância dos jovens de 23 anos, bem, nesse caso não haveria remédio! Nosso destino teria sido o mesmo onde quer que decidíssemos encontrá-lo.

IV

Sei racionalmente que houve uma época em que eu não tinha ainda visto os prados que se tornariam nossos campos, quando a estrada, como os meandros de um rio, não passava de uma breve interrupção no tapete alto até a metade da coxa de flores silvestres e ervas daninhas que se estendia, contínua, até o bosque de Stoneman. Percebo que houve uma época em que *não havia* casa, onde a faixa de grama profunda entremeada com os castanheiros estava vazia de tudo à exceção do vento que roçava nas hastes dessas coisas invisíveis e fugazes que povoam um lugar antes que lá cheguemos. Sei que é verdade, mas não consigo acreditar. Não consigo imaginar uma época em que eu não conhecia a vista do nosso pórtico — a extensão generosa de terra, o pântano cinzento de chuva — mais do que consigo imaginar uma época em que eu não conhecia a voz de meu próprio filho.

Olhando em retrospecto, creio que certos lugares, como certas pessoas, podem reorganizar nossas vidas tão profundamente que, embora ainda nos lembremos, como em um sonho, do período anterior àquele em que passaram a fazer parte de nossa vida, não reconhecemos mais a pessoa que éramos então. A nova vida, que empilha os anos uns sobre os outros, ultrapassa a antiga. Foi o meu caso.

Em um dia úmido de abril, dois meninos desceram de um vagão e atravessaram os campos encharcados. As nuvens rolavam acima da copa das árvores; uma garoa fina umedecia seus rostos. No alto da encosta, viraram-se para admirar a paisagem e reconheceram de repente o que viam. A partir daquele instante, tudo se acelerou: a roda do tempo apanhou-os como um talo de erva daninha e prendeu-os em uma rachadura no aro, marcando o barro em cada rotação. E os anos passaram. A chuva caiu, as safras cresceram. Um escravo morreu. A guerra chegou — como uma tempestade sobre a terra. Seu filho e o meu desapareceram nessa tempestade. E a tempestade passou.

Toda uma vida depois, tenho a impressão de que o mundo se transformou sozinho ao nosso redor, como se os meses e os anos de trabalho nunca tivessem existido, como se tivéssemos levantado o braço e dito: "Que surja uma casa!" e à sombra dos castanheiros uma casa tivesse aparecido, uma bela moradia de dois andares com uma varanda em três lados, uma escada muito ampla e uma lareira tão grande que comportaria até um banco dentro. Ao redor, os campos tinham sido de repente roçados, semeados, cobertos de grãos. Os tocos desapareceram, deixando apenas uma leve depressão no solo, uma breve aceleração do arado. As pedras, arrancadas do chão e roladas sobre planos inclinados, lavadas pela chuva, se transformavam da noite para o dia em muros cobertos de amoras no sol ou de musgo na sombra. Pareciam ter estado sempre ali, delimitando nossas possessões, separando um campo do outro.

Addy e eu fomos casados durante 31 anos. Nunca a amei, na verdade, ainda que quando ela partiu tenha deixado um poço tão escuro, tão cheio da sua voz, que por um longo tempo tudo que eu quis foi cair dentro dele e me afogar. Na minha vida eu tinha amado outra pessoa, e, embora não desejasse sacrificar uma mulher no altar de outra, não havia nada a fazer. Uma perda gera outra. Eu lutava contra mim mesmo, claro, mas tudo que eu conseguia — e mal — era empurrar a primeira para fora do meu coração; a outra não ocupou seu lugar.

Não que ela quisesse, necessariamente. Ela compreendera muito cedo que tinha havido alguém antes dela e, não querendo viver em uma casa que outra tinha chamado de sua, por assim dizer, escolhera viver sua vida fora dali. A casa não significava nada para ela. Quando, durante o primeiro ano de nosso casamento, pedi-lhe que tivesse cuidado com os dois romances ingleses na biblioteca porque tinham sido muito importantes para mim, ela limitou-se a sorrir e deixou-os acumulando poeira durante vinte anos. O que, claro, me fez ter um cuidado especial com eles — e de maneira ainda mais flagrante.

Era assim com tudo: quanto menos disposição ela tinha de reconhecer meu passado — de perguntar a respeito, de admitir sua importância —, mais eu me apegava a ele. Quanto mais ridículo ela me fazia sentir com seus comentários — não sem pertinência, suponho — sobre o papel que eu desempenhava, quanto mais ela apontava, sempre com muita sensatez, meus inúmeros defeitos, mais eu polia amorosamente as lembranças que de outro modo teriam desaparecido aos poucos, mais eu fazia questão de conservá-las em um lugar onde ela pudesse vê-las. Eu queria apenas que ela reconhecesse que alguém conseguira me amar um dia; que eu tinha sido digno desse amor. Ela, por sua vez, só queria que eu dissesse que o passado era o passado, que ela era minha esposa e mãe de meus filhos, que a outra não governava mais meus pensamentos. Cada um de nós queria que o outro desse o primeiro passo, considerava a aceitação do outro um pré-requisito para os seus próprios. Você primeiro. Não, *você* primeiro.

Meu Deus, como isso me parece absurdo hoje! Tão inútil. Com o passar do tempo, acabamos por esquecer a motivação original por trás de nosso comportamento — conseguir o respeito ou o amor do outro — e o perpetuamos por força do hábito. Era como se só conseguíssemos nos lembrar da última palavra áspera, do último sorriso enfastiado, do último pequeno ato de generosidade que nos tinha sido recusado. No entanto, havia coisas boas em cada um de nós. Como teria sido fácil deixá-las viver, quebrar o feitiço. O que teria custado tentar um gesto de gentileza? Você primeiro. Não, *você* primeiro. Eu daria o primeiro passo agora, se pudesse.

Pesares de um homem na velhice. Até eu os acho maçantes — ainda mais, sem dúvida, por serem inevitáveis, considerando minha personalidade. "Basta, Bunker, basta", dizia Gideon nas noites em que nos sentávamos no seu pórtico e ficávamos bebendo seu bom uísque. "Dê uma folga, pelo amor de Deus!" Desencostando a cadeira da parede, ele apontava para mim com a mão que segurava a garrafa, um dedo comprido se desenrolando do gargalo: "Jogue fora seus pesares, meu filho. Não se perca na terra do 'poderia', 'teria' e 'deveria'. E se sua língua fala

243

no modo subjuntivo, arranque-a da boca, pois mais vale zurrar como o asno — ou assobiar como a víbora, como se diz — do que insistir no que não aconteceu." E assim por diante. Assim, por um momento descartei meus pesares, sem sequer reparar em meu irmão ofendido, tenso ao meu lado, sóbrio como uma igreja.

Mas Gideon se foi, também, o infeliz, e a cada ano que passa tenho mais e mais a sensação de que algum grande evento estava acontecendo do lado de fora no adro da igreja e éramos os únicos a não ter sido convidados. Eu sentia falta deles — de Josephine e Catherine, levadas pela febre escarlate em menos de uma semana... E é difícil, quando a casa fica cada vez mais silenciosa e todos vão embora, abandonar os pesares, evitar olhar para atrás a fim de tentar encontrar sentido no que aconteceu enquanto eles ainda estavam conosco. No que a história contou.

A chuva caiu, as crianças cresceram, a guerra chegou. Uma a uma, as pessoas e as coisas que eu amava neste mundo escaparam de minhas mãos. Todas menos uma. E mesmo esta eu não salvei, mas recebi como um presente, um pedaço arrancado das mandíbulas de Deus.

V

Meu filho nasceu em 19 de dezembro de 1845, seis dias depois que o Congresso dos Estados Unidos, em sua sabedoria, anexou o território do Texas. Demos-lhe o nome de Christopher. Ele tinha 4 meses quando o general Taylor chegou ao Rio Grande e pouco mais de 1 ano na Batalha de Buena Vista. Na época em que completou 2 anos, os Estados Unidos tinham conquistado uma grande quantidade de areia (embora ainda não estivesse muito claro exatamente o que faríamos com ela) e minha vida se transformara para sempre.

Preciso deixar bem claro: meus filhos me eram muito queridos. Cada um deles. Não me faltava amor para lhes dar. Mas Christopher — bem, Christopher foi o primeiro. Era ele quem tinha quebrado o mofo que começara a endurecer ao redor de meu coração, era ele quem, ainda criança, tinha trazido uma espécie de alegria brutal à minha vida, quem tinha feito do mundo um lugar negociável. Olhando para trás, percebo agora que Mount Airy só era um lar porque ele estava conosco.

Lembro-me da noite em que ele nasceu — uma noite muito semelhante a esta. Tão logo percebemos que as dores de Addy eram para valer, mandamos chamar o médico, que se instalou em uma casa a 3 quilômetros da nossa. Eng e eu, sem conseguir ficar no interior da casa, tínhamos ido para a estrada com uma lanterna, nossos passos fazendo estalar o solo congelado. O céu parecia nos engolir: imenso, próximo, furiosamente cheio de estrelas. Uma fina fatia de lua, suspensa a leste, parecia tão afiada a ponto de poder ferir até sangrar. Tínhamos recém-chegado à cerca quando ouvimos os cascos do cavalo e, no mesmo instante, vimos o coche emergir da sombra do bosque de Stoneman. Subia a estrada como um desenho de criança em perspectiva, encolhendo o mundo atrás dele.

Cavalo e coche pararam no portão. Um homem com ar circunspecto, talvez dez anos mais velho que nós, cabeça nua, mas enrolado em um casaco grosso, estava sentado no lugar do cocheiro e fumava um charuto.

— Sossega, Sarah — disse ele ao cavalo, que se acalmou. Tirou o charuto da boca. — Prefiro os partos de junho.

Meu irmão e eu permanecemos calados. Ele bateu de leve no charuto e a cinza caiu aos seus pés.

— É o pai? — perguntou-me.

Confirmei com a cabeça.

— Foi o que imaginei. O primeiro?

Confirmei de novo.

— Hum... — Suspirou fundo, pensativo. — Frio para dezembro — observou.

Concordamos. Muito frio.

Ele sacudiu a cabeça. Ficamos em silêncio por um momento.

— Bem, cavalheiros, o que acham de entrarmos para fazer companhia às senhoras?

Eu nunca tinha me imaginado como uma daquelas almas infelizes condenadas a ficar a distância, observando, à margem do momento, sem poder dar o salto. Eu escoiceava, resfolegava, mergulhava e afundava. Meu irmão, fechado em si mesmo, acrescentando mais e mais camadas à sua reserva de proteção, era quem eu teria escolhido para esse destino passivo. Pelo seu temperamento, era ele quem participava apenas pela metade de cada acontecimento, quem corria o risco considerável de só conhecer a vida de longe.

Contudo, ao longo dos meses precedentes, quando tentei refletir sobre o que poderia significar ter um filho, a sensação tinha sido de que eu imaginava isso para outra pessoa. Quanto mais eu me beliscava, menos sentia. Eu tinha ficado feliz quando Addy me dera a notícia, claro. Eu a tinha tomado nos braços; tínhamos até ensaiado alguns passos de dança na sala de estar (meu irmão seguindo o movimento, com um sorriso forçado, como se eu tivesse acabado de vencer uma corrida), mas no meu coração eu sentira como se aquilo tivesse pouco a ver comigo. Eu era um

246

convidado no banquete oferecido a um conhecido distante. Embora feliz por ele, eu não via necessidade de criar toda uma história. A notícia era boa. Tudo corria bem. Mas o jantar nos esperava.

Não era diferente agora. Sozinhos no andar de baixo (Sally e o médico tinham desaparecido no quarto de cima), Eng e eu nos ocupamos do melhor modo que pudemos, saindo para pegar mais lenha no galpão, atiçando o fogo, brincando com os cachorros... Quando os gritos de Addy se tornaram mais sonoros e mais roucos, explodindo como vapor sob pressão, meu irmão tentou me tranquilizar porque pensava, com razão, que eu estava sofrendo como ele. Agradeci, comovido pela sua preocupação, e tranquilizei-o também. Se não tivesse ficado evidente que ele precisava de minha ajuda e meu apoio, eu poderia ter usado o tempo para muitas outras tarefas. Para consertar a porta da despensa, por exemplo. Ou trocar o piso da entrada. "Devemos pegar mais lenha?", eu perguntaria, para mantê-lo distraído, e "Por que acha que Sam demorou tanto para voltar?".

De tempos em tempos a percepção do que estava acontecendo atravessava minha mente como um faisão que explodisse em cores... e desaparecia.

Às 3 horas eu não podia mais me mexer. Meu irmão tentava conversar comigo. Eu não conseguia responder. Um desespero profundo — um crepúsculo sombrio de novembro — tinha tomado conta de mim. Jamais me sentira tão só, tão profundamente órfão. Eu sabia que isso nunca poderia acontecer. Alguma coisa sairia errado. A semente secaria. E de repente percebi (como nunca antes, em um clarão de verdade como aço sobre carne) que o momento chegaria, inevitavelmente, quando eu cessasse de existir. E por um instante — por apenas um instante — isso me pareceu a coisa mais triste do mundo.

Foi então que ouvimos vozes, a porta do quarto se abriu e Gideon Weems me entregou uma coberta enrolada ao redor de um rosto tão pequeno e enrugado quanto uma fruta arrancada da árvore pelo vento.

— Um menino — ouvi-o dizer, e, quase sem conseguir respirar, acariciei sua face com as costas do dedo, e ele fitou-me com olhos tão inchados e vermelhos quanto os meus e não desviou o olhar.

Naquele momento o pai renasceu na imagem do filho.

— Pode olhá-lo se quiser — ouvi Gideon dizer com uma voz que me parecia vir de muito longe —, não está frio agora.

Mas àquela altura eu chorava alto como uma criança e meu corpo se sacudia em soluços que podiam ser confundidos com risadas. Alguém veio tirá-lo dos meus braços — na tentativa de ajudar, suponho —, mas não permiti. Segurei-o por um longo tempo. Também não o tirei de sua coberta. Eu não precisava vê-lo, vocês compreendem, para saber que era perfeito.

E meu menino cresceu. Alma curiosa e independente, criança precoce e direta, parecia ter saído do ventre da mãe decidido a ter suas próprias ideias sobre as coisas e, tranquilamente e sem estardalhaço, seguir seu caminho. Se o dedo oferecido convinha aos seus planos enquanto dava os primeiros passos, de pernas arqueadas sobre o chão de madeira, ele o segurava; caso contrário, nada conseguia induzi-lo. É uma qualidade que nunca perdeu. Quando eu batia nele (o que fiz com frequência no início de sua vida, até mais ou menos os 8 anos), nós dois compreendíamos que a prática não tinha como objetivo fazê-lo mudar de opinião. Ele me olhava às vezes, após eu ter cumprido meu dever de pai e enquanto erguia as calças, como se para dizer: "Sei que o senhor precisa fazer isso, porque está escrito em algum lugar, mas nós dois sabemos que nada vai mudar." Na verdade, às vezes, apesar das lágrimas que ele espalhava irritado pelo rosto com a quina da mão (lágrimas que nunca deixaram de me incomodar, apesar das advertências de meu irmão para que eu me mantivesse firme), eu podia quase sentir que ele tinha pena de mim. Ele me amava. E sabia que eu acabaria perdendo.

Quando chegou aos 11 anos, eu já tinha aprendido a escolher minhas batalhas. Quando descobri, por exemplo, que ele passava algum tempo na companhia dos negros (a essa altura já tinha fortes laços de amizade com Moses), testei minha reação natural e sabiamente não disse nada. O menino era um nadador forte, eu pensava, e não estava sozinho. Lewis, que eu muitas vezes via apenas como um par de calças desbotadas entrando e saindo da folhagem da margem do rio, sempre parecia saber onde ele estava. Lewis tomaria conta dele.

Não, como acontecia com cada vez mais frequência quando se tratava de Christopher, eu não via uma razão particular para me colocar no seu caminho. Uma pequena parte de mim até via as coisas ao seu modo: quando o primo Samuel passou um mês em Leesburg para visitar os avós, só lhe restou Patrick com quem brincar, e Patrick, embora fosse um menino essencialmente bom e gentil (e o mais obediente que qualquer pai poderia esperar), era irremediavelmente sem graça. Não diferente de seu pai, às vezes.

Ninguém podia dizer o mesmo de Moses.

— Bom dia, seu Chang, seu Eng — cumprimentava ele sempre que chegava ao pórtico onde meu irmão e eu estávamos sentados, encurralados como escriturários atrás da velha mesa da sala de jantar (pois isso já era em 1856 e meu irmão, sedento de salvação, decidira aprender de cor a edição encadernada em couro vermelho da Bíblia do Rei Jaime, que Charity Barnum lhe tinha dado). — Trouxe todos estes peixes-gatos.

E tirava das costas uma corda cheia de peixes de barriga amarela que deixavam um rastro de gotas na poeira ao redor de seus pés.

Às vezes sua familiaridade (uma questão de tom, mais do que qualquer outra coisa) ultrapassava os limites.

— Aqui não é a cozinha — lembro-me de meu irmão ter-lhe dito secamente uma manhã de domingo quando Moses apareceu, interrompendo-o no meio de suas devoções.

O sorriso quase sumiu. Observei-o inclinar a cabeça de leve para o lado, depois endireitá-la — um gesto de resistência, insolência até, comum a todos os homens.

— Sim siô, seu Eng — ele respondeu, dando de ombros. — Pensei que quisessem ver, só isso. — E depois, num sussurro: — Sei onde é a cozinha.

No instante em que as palavras saíram de sua boca ele soube que teria problemas. Percebi em seu rosto e não pude deixar de sentir pena dele.

Meu irmão ergueu a cabeça bruscamente. Havia semanas (incitado pelo que ele via como meu imperdoável laxismo com relação a Christopher) ele insistia, sem muita sutileza, na importância de manter uma distância correta entre nós e os negros. Agora ele via sua chance.

— O que foi que você disse? — perguntou, inclinando-nos à frente.

Não consegui me conter:

— Ele disse que vai levar os peixes para a cozinha, irmão — antecipei-me. E depois, para Moses: — Tem certeza de que sua mãe não precisa deles?

— Tenho sim, seu Chang — respondeu ele, recuperando-se rapidamente. — Ela tem muitos.

— Bem, leve para a cozinha, então. Eles nos darão uma bela refeição — completei, só para provocar meu irmão.

Os peixes, claro, não eram a questão principal. Nem eu teria sentido a necessidade de desculpar o tom do menino se não tivesse desejado acima de tudo irritar meu irmão. Algumas semanas antes, quando Christopher tinha sido encontrado e tirado da cama pela mãe no meio da noite, meu irmão tomara o partido dela.

Eu não tinha esquecido. Estava dormindo, sonhando que meu irmão e eu estávamos de volta ao palco. Enquanto respondíamos às perguntas do público, eu não parava de olhar um homem mais velho e com ar simpático, de camisa branca, sentado na quarta fileira, as mãos sobre os joelhos. Alguma coisa em sua atitude — um pouco inclinado à frente, como se tentasse forçar a atenção, vivo mas respeitoso — me era familiar. Percebi que era nosso pai. Ele me fez um sinal com a cabeça e dirigiu-me um sorriso tranquilizador. Eu estava a ponto de dar-lhe a palavra (embora ele não tivesse levantado a mão) quando fui distraído por sons que vinham de fora da sala: gritos de mulher que eu não conseguia entender, e um choro estranhamente familiar. Senti uma incerteza terrível. Voltei a olhar meu pai. Ele fez um movimento com a cabeça, como se me desse alguma permissão, embora eu não soubesse exatamente para quê.

Ergui-me de repente, levando junto meu irmão semiadormecido. Parecia vir do quarto dos meninos. Com um cobertor ao redor de nossos ombros e orientados pela luz da lamparina, corremos para o andar de cima, onde encontramos Addy (com a irmã ao lado) segurando Christopher pela orelha e sacudindo suas calças ainda molhadas diante de seu rosto. Passava pouco da meia-noite. As sombras pulavam e se encolhiam sobre a parede. Ouvi o bebê chorar. No fundo do corredor, vi as cabeças das crianças, como cogumelos em uma árvore, projetando-se do vão da porta.

Ela tinha ido vê-los, explicou, e não o encontrara na cama. Quase louca de preocupação, estava decidida a acordar a família inteira quando escutou a porta dos fundos se abrir e ele subir a escada de mansinho. Incapaz de pensar no que aquilo significava, decidiu esperar até de manhã para pedir-lhe explicações, mas viu que estava agitada demais para dormir. Não havia momento como o presente, afinal de contas. Ela não tinha a intenção de criar um mentiroso, dizia agora, erguendo-o até ele gritar. Não, senhor. Não haveria mentirosos na casa dos Bunker.

Foi então que meu irmão interveio. Ele tinha dado conselhos, afirmou. Tinha discutido não uma vez, mas uma dúzia de vezes. Era contra a natureza. Uma influência prejudicial. Mas eu não escutava.

Addy virou-se para mim, ainda segurando Christopher pela orelha. Por um instante ela pareceu tentar compreender o que acabara de ouvir.

— Você sabia disso? — perguntou, com um tom de voz estranhamente calmo, descrente.

— Sabia — admiti. — O tempo todo.

Sacudiu a cabeça como se fosse uma peneira e ela tentasse coar alguma essência dessa migalha de informação.

— Você... está querendo dizer que *sabia* que este menino passava as noites vadiando com negros, e não me contou nada? — insistiu.

— Foi o que pude fazer para evitar falar alguma coisa — respondeu meu irmão.

— Acho que devia resistir um pouco mais, irmão — argumentei. Virei-me para Addy. — O menino passou algumas noites na beira do rio. Nadando. Pescando. Não vi motivo para criar um drama. Não quis preocupá-la.

— Não quis me preocupar? — Ela firmou o pulso, erguendo o menino ainda mais, como se fosse um peixe mal preso no anzol. — Não lhe ocorreu...

— Sim, me ocorreu — respondi, sentindo a raiva crescer em mim. — Mas não fiz nada.

Ela sorriu.

— Ah, eu entendo. Você não pensou que talvez...

— Por que não larga o menino? — perguntei.

Ela olhou-me por um momento, depois riu, incrédula.

— O quê?

— Solte a orelha dele.

— De jeito nenhum.

Vi que seus lábios começavam a tremer. Seu queixo parecia um caroço de pêssego. Eu não me importava. Dei um passo à frente, levando meu irmão comigo.

— Ah, vai largar sim — insisti.

— Sou a mãe dele... — começou ela.

— Não vou repetir — desafiei-a com voz calma.

— Bem — disse ela, quase murmurando, lutando para que suas feições não voltassem ao normal contra sua vontade. — Bem, se está decidido a transformar seu filho em um mentiroso, vá em frente.

Ela largou a orelha de Christopher (que caiu no chão, chorando menos pela dor do que pelo que acontecia ao seu redor) e virou-se para ir embora, seguida pela irmã.

Por alguns segundos, os únicos sons no mundo foram seus passos no soalho e o estalo da lamparina que balançava em seu suporte.

— Vá para a cama! — falei na escuridão crescente, esforçando-me para manter o tom habitual. O de tio Chang. O de pai. Abaixei-me e segurei Christopher pelo braço. — Vamos, levante-se agora.

Ele passou o braço ao redor de meu corpo e chorou como havia muito tempo não fazia, a cabeça apoiada em meu peito. Como ele tinha crescido! Afaguei sua cabeça, sentindo-o estremecer contra minhas costelas.

— Desculpe — soluçou. — Desculpe.

— Está tudo bem — respondi. — Foi culpa minha também.

Meu irmão suspirou.

— É isso que acontece quando...

— Não diga nada, irmão. Não diga nada.

E ele calou-se.

Arrependi-me depois — o que me acontece com frequência. Ela era minha esposa, disse a mim mesmo. A mãe de meus filhos. Alguém que os amava tanto quanto eu. Jamais a tinha ameaçado; jamais levantara a mão contra ela. Alguma coisa tinha mudado. Embora eu soubesse que nas semanas e meses seguintes nos esforçaríamos para fingir que nada acontecera, algo tinha se quebrado entre nós.

Mas não havia o que fazer. Por um instante, quando Christopher girou sob a mão da mãe, tentando não chorar, a luz da lamparina se refletiu em seus olhos. Eu sabia que não era nada — apenas a umidade de seus olhos; uma questão de perspectiva, só isso. Naquele momento, no entanto, que Deus me perdoe, eles me pareceram cegos, e antes mesmo de compreender o que estava acontecendo, decidi salvá-lo — aquele filho meu que de todos era o que menos precisava ser salvo — da pessoa de quem ele menos precisava ser salvo no mundo.

No entanto, foi assim. Embora eu soubesse que tudo aquilo era verdade, sabia também que se a situação se repetisse, eu faria tudo de novo.

VI

Coisas diferentes, dizem as cartilhas, não podem ser somadas. O cheiro de leite azedo. O gosto de uísque. O grito de crianças brincando no vento.

Como somar uma vida? Não se pode. Nem sequer tentar. É melhor deixá-la como está: irredutível, inalcançável. Uma torrente de coisas, de dias — diferentes, muitas vezes desagradáveis — que abrem um canal em nosso coração. Os rostos de seus filhos, ainda vermelhos do ventre da mãe. O odor maduro do quarto de criança nas manhãs tranquilas de inverno. O vapor congelado nas janelas da sala, salpicado de pequenas impressões digitais ovais. O jardim, durante uma breve estação, floresce loucamente como se enfeitiçado, curvando-se com o peso das frutas. Não somamos essas coisas. Como poderíamos?

No entanto, tentamos. É preciso. Um gambá que dá um grito agudo, pungente, o dorso para sempre arqueado na viga transversal de um pórtico. Vento. As sombras de pequenas nuvens atravessando apressadas os campos. Uma porta aberta nos fundos de uma casa — como um quadro bem iluminado no fim de um longo corredor. Nele, dois meninos, já longe, são apanhados no meio de um salto e desaparecem atrás da encosta.

Perda, perda. Como impedir essa fuga regular, essa subtração que não acaba mais? Vá em frente: reúna-as, empilhe-as — os dias perfeitos, as horas de vida, os momentos de extrema felicidade trazidos por um simples odor de tabaco e pelo calor de seu casaco em uma noite fresca. Uma pequena brincadeira, talvez. Lembre-se de seu filho dentro do rio naquele

253

dia, com água até o meio da coxa, quase escondido por borboletas cor de laranja. Acrescente sua filha, observando-o. Agora lembre-se do crustáceo que você viu passar perto de suas pernas. Você conseguiu vê-lo sob a corrente límpida como ar que se esparramava entre as margens com pressa de encobrir e contornar as rochas forradas de marrom... Por apenas um instante tudo parou. Estava tudo certo. E então, em uma nuvem de lodo, ele partiu.

Partir. A palavra mais triste do idioma. De qualquer idioma.

Que tolo! Que coisas são essas que você acumula, comparadas às que se vão? Ao seu pai, que tenta sorrir enquanto agoniza contra uma parede de bambu? Ao seu amor — perdido. A um bebê que cambaleia sobre o chão de madeira enquanto sua ama, ela mesma uma criança, olha pela janela e, embalada pelo fogo da lareira às suas costas, sonha com meninos...

VII

Eu sabia que ele o ensinava a ler naquelas longas tardes de verão em que não ficava conosco? Não. Lamento isso? Lamento muitas coisas — essa não.

Christopher fazia o que queria. Como sempre. Após a decisão, por alguma razão desconhecida para mim, de que ensinaria um escravo a ler — uma decisão ainda estarrecedora para mim por sua raiva implícita, pelo seu total desprezo pelas leis da época —, ele continuou a fazer exatamente isso. Talvez pensasse que eu sabia. Ou que lhe dera de algum modo uma permissão tácita ao defendê-lo pelas noites passadas no rio. Duvido. Duvido que tivesse se preocupado.

Ainda me surpreendo pensando, às vezes, em quanto tempo levaram. Quantas semanas, meses, dias, os dois ficaram isolados em uma encosta com vista para o bosque abaixo, sempre alertas a um movimento — qualquer movimento, pois negros e brancos representavam uma ameaça quase igual —, Christopher apontando e dizendo: "Não! Não pode ser isso por causa do *e* no final", primeiro rabiscando as palavras na terra com um graveto, depois abrindo as páginas do jornal escondido nas botas e alisando-as contra o joelho. Vejo-os sufocando de tanto rir ("Não é *cagado*, seu asno. Você sempre esquece os acentos. Não sei por quê"), juntando as palavras enquanto as primeiras gotas de chuva se esparramavam na poeira sob as folhas de amora preta antes de manchar a própria página...

Eu sentia falta de tudo isso. Durante todos os anos em que trabalhou na nossa casa (pois tirei Moses e sua mãe do campo na semana seguinte à morte de seu pai), eu não tinha ideia de que ele sabia ler os livros que havia sobre nossa mesa. Até hoje acho isso um pouco desconcertante, assim como alguém que usa uma língua estrangeira em uma conversa particular pode achar desconcertante descobrir que as pessoas que supostamente ignoravam seu significado tinham, na verdade, entendido cada palavra. Moses jamais fingiu, jamais se traiu. E Christopher nunca me contou. Até o dia, quase cinco anos depois, em que recebi uma carta com o selo circular da Armada da União e assinada por um certo "soldado Moses Bunker", eu não tinha ideia.

Eu tinha desculpas, outras preocupações. Foi o ano — o último antes de o mundo acelerar como uma carroça levada por um cavalo desembestado — em que as chuvas não chegaram. Os lagos encolheram, as alfaces não cresceram, o milho queimou. As margens barrentas do rio se alargaram, amplas demais para a corrente preguiçosa, antes de se racharem em continentes marrons. Já era possível sentir as mudanças que agitavam a terra, ouvir os primeiros grandes ventos. Não tínhamos ideia do que estava por vir, claro, nem podíamos saber que, pelo resto de nossas vidas, a evocação dos anos que se seguiram — 1857, 1858, 1859, 1860 — traria à lembrança uma criança que contava os segundos entre o relâmpago e o trovão; e ainda assim hoje tenho a impressão de que devíamos ter sabido, devíamos ter sentido em nossos ossos.

Dia após dia, meu irmão se tornava mais taciturno, mais irritado. Todas as manhãs — pelo menos era o que parecia — ficávamos sentados, cobertos de suor, atrás daquela maldita mesa, enquanto ele (que nascera sobre um capacho de bambu!), impregnado do Espírito Santo, prosperava como um carrapato à minha custa. Eu tinha dificuldade em falar com ele. Embora nada dramático tivesse acontecido (era mais uma questão de silêncios: abanos de cabeça e lábios franzidos, olhares desviados por mágoa ou reprovação...), eu o sentia cada vez mais afastado de mim. Confuso e ressentido (a ideia de que era *ele* quem se afastava de mim, depois de tudo que eu passara por ele!), eu naturalmente aproveitava todas as oportunidades para alfinetar suas pretensões moralistas, utilizando qualquer arma que me caísse nas mãos.

Aquele foi o ano em que as folhas brilhantes de tabaco nos salvaram por pouco da ruína, o ano em que Lewis morreu. Lamentei muito sua morte. Ainda lamento. Tínhamos nossos desentendimentos (poucas semanas antes de morrer ele tinha puxado briga conosco porque queria dar uma faca para o filho, como se fôssemos um catálogo de vendas por correio e ele pudesse encomendar o que lhe agradasse), mas agora compreendo que, exatamente como outros indivíduos de sua raça, ele tinha uma qualidade que o colocava em uma posição à parte. Não posso dizer que gostava dele, mas fiquei triste quando morreu. Tanto é verdade que, uma semana depois de o levarmos de Bellefonte na traseira de nosso carroção (ele foi enterrado no cemitério negro da Sorghum Road), interrompi o estudo de meu irmão em uma tarde quente de outubro para informá-lo que tinha decidido trazer Berry e Moses para nossa casa.

Eu sabia que não seria fácil.

Durante alguns minutos, enquanto estávamos os dois no pórtico, tentei imaginar como apresentar minha decisão da maneira menos refutável possível. Não consegui. O mais importante foi descobrir que eu não queria falar. Quanto mais eu pensava no assunto, na verdade, mais recusava a ideia de precisar me justificar para meu próprio irmão. Observei-o. Lá estava ele, com suas orelhas peludas e seu olhar reprovador, parecendo um apóstolo errante farejando o ar à procura de pecado, enquanto eu me torturava para tentar descobrir um modo de pedir sua aprovação para alguma coisa que eu tinha todo o direito de fazer sozinho. Era um absurdo. Que ele fosse para o inferno.

— Tenho pensado em trazer Berry e Moses para a nossa casa — anunciei de repente. — Acredito que tia Grace poderia gostar da ajuda.

— Hã? — limitou-se ele a dizer, sem levantar os olhos nem o dedo do livro. — Acha que ela está se descuidando de suas obrigações?

— É óbvio que ela está cansada — respondi. — A casa dá trabalho demais para ela.

— É mesmo? — Virou a página.

— Acho que sim. Além disso, precisamos pensar no futuro. É melhor agir logo, me parece, antes que ela fique frágil demais para treinar uma substituta.

Meu irmão me deixou falar sem me interromper. Eu ouvia minha própria voz — falsa e insinuante.

— Já tomei a decisão — continuei, sentindo o rosto queimar.

Ele sorriu, pegou o marcador de páginas, fechou o livro. Alguma coisa em seus movimentos — sua determinação, suponho, como se fosse um professor diante de um aluno rebelde — me deixou furioso.

— Acredito que eu ainda tenha algo a dizer sobre o assunto — interrompeu-me, olhando os campos ao longe.

— Em parte.

— Tenha a bondade de me ouvir, então.

Fiz um sinal com a mão. Ele ficou em silêncio por um instante, enquanto eu me espantava com a absurda formalidade que se insinuara em seu discurso.

— Não é oportuno. Ela faz falta no campo. Acredite em mim, irmão, ela estará melhor com sua gente, não separada deles em um mundo que não compreende. Sem mencionar...

— Já terminou? — perguntei.

— Isso lhe interessa? — respondeu ele, ofendido.

— Provavelmente não.

— Não posso dizer que estou surpreso. Nunca esperei que você levasse em consideração as opiniões dos outros.

— É mesmo? Por que as ofereceu então?

— Porque tolamente imaginei que poderia fazer você voltar à razão. Eu deveria ter imaginado que o tempo para isso já passou.

— Oh, mas que atitude cristã de sua parte pelo menos tentar, irmão.

Ele tremia de raiva.

— Você é arrogante e egoísta.

— E você é puritano e idiota.

— Não me jogue a isca, irmão. Sou capaz de morder.

— Jogar uma isca? — Ri. — Você é um peixe no prato.

Ele ergueu-se de um salto, impulsionando-me também.

— Chega de leitura por hoje? — perguntei, com um sorriso.

Por um instante, pensei que Eng fosse me bater. Um longo momento transcorreu. Da casa chegava o ruído de panelas batendo umas contra as outras. Uma vaca mugiu a distância.

— Não me importo com o que diz — afirmou ele, por fim, com voz calma. — Eles não entrarão na minha casa.

***

Eles se instalaram, então, na minha. Ao longo dos quatro anos que se seguiram, durante exatamente duas semanas por mês, Berry ajudava tia Grace na casa — lavava, remendava, transformava a fibra em linho, preparava a refeição do meio-dia do lado de fora no velho forno de tijolo — enquanto Moses fazia o que precisava ser feito. Nas duas semanas restantes, ficavam com os outros sob o controle geral de nosso supervisor, Tim McDaniel (embora eu muitas vezes pensasse que eles teriam se saído muito bem sozinhos, ou até melhor), mantendo a casa em ordem para o nosso retorno. Nunca me arrependi. Ao contrário de Lewis, cuja convivência poderia ser difícil, mãe e filho em geral conheciam seu lugar e nunca se aproveitaram da sorte que surgiu em seu caminho.

No entanto, embora o evidente sucesso dessa organização devesse ter trazido alguma paz às nossas relações, não trouxe. A discussão inicial foi tratada, mas não cicatrizou. Como poderia, se a cada duas semanas um de nós era forçosamente lembrado dos limites de seus domínios? Ainda que um cedesse, até certo ponto, quando na casa do outro, essa atitude sempre tinha sido voluntária. E não era mais assim. A submissão se tornara uma exigência, uma obrigação que nenhum dos dois hesitava em impor ao outro.

À medida que os meses passavam, expandimos com prazer essa obrigação, permitindo que abrangesse quase cada instante do dia. Agora, quando na casa de Eng, eu era forçado a me recolher cedo porque ele preferia assim, a caminhar quando ele queria, a permanecer sentado durante horas a fio enquanto ele relia pela enésima vez a Bíblia de Charity Barnum, recusando-se a admitir que estava cansado mesmo quando passava uma hora sem virar a página e eu o via lutar contra o sono — seu corpo afundando, depois se endireitando de um salto — apenas para me chatear. Eu respondia na mesma moeda, brigando para me manter acordado até altas horas quando íamos a Mount Airy, mexendo-me para despertá-lo se ele começasse a cochilar antes de mim. Cancelei as manhãs bíblicas, praguejava do modo mais variado que conseguia, tentava a todo instante antecipar seus desejos, a fim de saber a melhor maneira de frustrá-lo. Agora, se havia alguma coisa a ser feita em Mount Airy, ela era feita do meu jeito; se surgia um desentendimento — a propósito de qualquer assunto —, a decisão final era minha.

Nada disso jamais foi admitido abertamente. Mantínhamos uma delicadeza superficial. *Se você não se incomodar. Se não for lhe causar problema. Claro, irmão, faça do seu jeito.* Sorríamos. O que quer que precisássemos aguentar, aguentávamos em silêncio, porque não queríamos dar ao outro a satisfação de ver nossa contrariedade. De novo, pela primeira vez desde a infância, nosso elo tornou-se o ponto de convergência de todos os nossos problemas — o espinho mais conveniente com o qual atormentar o outro. Pouco à pouco, uma vida inteira de acomodações pequenas mas necessárias foi abandonada. O sinal antes de sentar na cama. A disposição de levantar imediatamente quando o outro precisava responder ao apelo da natureza. Os mil pequenos ajustes de peso e equilíbrio que nos permitiam nos inclinar, nos virar ou pegar alguma coisa com mais facilidade.

Agora, se meu irmão queria apanhar um objeto à sua direita, eu retinha meu peso o suficiente para forçá-lo a me movimentar. Se eu me virasse para falar com alguém enquanto descíamos a rua, ele me dava um leve puxão, suficiente para me fazer parar e recuar, ao invés de olhar a pessoa de frente. E assim por diante. Aparentemente, de um dia para o outro desaparecera a coordenação que todos sempre tinham admirado e considerado quase sobrenatural, a harmonia automática que nos permitia nadar, correr e lutar, que tinha salvado nossas vidas naquele dia no *Sachem* quando, fugindo a toda velocidade de um dos meninos que gostavam de nos perseguir no convés, tínhamos de repente visto o porão escancarado aos nossos pés e, tarde demais para parar, mudar de direção ou fazer algum sinal, tínhamos instintivamente levantado, no momento preciso, eu minha perna esquerda, Eng a sua direita, e evitado o buraco por tão pouco, apenas com a ponta de nossos pés descalços tocando a madeira, que, não fosse pelo nosso *momentum*, que nos jogou aos trambolhões do outro lado do convés, jamais teríamos conseguido. Agora nos encolhíamos e dávamos guinadas como homens que não param de erguer as calças ou que procuram chegar com discrição a alguma coceira escondida ou ainda que sofrem de algum tipo estranho de distúrbio nervoso. *Está ótimo. Não foi nada. Desculpe, irmão, você queria se virar?*

Acabamos nos acostumando. Ao fim de vários meses, achamos normal nosso novo comportamento e nos adaptamos às suas exigências.

O hábito assumiu o controle, como sempre acontece. A distância entre nós aumentou. Enquanto no início uma boa discussão podia nos desviar de nosso caminho, agora ela apenas confirmava nossa rota. Brigávamos, acusávamos um ao outro de falsidade e de todo tipo de crime, e de manhã recomeçávamos exatamente de onde tínhamos parado na véspera. O ano transcorreu e terminou. Outro começou. Nada do que os outros diziam nos fazia mudar de atitude.

Não que eles não tentassem. Addy e Sallie, juntas ou separadas, choravam e nos pediam para sermos sensatos. O reverendo Seward, que suspeitava de algum problema conjugal na nossa casa, fez um sermão repetitivo sobre tolerância e amor fraternal, tomando como inspiração a Primeira Epístola de João 2:9-11: "Aquele que diz estar na luz e odeia a seu irmão, até agora está nas trevas. Aquele que ama a seu irmão permanece na luz, e nele não há nenhum tropeço. Aquele, porém, que odeia a seu irmão está nas trevas, e anda nas trevas, e não sabe para onde vai, porque as trevas lhe cegaram os olhos." E assim por diante. Deixei passar. Quase não nos falávamos, a não ser para transmitir as informações mais essenciais, e quando nos dirigíamos a uma terceira pessoa, nos comunicávamos por meio dela. *Diga ao seu tio Chang que ela precisa de outra dose de pílulas de Cook. Pergunte ao seu pai se ele está com fome.*

Naquela específica manhã de domingo de 1859, se me lembro bem, não nos falávamos diretamente havia dias, o que pode explicar por que, de início, não percebi que ele se dirigia a mim.

Tínhamos acabado de nos instalar atrás da mesa para a nossa sessão de leitura da Bíblia (sendo a minha vez de usar a bola e a corrente) quando, ao abrir um dos romances ingleses de Sophia que eu estava relendo na época, pensei ter ouvido meu irmão dizer: "Prefiro que você não faça isso." Levei um momento para compreender que ele não estava falando com um dos meninos.

— Desculpe, irmão — murmurei, confuso. — Disse alguma coisa?

— Disse que prefiro que você não faça isso — repetiu ele.

— Desculpe, irmão, mas "não faça" o quê?

— Não leia esse livro.

Eu não podia acreditar no que ouvia, mas consegui manter a calma.

— Por que não?

— Você sabe — respondeu ele, voltando ao seu livro. — Não me obrigue a dizer.

— Por que não — perguntei, sentindo meu corpo tremer —, se isso lhe dá tanto prazer?

— Não me dá nenhum prazer.

— Por que você simplesmente não diz o motivo?

— Prefiro não dizer.

— Vamos, diga.

— Não tenho nada a lhe dizer. Você sabe exatamente do que estou falando.

— Covarde!

— Porque era dela — ele admitiu. — Há algo inconveniente nessa leitura. Uma espécie de fraqueza. Como acariciar uma roupa dela ou... ou afagar uma mecha de seus cabelos.

— Isso não lhe diz respeito — retruquei.

— Diz respeito sim. Esta casa é minha.

Abri o livro.

— Vá para o inferno, irmão. Leio o que eu quiser.

Eng levantou-se de um salto, forçando-me a ficar de pé também. Eu tinha esquecido como ele era forte.

— Chega de leitura por hoje — murmurou, as mandíbulas cerradas e o rosto quase desfigurado pela raiva. — E não ouse nunca mais me mandar para o inferno quando é por sua causa que eu...

— Por minha causa que você o quê?

— Nada.

— Que você o quê? Que você...

Ouvi passos na peça atrás de nós e me calei, tremendo como uma grama ao vento.

— Papai? — Nannie apareceu atrás da tela contra mosquitos. — O que está fazendo? — ela perguntou ao nos ver de pé do outro lado da mesa.

— O que houve, Nannie?

— Viu tia Grace?

262

— Deve estar lá nos fundos, perto do forno — sugeri.

— Você não está lendo hoje?

— Não — respondi. E então, após uma pausa: — Seu tio Eng e eu temos algumas coisas a discutir. Vamos caminhar um pouco.

Não fomos longe.

— Então é isso que não o deixa dormir de noite, irmão? — murmurei quando já tínhamos atravessado a metade do quintal. Vi Lester, que despejava um balde de lavagem para os porcos. Grunhidos animados se elevaram no ar calmo e quente. — Tem medo de ir para o inferno por minha causa? É isso? — perguntei, inclinando-me na sua direção. — Está com medo que Deus não se preocupe em nos liberar um do outro? Hein? Que ele nos jogue fora como uma maçã podre pela metade?

Tínhamos saído da sombra das alfarrobeiras. Caminhávamos cada vez mais depressa, nos sacudindo e empurrando um ao outro. Tia Grace estava perto do forno de tijolo. Lembro-me de ter visto Frank empurrando um carrinho de mão cheio de madeira na direção do galpão. Gritou alguma coisa que não entendemos.

— O lago de fogo, irmão — murmurei a fim de feri-lo, de jogá-lo no chão como um animal maneado. — É isso que o preocupa? Que seu nome não seja escrito no Livro da Vida por minha causa?

Mergulhamos no campo de tabaco sem nos preocupar com as plantas que pisoteávamos.

— Bem, é tarde demais, irmão. Está me ouvindo? É tarde demais. "Aquele que diz estar na luz e odeia a seu irmão, até agora está nas trevas" — citei, enquanto quase corríamos. — Está me ouvindo, irmão? "Aquele que diz estar na luz e odeia a seu irmão, até agora está nas trevas." "Aquele que odeia a seu irmão, está... nas... trevas. Aquele que..."

O primeiro golpe me quebrou o nariz. Uma grande gota de sangue manchou minha camisa e caí, ele em cima de mim, minhas mãos ao redor de seu pescoço. Eu o ouvia sufocar e me perguntava o que poderia ser a martelada surda que eu sentia no lado do rosto. Rolamos, nos arranhamos, nos socamos, visamos os olhos um do outro. Ele era meu irmão — quando crianças, no Sião, passávamos os braços ao redor um do outro e rolávamos colina abaixo, rindo e gritando —, mas naquele momento, juro diante de Deus que o teria deixado morrer na plantação de tabaco, que o teria arrancado de mim como um pedaço de tecido e caminhado de volta para casa sozinho. No entanto, eu não tinha uma faca. Ele tinha. Lembro-me de que em um determinado momento ele jogou um punhado de terra no meu rosto e esfregou-a no meu nariz e nos meus olhos com a palma da mão. Sufocado e me debatendo, consegui levantar um joelho entre suas pernas. Ouvi-o grunhir e dobrar-se em dois, as forças o abandonando, no exato momento em que eu sentia uma dor súbita e lancinante no torso — uma vez, duas vezes — e ouvi-o gritar. Por um instante insano, perguntei a mim mesmo se outra pessoa o ferira, mas a essa altura minhas mãos tinham se fechado sobre alguma coisa dura, que comecei a agitar em todos os sentidos, sem saber o que se passava, apenas consciente dos gritos que chegavam de algum lugar, e então um peso enorme abateu-se sobre meu peito e meus braços ficaram presos no chão e eu estava gritando e cuspindo terra e isso, como se diz, foi tudo.

VIII

Foram necessários seis homens para nos levar de volta para casa, subir as escadas e nos colocar na cama, de onde não sairíamos mais naquele ano. Nosso sangue atravessou tudo que puseram sob nossos corpos. Meu irmão não conseguia movimentar o pescoço. Eu tinha duas costelas quebradas. Eu ficaria sabendo, com o tempo, que quase esmagara o crânio dele com uma pedra; que durante quatro dias ele tinha oscilado entre a consciência e a inconsciência e eu com ele; que na época parecia que eu perderia o olho direito; que meu nariz infeccionara de modo tão terrível que Addy e Sallie tinham precisado cobri-lo antes de permitir que as crianças entrassem no quarto. Descobrimos que a faca de Eng tinha cortado quase um terço de nossa ponte de carne. Somente o fato de ele não ter conseguido segurar a lâmina com a mão direita e ter sido forçado a cortar, desajeitadamente com a esquerda, tinha nos salvado.

Foi Gideon, claro, quem nos costurou como um lençol rasgado, quem chegou a galope como fizera 14 anos antes, no nascimento de Christopher, e nos salvou um do outro. Não que isso tenha lhe dado algum prazer. Ainda guardo uma leve lembrança, como em um sonho, de ouvir sua voz enquanto não chegávamos a recobrar totalmente a consciência naquelas primeiras semanas. Ele falava com alguém que soluçava no corredor. A chuva escorria dos beirais.

— Nada — ouvi-o dizer. — Os homens farão o que quiserem, meu caro, e até que encontrem a cura para sua idiotice, ou até que chegue afinal o reino dos céus, receio que não haja nada que eu possa fazer.

Conosco, ele foi mais direto:

— Ah, estão acordados — disse uma tarde, vendo que nos mexíamos. Jogou uma atadura amarelada e encharcada dentro de um balde perto da janela. — Ótimo. Eu queria justamente lhes dizer uma coisa.

Rodeou a cama e sentou-se, sem muita gentileza, ao meu lado. Não havia mais ninguém no quarto.

— Está ouvindo? — perguntou, e percebi, pela sua economia de movimentos, pelo modo como alisou uma dobra nos lençóis com uma batida forte das costas da mão, que estava furioso. Eu não conseguia ver meu irmão. Não conseguia me mexer. Meu rosto inteiro parecia estar em fogo. Fechei e abri os olhos. — Ótimo — disse. — Quero ter certeza de que os dois conseguem me ouvir. — E prosseguiu: — Há duas semanas me dedico a uma casa de mulheres sofridas e crianças aterrorizadas. Isso não me traz nenhum prazer. Só me preocupa, sobretudo porque se trata de criaturas ingênuas e emotivas que não conseguem entender por que seus pais e maridos queriam matar um ao outro, e continuam desesperadas mesmo depois de eu lhes dar todas as explicações. Isto é o que quero lhes dizer, então. — Inclinou-se na nossa direção, sem sorrir. — Em primeiro lugar, se alguma vez tentarem esse tipo de coisa de novo, vou matá-los com minhas próprias mãos. Em segundo lugar, como tenho 16 pacientes na presente situação, decidi cobrar de vocês. Se não pagarem sua dívida a tempo... e estou sendo bastante razoável, pois esperarei até que consigam se mexer... Deus é testemunha de que arrastarei vocês até o Tribunal de Justiça e espremerei os dois como um limão. A estupidez, cavalheiros, precisa ser paga. Acreditem em mim: quando virem a conta, se arrependerão de não terem acabado o serviço que começaram ou de não terem se contido. — Levantou-se para ir embora. — Ah, e mais uma coisa. Quanto mais longa a convalescença, maior será a conta. Não tenho mais ninguém com quem falar neste país esquecido por Deus, e sou velho demais para começar a beber sozinho.

Virou-se e saiu do quarto, fechando a porta em silêncio às suas costas.

Não me recordo bem daqueles quatro meses de minha vida. Lembro-me de ter acordado uma vez no crepúsculo (nenhuma lamparina ainda estava acesa) e visto Addy dormindo em uma cadeira ao lado da cama. Lembro-me de ter aberto os olhos em outra ocasião (pode ter sido no dia seguinte ou um mês depois) e ter encontrado toda a família plantada ao redor da cama como estacas ao redor de um jardim, e Nanny me perguntava como eu me sentia. Lembro-me da súbita onda de vergonha que me invadiu naquele instante e de como, sem conseguir falar, eu simplesmente sacudira a cabeça. Lembro-me de Frank e Charles lutando para colocar os urinóis embaixo de nós, seus braços pretos firmes e quentes nos segurando pela cintura e dizendo:

— Tudo certo, seu Chang, seu Eng, podem sentar agora.

E lembro-me de uma tarde de outono em que acordei e vi Christopher sentado em uma cadeira, os joelhos junto do peito, olhando pela janela. A intervalos, as cortinas se agitavam de leve, espalhavam a luz do sol sobre o chão de madeira e depois a recolhiam. Olhei durante longo tempo para seu rosto, tentando adivinhar o que ele estaria pensando. Afinal ele se virou, olhamos um para o outro — sem sorrir, sem nada — e tive certeza de que já tinha me perdoado. Fiquei preocupado; eu sentia que não era bom que meninos de 11 anos perdoassem seus pais com tanta facilidade, que os conhecessem tão bem.

— Desculpe — falei.

Ele balançou a cabeça — tão adulto já, todas as minhas expectativas satisfeitas.

— Tudo bem.

Meu irmão, com a cabeça ainda coberta de ataduras, agitou-se, parecendo provar algo em seu sono, depois acalmou-se.

— Como está todo mundo? — perguntei, incapaz de pensar em outra coisa para dizer.

Ele balançou de novo a cabeça.

— Estão bem.

A cortina se mexeu; um feixe de luz subiu até o alto de seu macacão puído, depois recuou como uma onda. Ele virou-se para olhar pela janela, a mão esquerda brincando com a bainha descosida da perna da calça e um ar pensativo.

— O que há de novo no mundo? — perguntei.

Sorriu, então, não do modo como a maioria dos homens jovens teria sorrido, mas tranquilamente, quase retraído, como se estivesse para me revelar que tinha se apaixonado.

— Parece que vai haver uma guerra — respondeu.

Naquele janeiro, curvados como velhos para lutar contra o vento, meu irmão e eu subimos os degraus do pórtico de Gideon com nosso primeiro pagamento mensal de 3,50 dólares. Dezenove meses depois — o ouro dos ianques de um lado e nosso próprio Congresso do outro tendo conseguido tornar absurdo esse exercício —, entregamos o último. Naquela época, uma única barra de sabão custava 70 centavos, quase quatro vezes mais do que antes, e à guisa de café deveríamos nos contentar com um líquido horroroso feito de chicória e bolotas de carvalho.

Foi uma noite, no final de agosto, se não me falha a memória, quatro meses depois da Batalha de Shiloh. Ainda não tínhamos ouvido falar de um pequeno riacho barrento chamado Antietam. Alguns campos de milho, sussurrando tranquilamente ao sol, ainda não tinham entrado para a história. Certas estradas do interior, enfiadas entre as margens cobertas de capim alto, ainda não tinham sido escolhidas. Outras tinham: Gaine's Mill, Frayser's Farm. Malvern Hill.

Gideon fez das três notas desbotadas um longo cilindro, aproximou-o da chama da lamparina e levou-o ao cachimbo.

— Considerem pagas as suas dívidas, cavalheiros — disse. Deixou cair nas tábuas do pórtico as notas que se consumiam e, lenta e deliberadamente, esmagou-as com o bico da bota. — Todos nós teremos dívidas suficientes antes que tudo esteja acabado.

Ao nosso redor, o tornilho se apertava devagar, implacável como a geada. Os filhos de Stoneman foram embora de repente — com exceção de Billy, que ainda era jovem demais —, deixando-o sozinho para administrar a fazenda do melhor modo que pudesse. Nós o víamos às vezes arrastando uma mula, ou puxando com as duas mãos uma corda presa a uma polia em um pé de carvalho. De longe, parecia um homem se esfaqueando na barriga. Na cidade, as lojas se esvaziavam pouco a pouco, as ruas ficavam mais silenciosas. Tommy, o filho de Benjamin

268

McCullough, tinha sido morto em Shiloh, e Ted, o filho de Thaddeus Stark, em Seven Pines.

Richmond estava sendo evacuada. Ouvíamos falar de multidões de refugiados que apinhavam as estradas; de lojas saqueadas e fazendas incendiadas; de carroças de bagagem — carregadas de baús e caixas — que rangiam e chocalhavam na noite, em uma procissão sem fim que parecia, disse alguém, uma espécie de roda gigante (aqui a menina no carroção de novo, no assento do cocheiro, enrolada no casaco do pai; ali o menino de cabelos eriçados, as pernas balançando na parte de trás, arrastando um bastão) fazendo girar algum eixo desconhecido.

Eng e eu morávamos, nesses primeiros anos de guerra, em nossa própria república. Não conversávamos. Não brigávamos. Recebíamos notícias dos mortos em silêncio, e seguíamos com nosso trabalho. Não havia nada a fazer. Eu sabia disso desde outubro de 1859. Estávamos deitados lado a lado há mais de dois meses quando acordei, uma tarde, e me dei conta de que estávamos sozinhos. O quarto estava vazio e silencioso. No alto da janela, uma vespa se debatia e andava pelo batente, tola demais para perceber que o vidro estava aberto logo abaixo. Lembro-me de minha surpresa ao reparar que as árvores tinham mudado de cor tão depressa.

Eu sabia que ele estava acordado sem precisar olhá-lo.

— Acha que ela vai encontrar a saída? — perguntei, sabendo que ele também percebera o inseto.

Eram as primeiras palavras que eu lhe dirigia desde aquele dia na plantação de tabaco.

Não tive resposta. A vespa bateu contra o vidro, zumbindo furiosamente. Alguém falava no andar de baixo. Pensei que ele talvez não tivesse me ouvido.

— Acha que ela vai encontrar a saída? — perguntei de novo.

— Quero que saiba de uma coisa — retrucou ele com uma voz controlada que me fez compreender que chorava sem que eu tivesse necessidade de olhá-lo. — Ainda que Deus tenha, aparentemente, decidido que devemos continuar a viver juntos, você não é mais meu irmão. Só quero que saiba disso.

IX

Durante certo tempo, pelo que me lembro, tudo correu mais ou menos bem. A guerra, embora sempre presente ao nosso redor, acontecia em outro lugar. O general Pope, diziam, saqueava fazendas na Virgínia e ameaçava enforcar todo suspeito de ajudar a Confederação. Não se encontrava mais corante na cidade. Não havia corda. Um dia — em 1861 ou 1862 — surpreendemos tia Grace usando uma espinha no lugar de agulha e tivemos certeza de que a guerra se aproximava cada vez mais. Éramos como crianças olhando um vulcão através de uma palha de trigo: víamos fragmentos — uma lâmina trêmula, uma fagulha —, mas o conjunto nos escapava. Ou nós escapávamos dele.

Quando ficamos sabendo, no início de 1862, que o Congresso tinha prolongado todos os alistamentos pelo tempo que durasse a guerra, procuramos Stoneman para lhe oferecer o pouco de ajuda que podíamos dar, depois voltamos à nossa plantação. Não havia outra coisa a fazer. O mesmo acontecia com todo o resto. O Ato de Conscrição não nos dizia respeito. Embora plenamente recuperados (e tão desejosos quanto qualquer outro cidadão de lutar pela independência), éramos quem éramos, e, sabíamos bem, nenhum comandante de regimento nos daria uma chance. E Christopher, nosso filho mais velho, ainda não tinha 14 anos. Além disso, havia trabalho a ser feito: consertar galpões, cardar algodão, cortar tabaco, podar os brotos excedentes, as pragas...

Então Moses fugiu, e nosso mundo — devagar, quase imperceptivelmente — começou a declinar. Ele foi embora em agosto de 1862, saindo de nossas vidas de forma tão limpa que foi como se, à semelhança de seu homônimo Moisés, tivesse feito campos e florestas se abrirem para deixá-lo passar e em seguida se fecharem às suas costas. Éramos tão inocentes, tão confiantes — e sim, estávamos tão preocupados em não dar atenção ao que acontecia ao nosso redor —, que só percebemos sua partida quase na metade do dia seguinte, e já não havia muito a fazer. Não deixou nada de seu para trás: uma cama vazia, um chão bem varrido. Lembro-me de termos feito parte, quase a contragosto, de um grupo de buscas formado por homens que transpiravam e xingavam, esmagando as urzes atrás dos cães de caça de McCullough, mas que não chegaram a nada. A pista que tínhamos seguido simplesmente desaparecia no rio, e, embora o tenhamos atravessado, carregando os cães nos braços, e depois percorrido mais de 1 quilômetro para cima e para baixo ao longo da outra margem (avançando com dificuldade na lama e na vegetação, com seus espinhos que pareciam arame farpado), nunca mais o encontramos. Quando começou a chover, nos convencemos de que seria melhor desistir e voltamos para casa.

Não havia nada a fazer, ninguém a punir. O pai tinha ido embora, e agora o filho. Soubéramos de outros proprietários que, para mostrar sua autoridade, tinham mandado açoitar ou vender as famílias dos fugitivos, porém Eng e eu, embora entendêssemos esse tipo de reação, não tínhamos coragem de fazer o mesmo. Tínhamos visto o rosto de Berry se transformar pouco a pouco quando demos a notícia e logo desmoronar — os lábios, as faces e o queixo trêmulos — como um castelo de areia construído perto demais do mar. Era evidente que ela não tivera conhecimento de nada. Nem Christopher, eu tinha certeza.

Sabíamos para onde o rapaz tinha ido, claro. Todos sabiam. Apenas duas semanas antes, o *Richmond Enquirer* tinha nos informado que "o Grande Macaco de Illinois decidira trocar a deusa da liberdade pela cachola encarapinhada de um negro" e autorizado o alistamento de pessoas de ascendência africana. Catorze escravos tinham fugido naquela semana só no nosso condado, três deles de propriedade de Joseph Price. Apenas um tinha sido recuperado. E nossa região não foi a única afetada. Um grande clamor surgira em todos os estados confederados na semana em que a notícia foi recebida, clamor acompanhado, como sempre, do choque marcial das metáforas: o Macaco de Illinois era agora o escarro doentio do despotismo, um fungo saído do ventre corrompido do fanatismo, um traidor mercenário recolhido do vômito de uma civilização decadente.

Apenas Gideon não parecia surpreso naquela tarde quente e de ar parado em que nos leu as notícias. Já tínhamos retomado o hábito de passar uma hora ou duas no seu pórtico todas as tardes, embora não fosse mais como antes, pois meu irmão raramente falava. Sua cadeira sempre inclinada contra a parede, o cachimbo apertado entre os dentes — pois tabaco era a única coisa que não nos faltava —, ele lia para nós o jornal (fato tão marcante que nos anos seguintes ninguém podia mencionar Antietam, os combates de Sharpsburg ou o Ato de Conscrição dos negros, sem que eu ouvisse sua voz, como se a guerra, naqueles dois primeiros anos, tivesse sido um horrível folhetim apresentado em números consecutivos do *Richmond Enquirer* e narrado por Gideon Weems).

— O que não compreendo — disse, secando a testa e a nuca com um lenço — é por que todo mundo está tão chocado. O que esperávamos? Que depois de ter entrado nesta guerra ele evitaria nos combater com todas as armas à sua disposição? Que hesitaria em usar os negros, ou o que quer fosse, se considerasse que isso poderia lhe garantir alguma vantagem? Por que faria isso, senhores? — perguntou, balançando a cabeça. — Para não nos contrariar, talvez? Para proteger a boa opinião que temos dele?

Gideon transferiu o jornal para a mão esquerda e nos serviu outro drinque. Meu irmão, como sempre, mantinha o olhar perdido nos campos. Ao longe, três mulheres (um xale claro e dois vermelhos) caminhavam lado a lado ao longo dos sulcos verificando as plantas. Observei-as entrar e sair das extensas listras de sol e atravessar como fantasmas as sombras compridas e finas dos troncos das árvores.

— Uma bela colheita — disse Gideon com ar pensativo.

Balancei a cabeça.

— Se pelo menos soubéssemos a quem vender.

— Por que não tenta os ianques? Parece que está dando certo com Price.

Permanecemos sentados em silêncio por alguns instantes.

— Como vai Stoneman? — perguntei.

272

Gideon baixou os olhos para seu copo.

— Difícil dizer. Vai levando, suponho. Fui vê-lo ontem.

— John era o seu preferido, você sabe.

— Sei. É bom que Mary não esteja mais aqui para presenciar isso.

— Como vai Billy?

Ellen apareceu no pórtico para perguntar se precisávamos de alguma coisa e se ficaríamos para o jantar.

— Você está com aparência ótima, Ellen.

— Obrigada, seu Chang. Tem certeza de que o senhor e seu Eng não querem ficar para jantar? — Sorriu. — Mama sempre diz que ninguém se cansa de comer o pernil de porco que ela prepara, e o meu é duas vezes melhor.

— Ela é igual a Grace — comentei, depois que ela entrou.

— Não sei o que teríamos feito sem ela esses anos todos — confessou Gideon.

Ficamos em silêncio por um longo tempo. No campo, as sombras das árvores se alongavam. As faixas quentes de sol não passavam agora de finas fitas avermelhadas sobre o verde; a luz baixa e salpicada de mosquitos tinha ido para o leste, no limite da floresta. As três mulheres tinham partido. Uma brisa quente agitou os galhos acima de nossas cabeças, depois sumiu.

Gideon olhou ao longe, sem nada ver.

— É estranho — disse. — Em noites como esta a gente quase poderia acreditar que ainda não começou.

Tomou mais um gole de seu drinque, pegou o jornal de sobre os joelhos e jogou-o no chão, ao lado da cadeira.

— Vai terminar antes do que a gente imagina — afirmou meu irmão.

Gideon não parava de falar.

— Ah — disse em tom natural, como se aquela não fosse a primeira vez que ouvíamos uma opinião sair da boca de meu irmão em semanas. — Por que pensa assim?

— Porque não vai dar certo — assegurou meu irmão, como se tivesse participado de nossa conversa desde o início.

Por um instante fui tomado pela angústia ao me lembrar de como era boa a época em que nós três discutíamos sobre uma coisa ou outra, até

273

tarde da noite, depois voltávamos para casa, nossas sombras ondulando sobre a parede de milho ou se expandindo sobre o restolho.

— Alistar os negros não vai funcionar — continuou Eng. — Os ianques não lutarão contra a escravidão.

— Por que não?

— Porque não. Pela União, talvez; contra a escravidão, jamais.

— Você não acredita que pode dar certo.

— Não. Um em cada cinquenta é abolicionista. O resto não se preocupa com os pretos.

— E mesmo esse um em cinquenta poderia não querer dar sua vida por ele — acrescentei, tendo cuidado para não olhar para meu irmão. Fazia tanto tempo eu não concordava com ele sobre alguma coisa que tive medo de dar a impressão de que o bajulava.

— A guerra está quase no fim — afirmou Eng. — Seis meses no máximo, e seguiremos caminhos diferentes.

— Acredita mesmo nisso?

— Acredito. Tenho certeza.

— E você? — perguntei a Gideon. — O que *você* acha?

— O que *eu* acho? — Ele nos olhou por um momento, depois para a tranquila abundância de nossos campos. — Vou dizer o que penso. — Bateu com a ponta do dedo no jornal ao seu lado. — Acho que o fungo doente saído do ventre corrompido do despotismo acaba de ganhar a guerra, cavalheiros, mas levaremos algum tempo para perceber.

Eng riu com desdém. Ao longe, ouvi soar o triângulo que anunciava o jantar, chamando os escravos no campo. Senti o cheiro de comida que vinha de dentro de casa.

— O que mais me preocupa — prosseguiu Gideon — é que levaremos muito tempo para perceber. Não, não pode ter acabado — concluiu, aquele sorrisinho triste que eu amava tanto iluminando seu rosto por um momento. — Ainda não sofremos o suficiente.

X

Acho que eu soube que ele tinha partido no instante em que ouvi a porta bater e vi Addy correr pelo quintal na nossa direção, não do jeito que uma mulher corre — mesmo assustada —, mas como alguém que quisesse escapar do demônio, as mãos crispadas arranhando o ar como se impulsionada por fios invisíveis, ou se debatendo para atravessá-los. Cruzou o algodão matinal como se ele não existisse, marcando seu rastro, arrancando as plantas que se prendiam em suas saias. Quando desabou no chão, rija, tive certeza, e logo estávamos correndo como nunca corrêramos antes — em silêncio, furiosos —, cortando as plantas em linha reta na grande extensão verde e então chegamos e ela soluçava em meus braços, quase sem conseguir respirar: "Ó, meu Deus, ó, meu Deus, o que vamos fazer?", e Eng gritava "O que foi? O que aconteceu?", e eu estava lendo o bilhete atrás das suas costas. O papel dobrou-se no vento; Eng segurou a outra ponta. "Diga ao pai para não se preocupar", ele escrevera pouco antes do fim. "Vou me cuidar."

— Levante-se — pedi a Addy, apoiando-a. — De pé, agora.

Eu ouvia minha própria voz — familiar, mas estranhamente distante — como se ela viesse do fundo de um poço.

— O que vamos fazer? — repetiu ela.

— Vamos buscá-lo — respondi.

— O que quer que eu faça? — perguntou meu irmão.

Saímos em menos de uma hora, nossa roupa de cama na carroça atrás de nós, o daguerreótipo de Christopher, tirado quando ele ainda não tinha nem 10 anos, em segurança no meio dos cobertores. Era 20 de abril de 1863. Um vento quente e úmido soprava do sul. Christopher tinha levado a égua. "Reembolsarei Sal com meus salários", escrevera. A noite chegou e ainda não tínhamos percorrido 30 quilômetros. Ninguém o tinha visto. Um menino com uma égua baia? Quinze anos? Não, acho que não. Cabelo escuro, olhos um pouco como os nossos? Não, não posso dizer que vi. A duas horas de nossa cidade, éramos mais uma vez monstros, de volta ao lugar dos longos silêncios, dos olhares incrédulos (Ei, vocês não são os dois que vi...?), o corpo girando com a cabeça quando passávamos parecendo ter solda no pescoço.

Na primeira noite, acendemos um fogo perto de um pequeno bosque afastado da estrada, comemos nossa refeição, depois nos deitamos na carroça, o rifle ao alcance da mão. Ficamos em silêncio por algum tempo, ouvindo o riacho de onde tirávamos nossa água.

— Ele é bastante esperto para não ficar perto de casa — disse Eng de repente.

— Eu sei.

— É provável que não o peguem.

— Pegam sim.

— Ele não aparenta ter 18.

— Não precisa ter. — Eu ouvia a água rindo para si mesma na escuridão. À esquerda, uma faixa irregular de céu entre os galhos sobre nossas cabeças mostrava a direção da estrada. — Você o conhece bem — continuei. — Ele conquistará as pessoas pela conversa. É bom nisso. Tentará em um lugar, depois...

De repente, foi como se alguma coisa guardada comigo o dia inteiro precisasse sair; senti uma raiva estranha e incontrolável crescer dentro de mim e me ouvi dizer: "Não vou perder meu menino, irmão, não vou mesmo", mas foi apenas quando senti Eng passar o braço ao redor dos meus ombros, dar tapinhas desajeitados nas minhas costas e dizer "Está tudo bem, irmão, está tudo bem, você não vai perder seu menino" que percebi que eu estava chorando, algo que eu esquecera que sabia fazer, e que não voltaria a fazer por mais de um ano.

Acordamos de madrugada e seguimos para o norte e para o leste, conforme nos permitiam as estradas, perseguindo a guerra que tínhamos passado quase dois anos tentando evitar. Os primeiros sinais não tardaram a aparecer — indícios estranhos: uma carroça virada, uma casa com a porta presa só por uma dobradiça... Uma manhã, reparamos em três homens que fugiam por um vasto campo sem plantação, depois os observamos pular uma sebe, um após o outro, como cervos desajeitados. No quinto dia encontramos um grande grupo de escravos controlados por quatro homens a cavalo. Devia haver quarenta ou cinquenta deles, todos jovens, estendidos na sombra das árvores. Alguns estavam sentados com as costas apoiadas nos troncos; outros se refrescavam sobre a grama junto a um pequeno riacho jogando água na cabeça com a ajuda de uma caneca. Cinco carroças, duas carregadas de comida, esperavam à beira da estrada.

Os homens que as vigiavam conversavam, seus cavalos de cabeça baixa, quando nos viram subir a estrada. No momento em que nos aproximamos, um fez seu cavalo girar, enquanto os outros se viraram um pouco para nos olhar de frente. Davam a impressão de que eram pai e três filhos; o pai, de olhar duro, com um colete preto empoeirado e um belo bigode branco farto como o rabo de um texugo; os filhos calados, imóveis, atentos e desconfiados como lobos em um cercado.

— Mas por que isso? — perguntou o pai quando dissemos que estávamos à procura do exército confederado. — Vocês não parecem doidos.

— Não somos — respondeu Eng.

— Devem ser idiotas, então. Mesmo quem tem só a metade do cérebro quer distância da guerra. — Fez uma pausa. — Querem se alistar? — perguntou, incrédulo.

— Procuro meu filho — expliquei.

— Não vai encontrar.

— Não lhe perguntei.

Pelo canto do olho percebi que um dos outros inclinou de leve a cabeça, como se ouvisse alguma coisa. Outro, que mascava uma grama, ficou imóvel. Houve um momento de silêncio.

— É verdade — concordou o pai, inclinando-se um pouco à frente na sela —, não me perguntou. Mas vou lhe dizer, de todo modo, porque sou um bom cristão e porque o senhor parece o tipo de homem que escuta a voz da razão. Eu mesmo perdi dois, um em Manassas, o outro nem sei onde. Estou dizendo que o senhor pode se dar um tiro aqui mesmo e poupar seu cavalo dessa canseira. Eu não mandaria nem um negro para esse inferno.

Os jovens se agitaram em suas selas com ar constrangido. Houve um longo silêncio.

— Que idade tem seu menino, aliás?

— Quinze — respondeu meu irmão.

Ele sacudiu a cabeça.

— Diga a Lacey para botar todos de pé — ordenou a ninguém em particular, e um dos jovens esporeou seu cavalo, deu meia-volta e saiu a trote.

Vimos quando chegou à margem da clareira e varreu o ar com o braço direito, num gesto abrupto, ao mesmo tempo marcial e estranhamente gracioso.

— Sigam em frente — disse o pai aos outros. — Daqui a pouco vou também.

Meu irmão pegou as rédeas.

— Para onde os estão levando? — perguntou, indicando o grupo de negros que agora caminhava na direção da estrada.

— Para qualquer lugar onde o que uma pessoa possui não possa ser roubado em nome da Confederação. Para o Texas, se for preciso. — Fixou os olhos em mim. — Vocês são malucos. Querem ir ao encontro da guerra? Tudo bem. — Apontou a estrada. — Um dia na direção leste, talvez menos. Virem à esquerda para subir até Shenandoah. Sigam a fumaça.

Foi o que fizemos. Ainda posso nos ver, como em um sonho, viajando para o norte através de um grande vale, passando por florestas cerradas e campos descobertos, cemitérios de campanha bem cuidados e igrejinhas brancas não diferentes das nossas, uma coluna de fumaça amarela, fina e reta, que subia a 1 ou 2 quilômetros da estrada, um pequeno grupo de homens — três cavando com lenços sobre a boca, um retomando a respiração, apoiado na pá — que enterrava metade de um cavalo no outro lado de um prado com grama alta. Posso nos ver perto de um campo extenso pisoteado até a poeira e cheirando a dejetos humanos. Começou a chover, depois parou. Passamos por pilhas de conchas de ostras, garrafas quebradas e latas de fruta em conserva com as tampas rebentadas; por milhares de pedaços de papel e lixo que se moviam aos arrancos pelo campo e acabavam se prendendo, como algodão, no emaranhado de galhos das primeiras árvores do bosque; por gamelas amassadas abandonadas e círculos escurecidos pelo fogo que cachorros, guaxinins ou corvos tinham escavado à procura de pedaços de carne caídos nas cinzas...

Posso nos ver caminhando, sem parar, pelas estradas estreitas entre tendas e fogos de campo, passando por homens e meninos cansados demais para emitir um som, por um sujeito que tocava "Come Where My Love Lies Dreaming" em uma gaita de boca e nos seguia com os olhos, e por outro (de cabelos escorridos e claros como palha) sentado sobre um balde emborcado, a língua para fora, rabiscando uma carta apoiado em um prato de lata...

Eles não podiam nos ajudar. No final de cada uma dessas estradas encontramos um capitão ou um coronel com os olhos injetados de sangue, chamado McGowan ou Gordon ou Perrin ou Field, que não podia divulgar os movimentos do exército confederado, que não tinha a menor condição de saber onde, no inferno ou na terra de Deus, estaria meu menino, e que não conseguiria encontrá-lo com mais facilidade do que encontraria uma determinada pedra em um campo, uma determinada folha em uma floresta, ou um determinado grão de milho em uma plantação do tamanho aproximado de todo o maldito estado de Maryland, mas que acreditava que ele estivesse provavelmente em casa com a mãe, após descobrir que o exército confederado não alistava crianças.

Posso nos ver dentro da tenda de um deles — de Field, talvez — que parecia ter mais autoridade do que os outros. Atrás dele, lembro-me, dois jovens barbudos estudavam um mapa imenso estendido sobre uma mesa de madeira. A cada minuto ou dois a aba de lona se abria às nossas costas, liberando uma rajada de ar frio e úmido, e um jovem entrava, cumprimentava, transmitia alguma notícia obscura que o chefe ouvia com atenção, depois se retirava.

— Há quanto tempo procuram o menino?

— Há quase três semanas — respondeu meu irmão.

— E entraram em todos os outros acampamentos como fizeram no meu?

— Sim, senhor.

— Incrível! — Uma forte corrente de ar sacudiu a barraca. — Uma bebida?

— Não. Obrigado.

— Qual é, exatamente — perguntou, mostrando seu próprio flanco com a mão que segurava a garrafa —, a natureza de seu problema?

— Somos ligados um ao outro, senhor.

— Estou vendo. Conseguem atirar?

— Sim.

— Correr?

— Também.

Um jovem entrou e entregou a Field um papel escrito.

— Diga ao capitão que ele não se enganou.

— Vocês têm, então, uma carroça escondida em algum lugar, é isso?

— Isso mesmo, senhor.

— Preciso de carroças. — Ele serviu-se de uma bebida. — E de homens também, colados ou não. — Fez uma pausa, pensativo. — Bem, tenho uma proposta para lhes fazer. Vocês estão livres para ir embora. No entanto, se aparecerem de novo na minha frente, alisto os dois, e também a carroça, no exército confederado. Fui claro?

— Sim, senhor — concordou meu irmão.

Demos as costas para sair.

— Bunker! — Viramo-nos. — Não posso ajudar a encontrar o menino.

— Eu sei — respondi.

— Nem o próprio Cristo poderia.

Concordei com a cabeça.

— Voltem para casa.

O cavalo e a carroça tinham desaparecido. Quando chegamos ao lugar onde os tínhamos escondido, uma área de mata densa e fechada, como se fosse uma ilha no meio de um vasto campo lamacento, encontramos marcas de patas e sulcos das rodas cheios de água da chuva, nada mais. Naquela noite dormimos em um galpão velho, em ruínas, com tábuas faltando nas paredes e um enorme buraco no telhado, por onde a chuva entrou a noite toda como uma coluna cinzenta. Ainda cheirava a gado. De manhã, descobrimos a fundação da casa que existira na colina. Do lado de fora, regatos estreitos cortavam a lama e se ramificavam como geada em uma janela. Pedaços de palha amarela se moviam na água barrenta ou se prendiam nas margens como pontes quebradas. Passamos pelos dentes enferrujados de um arado caído no meio da grama alta e tomamos a estrada.

Foi no final daquela tarde, entorpecidos pela fadiga, que chegamos à igreja na encruzilhada. Ela se erguia na entrada de uma vasta planície — campos ainda não cultivados ou com milho novo, árvores e hortas. Lembro-me bem. Embora uma grande massa de nuvens pesadas ainda escurecesse o horizonte, a tempestade cedia lugar a um céu claro. Lembro-me de ter pensado que havia algo de inegavelmente pitoresco e dramático naquele cenário: a igreja com suas tábuas largas e corroídas pelo tempo sob o imenso céu cinzento; as nuvens debruadas de branco como roupas eclesiásticas; reflexos de luz sobre as pedras quebradas no cemitério do outro lado da cerca...

A impressão era que tínhamos passado o dia inteiro nos afastando do mundo dos homens. Não sabíamos onde estávamos. Ninguém mais se movimentava nas casas e estábulos por onde passávamos. Duas vezes nas últimas duas horas, ao ouvir disparos de fuzil no mato, tínhamos nos escondido atrás dos arbustos à margem da estrada para depois, sem saber o que mais fazer, seguir com cuidado nosso caminho.

Foi em parte porque Eng acreditara ter visto a cortina fina como gaze mover-se na pequena janela da esquerda que cruzamos o portão e atravessamos o cemitério, observando aqui e ali as inscrições (ainda me lembro do nome A. Emmanuel Lipp) nas lápides inclinadas. O cheiro adocicado de terra, provocado pela chuva, enchia o ar. Um tordo, imóvel como uma pintura, estava pousado em silêncio sobre o galho de um pequeno olmo encharcado. Subimos os três degraus gastos pelas botas e batemos na porta. Ao nosso redor a estrada, os campos, os bosques, banhados pela luminosidade da tempestade, tinham se tornado de um azul profundo, inegável.

Ninguém atendeu. Eng tentou a porta. Um estrondo surdo de trovão ressoou a oeste, enfraqueceu por um momento, mas logo voltou com força ainda maior.

— O que é isto? — perguntei, mas Eng, que se imobilizara por apenas um segundo, já forçava o marco de madeira enquanto o ruído, muito diferente agora, se elevava como uma nuvem vindo pela estrada que mergulhava no bosque 400 metros a leste.

Recuamos um passo atrás, demos um encontrão na porta, entramos e a fechamos com uma pancada forte um segundo antes de eles chegarem, ruidosos não como homens a cavalo, mas como a tormenta que eu no início imaginara que fossem, a investida de um trovão feito de carne, osso e pata, transformado em um instante em um rio de homens agarrados à crina de cavalos que fendiam o ar como uma concussão de som. Era uma massa volumosa como a torrente que jorra de uma barragem rompida, aqui e ali uma perna, um rosto, um focinho espumando visíveis na precipitação dessa maré que escoou durante três minutos, depois cinco, depois dez, até parecer que aquele lado do mundo do qual eles tinham vindo logo estaria vazio de cavalos e homens.

Não chegamos a ouvir o estampido do fuzil, mas de repente um homem voou da massa e rodopiou no ar. Dois cavalos caíram em uma confusão de patas e relinchos aterrorizados, formando uma ilha na torrente que se abriu depressa ao redor deles como água em torno de uma armadilha.

— Ah, meu Deus — ouvi meu irmão exclamar.

O homem estava caído de bruços no cemitério, a cabeça dobrada sob o peito e os pés apoiados na ripa inferior da cerca, como um mergulhador que tivesse confundido grama e terra com água.

Aquilo parecia não ter fim. Depois que a torrente passou deixando outros dois para trás, um retorcido no chão, o outro estendido de costas e com a metade do corpo escondida embaixo de um cavalo, ouvimos o estrondo distante de um canhão. Finas espirais de fumaça branca surgiram acima das árvores. Corremos para a outra janela. Eles já tinham atravessado a metade do campo não cultivado, um mar de homens com 400 metros de frente ou mais. Recuamos depressa. A borda da floresta na parte mais alta e distante piscava e cintilava na luz baixa e aguda como uma rocha cheia de mica.

— Depressa — gritei, puxando meu irmão para a porta. — Ainda podemos alcançar a mata.

— Em qual direção? Não temos ideia de onde está o grosso da tropa. Onde se encontram os melhores atiradores. Se nos fizerem prisioneiros, podemos levar anos para voltar para casa.

Corremos de novo para a primeira janela. A maré tinha avançado. Distinguíamos as silhuetas dos homens na massa de uniformes; seus rostos e mãos pareciam pontos de luz em um bosque sombrio. Milhares e milhares deles, com passo firme, as fileiras mergulhando em uma depressão invisível do terreno a menos de um terço do caminho através do campo, depois surgindo de novo como uma onda, como óleo, como qualquer coisa menos homens; e eles continuavam a chegar. Passariam a cem metros de nós, talvez menos.

— Meu Deus, precisamos sair daqui — lembro-me de ter ouvido meu irmão dizer.

— Para onde? Não temos para onde ir.

— Se conseguíssemos de algum modo entrar embaixo do soalho...

— Não temos tempo. Não daria para levantar as tábuas... Não existe um porão...

— Precisamos fazer alguma coisa. Eles destruirão este lugar, meu irmão.

Estavam tão próximos que distinguíamos suas barbas, seus bonés. Caminhavam com os joelhos dobrados e devagar como se sob um peso enorme, os olhos grudados na linha da floresta à frente. Na impossibilidade de nos mover, observamos sua aproximação, suas botas, suas roupas, a respiração que produzia um assobio baixo diferente de tudo mais na terra. No silêncio, podíamos ouvir os cavaleiros gritarem alguma coisa, enquanto suas montarias excitadas mantinham-se à margem da maré como se tivessem medo de molhar os cascos.

Quando as armas explodiam era como se uma criança tivesse atirado um punhado de pedrinhas na superfície de um lago parado. Uma única onda prolongada de som tão avassalador quanto um golpe, e o campo era traspassado, perfurado, dilacerado. Os homens simplesmente desapareciam. Vi pedaços escuros de coisas voarem do centro de onde acontecera uma explosão e então um canto da igreja foi de repente arrancado e inundado de luz e voamos contra as tábuas da parede oposta e eu me dizia com uma certeza absoluta, como em um sonho: *Não posso morrer ainda. Não o encontrei ainda. Não vou permitir.* Um grito contínuo — rouco, inumano, insuportável — encobriu o alarido da batalha.

Não sei ao certo qual de nós pensou nisso, ou se em algum momento chegamos de fato a pensar — se era possível pensar naquele momento e, ainda que fosse, se nossas mentes teriam nos permitido pensar em coisa semelhante — ou se simplesmente sabíamos o que fazer do mesmo modo como um animal sabe quando se esconder e quando atacar. Talvez tenha sido eu. Presumirei que sim, em todo caso. Tudo que me lembro é de nós dois rastejando através de uma caverna de ruídos, uma caverna cujo teto parecia fechar-se sobre nós como uma tampa. Eu tinha me borrado, embora só tenha percebido algum tempo depois. Chegamos à porta — ou ao vão onde ficava a porta. Alguma coisa rugiu às nossas costas como uma chama irrompendo através de um cano aberto. Havia o cemitério. A estrada. No chão, movendo o corpo para um lado e para o outro como uma tartaruga, rastejava um homem de cabelos escuros, que tinha sido cortado ao meio na cintura. Por um momento, o mundo começou a se distanciar como se eu recuasse dentro de um longo túnel escuro. No final dele, eu via o homem mover-se através de um círculo de luz do tamanho de um prato que ficava cada vez menor. *Ainda não! Ainda não, idiota!* O círculo aumentou de tamanho. Chegamos com dificuldade ao pórtico, deslizamos pelos degraus. O homem que caíra quando atingido em seu cavalo continuava lá, na extremidade de uma corda invisível a 30 metros de distância, 20 metros, 10 metros. *Eles não matam os mortos,* lembro-me de ter pensado repetidas vezes. *Eles não matam os mortos.* Em nenhum momento pensei em rezar. Eu sabia quem era meu inimigo. Ele segurava meu menino pelo braço.

Ele conseguira virar o corpo. Um vento sibilante, um coro crescente de vozes... Cinco metros mais e vi o ferido, ofegante e pressionando abaixo do que restava de suas costelas e do tecido rasgado de seu casaco. Seus lábios se moviam levemente, como se tentasse lembrar do que fazer para conseguir falar, ou memorizasse um poema. Um jovem, ainda quase imberbe. Vi sua língua pressionada contra os dentes quebrados como se alguma coisa cega tentasse encontrar um caminho para a superfície. Expeliu uma golfada de sangue ao tentar limpar a garganta.

— Por favor — balbuciou. — Por favor.

Vi a baioneta que ele conseguira manter na mão. Outra golfada de sangue e ele começou a sufocar, depois a se debater, e percebi que olhava adiante de mim, sem nada ver, um homem como qualquer outro, por Deus, mas não ele; o filho de alguém, mas não o meu — e peguei a arma um segundo antes que a mão de meu irmão se fechasse sobre a minha e juntos nos abaixássemos e sentíssemos a carne ceder até o osso, sentíssemos o estremecimento se acentuar para depois diminuir e afinal parar.

Alguma coisa rasgou o ar acima de nossas cabeças; uma grossa chuva de pedras e pedaços de ferro caiu sobre nós. Fiz o que tinha decidido fazer: mergulhei meus dedos no seu sangue, lambuzei o rosto e o peito de meu irmão, minha garganta, meu flanco, e caí na lama como os mortos — sem chorar, sem pensar, sem nada.

Não sei por quanto tempo permanecemos ali. Quando o espaço abaixo de nossos braços já estava escuro havia um longo tempo, começamos a rastejar na direção da estrada. Dos campos e dos pomares às nossas costas vinha um som estranho, ondulante, um pouco como uma criança que cantarola uma melodia imprecisa, de brincadeira (ou talvez como mil crianças, dez mil!)..., às vezes como o mugido de uma vaca...

Olhei para trás uma única vez. Vi uma meia-lua imóvel, suspensa de um céu aberto. Até onde meu olhar alcançava, suas sombras claramente visíveis contra o chão pálido, acumulavam-se montanhas e montanhas de mortos. O cenário, no entanto, não estava imóvel. Todo o vale se movia — devagar, quase imperceptivelmente — como o ponteiro dos minutos no mostrador de um relógio. Éramos um dos elementos que o faziam andar.

Quando chegamos à estrada, continuamos a rastejar. Foi somente quando alcançamos a margem da floresta, 100 metros adiante, que ousamos ficar de pé. Eu me pergunto se algum sentinela com olhar atento nos viu naquela noite, sozinhos no meio de milhares de homens, nos levantar de repente e desaparecer na mata como se aquela faixa de terra específica, logo adiante da trincheira, logo adiante do plátano, marcasse uma fronteira depois da qual a ressurreição se tornava possível, de modo que aqueles atrás de nós precisassem apenas ultrapassar aquela linha invisível para viver, para que seus corpos despedaçados logo ficassem inteiros, para que se levantassem, se mantivessem de pé e respirassem — fundo, fundo! — como se fossem acordados de um sonho e tentassem lembrar-se de onde estiveram, depois passassem a mão nos cabelos úmidos e lentamente pegassem o caminho de casa.

285

XI

Acho que eu soube, no momento em que saímos do bosque de Stoneman naquela tarde de julho e começamos a descer a longa estrada aberta — a mesma pela qual Gideon chegara a galope naquela noite gelada para trazê-lo ao mundo —, que eu o tinha perdido. Compreendi pelo aspecto da casa, pelas sombras das árvores no quintal. Estivéramos fora por quase três meses. E em algum lugar dentro de mim, algo pequeno fechou-se muito calmamente.

Addy desfaleceu quando nos viu chegar sem ele. Eu não conseguia falar. Era como se tivesse esquecido de como fazê-lo. De tarde, na sala, Sallie nos contou que Frank e Charles tinham sido alistados no exército confederado como trabalhadores. James fugira uma semana após nossa partida. Não havia mais carne no defumadouro. Não a escutei. "Vamos em direção ao norte", ele tinha escrito. "Não sei para onde. Sinto saudades suas, de mamãe, de Nannie e de todos, mas a maioria dos homens ao meu redor acredita que em um mês a guerra estará decidida, e eu estarei em casa com vocês antes que percebam que saí. A comida é ruim e quase todos pegaram piolho, por isso ficamos acordados a noite inteira. Vi o general Pickett ontem. Estava muito bem vestido. Ele tem cabelos escuros quase tão compridos quanto os de uma mulher, mas quem o conhece diz que é um bom combatente e confia nele. Preciso ir agora."

As crianças se aglomeraram ao nosso redor. Abracei uma a uma. Eu queria dizer alguma coisa. Não havia nada que eu pudesse dizer.

A três dias da casa, um velho desdentado, ao nos ver surgir na estrada, tinha se erguido da enxada no seu bem cuidado jardim e se aproximado da cerca devagar. Havia chovido naquela manhã. Parecia que a chuva voltaria a cair.

286

— Onde é sua casa? — perguntou, apoiando a enxada contra a cerca ao seu lado.

Respondemos.

— Não temos muitos chineses por aqui — ele comentou.

Pequenas nuvens de efêmeras, como se fossem minúsculas flores brancas, flutuavam sobre as sebes desde o início da manhã. Ele abanou-se com a mão.

— Qual é então seu... Isto é, se não se incomodam que eu pergunte...

Respondemos também. Ele sacudiu a cabeça com ar sério, olhando o campo às nossas costas. Uma mosquinha tinha se prendido nos pelos úmidos de seu rosto.

— Ouvi falar de um bezerro de duas cabeças, mas era diferente — disse, retomando a enxada. — Sabem alguma coisa dos combates na Pensilvânia? Cinquenta mil mortos perto de uma cidade chamada Gettysburg. — Balançou a cabeça. — Difícil entender uma coisa dessas.

Tínhamos estado a menos de 150 quilômetros dali.

Eu dormia, sonhava. Ouvia sua voz. Ele voltava à minha lembrança com 3 anos, o rosto e as pernas ainda macios e gorduchos. Estava sentado no chão de madeira, ao sol, e ria. De repente, tinha crescido. Passei por um quarto e o vi parado diante de uma janela, e era ele — suas costas, suas pernas, seus cabelos, exatamente como ele era —, e no sonho eu soube que partira.

Soube antes mesmo que as listas dos mortos em Gettysburg fossem publicadas nos jornais de Richmond, antes que fossem afixadas em muros e postes de iluminação. Antes de ver Gideon Weems subir os degraus e de saber por que tinha vindo. Antes que meus olhos lessem os nomes de Francis Bartow e Wiliam Beall, Judah Benham e Jefferson Blaisdell, John Bratton e Thomas Buford. Antes que lessem em voz alta as palavras — apenas as palavras, de fato — *soldado Christopher Bunker*. Antes de eu parar no pórtico ouvindo o som da minha própria respiração, do meu coração que continuava a bater, da voz que dizia "Depressa, leve-a para o sofá", antes que eu entendesse que jamais entenderia, eu acho, que um dia eu *pudesse* entender, que o tinha perdido — o único que eu não podia, que não queria ter perdido —, meu menino, meu coração.

XII

Lembro-me de muitas coisas. Lembro-me da noite em que, no caminho de volta para casa, encontramos uma estufa de plantas ainda cheirando a mato recém-cortado e nos deitamos em um canto para dormir. E dormimos, acordando apenas duas vezes, uma com o ruído da chuva nos painéis acima de nossas cabeças, outra quando a lua, ainda quase cheia, iluminou por um breve momento os vidros da estufa.

Acordamos pouco antes do amanhecer, rodeados pelos mortos apanhados nas placas de vidro. Nos levantamos. No painel à minha frente, fantasmagórico e invertido, vi um campo imenso que se estendia até o horizonte, uma estreita orla de árvores, uma cerca de madeira rebentada a tal ponto que parecia ter sido feita de palitos de fósforo por um menino impaciente que a teria destruído com um só golpe de mão. Em primeiro plano havia dois cavalos mortos; um, o pescoço torcido contra o flanco do outro, parecia relinchar para o céu. Atrás deles, cobrindo quase toda essa planície de restolhos, amontoavam-se os mortos, alguns isolados, outros em grupos de dois ou três, diminuindo à medida que se distanciavam na direção da crista de uma colina onde o verdadeiro sol, que surgia agora através de uma fenda entre as árvores, parecia enorme e inchado naquele céu cinzento de novembro como uma segunda terra incandescente.

Observamos ao nosso redor. Fundações de casas destruídas, carroças quebradas, fortificações que pareciam a espinha dorsal de peixes enormes jogados sobre a terra. Um homem ainda jovem, de barba, tinha sido apanhado arrastando-se por um campo apoiado nos calcanhares; outro

288

dormia de bruços sobre um camarada, uma perna aberta, como uma criança, a pele da panturrilha exposta contra o chão. Em uma placa após a outra — porque isso é o que eram, placas fotográficas — descobrimos fossos, ravinas e valas coalhados de mortos. Alguns pareciam ter morrido recentemente; outros, cujas barrigas e coxas distendiam o tecido dos uniformes, tinham começado a inchar.

Tínhamos deixado seus semelhantes para trás uma semana antes. Contudo, alguma coisa em mim se formava como uma onda. Os mortos gesticulavam e exclamavam, suplicavam e maldiziam, alguns pareciam surpresos ou simplesmente incrédulos. Mais de um ainda segurava firme o fuzil. Companhias inteiras, com os corpos curvados como nenhum homem consegue se curvar, pareciam ter sido jogadas de uma grande altura no restolho barrento ou no trigo recém-germinado. Lembro-me de ter apanhado uma placa quebrada apoiada contra uma parede: um homem de cabelos castanhos estava deitado ao longo de uma cerca de estacas pontiagudas com o pescoço virado ao contrário e o quepe ainda preso embaixo do crânio. Logo acima dele, uma rachadura no vidro atravessava uma carroça destruída. Seus braços imobilizados na altura dos cotovelos apontavam para o alto, os dedos estendidos como se ansiassem por convencer alguém de alguma coisa ou por fazer uma pergunta. Ao vê-lo, não pude deixar de pensar que ele tinha visto o céu rachar acima de sua cabeça antes de morrer.

Eram placas fotográficas defeituosas. Uma mudança súbita na taxa de umidade em um determinado dia deixara o colódio pegajoso demais, ou de menos; uma flecha de luz entrara na câmara escura puxada a cavalo e apagara metade de um campo de milho; um mosquito ou outro inseto, instalado no nitrato de prata, tinha danificado como um disparo de obus a foto dos homens ao longo da cerca de estacas pontiagudas.

Fazia sentido, de certo modo. O vidro era escasso; placas fotográficas defeituosas, inúteis. Mas meu Deus, o que deve ter custado... construir esse teto e essas paredes transparentes com os mortos... colocá-los no lugar... Aqui e ali, a paisagem de galpões e pontes no vidro era quase idêntica àquela mais adiante, e deve ter parecido, para quem olhava através dela, uma espécie de pesadelo imposto à realidade. E foi então que Eng reparou:

as imagens esmaeciam à medida que subiam pelas paredes; no sul, onde o sol batia mais forte, as placas estavam já quase transparentes — os mortos e o mundo no qual tinham morrido, desapareciam como fantasmas. Olhei as bocas abertas, os cabelos revoltos. Hoje ainda os vejo partir: irmãos e amantes, pais e filhos, homens bondosos e cruéis, em seus esquifes altos sob o sol quente da Virgínia, sua agonia por um breve momento exposta ao céu como uma reprimenda a Deus, depois o fim.

XIII

Ele dorme, o velho tolo, o rosto enterrado no meu pescoço como uma enorme criança de barba eriçada, ofegante, roncando, mascando a gengiva... Que eu tenha precisado passar cada instante de minha vida ligado a esse homem me é inacreditável. Mas passei. O tempo estreita os caminhos, poda os galhos. Nada como uma coisa terminada, completa, para acabar um debate. Ou começar outro, suponho.

O fogo consome duas toras e diminui aos poucos. O silêncio é geral. Pergunto a mim mesmo por que um fogo com duas toras enfraquece e apaga, enquanto um com três toras queimará. Há uma terceira tora para cada coisa neste mundo? Um patamar secreto que lhe dá vida, ou a deixa morrer tranquilamente?

Se fosse para isso acontecer agora, não me oporia. Mas me preocupo com ele. Ele torce as mãos durante o sono, depois treme de frio. Ajeito o cobertor ao redor de nossos ombros.

Ainda posso vê-los, esperando na mata, à margem dos campos abertos, observando os algodões-do-campo flutuarem no ar calmo. Alguns rabiscam bilhetes apressados apoiados na coronha de seus fuzis, nas costas de seus irmãos ou nas pedras dos velhos muros cobertos de musgo que cortam esses bosques como pespontos em uma colcha, marcando fronteiras há muito esquecidas — "Para a Srta. Masie", "Para meu pai", "No caso de minha morte" —, depois os alfinetam em suas camisas. A maioria está sentada com as costas apoiadas nas árvores, os quepes pendurados frouxamente nas baionetas, aguardando.

Ninguém fala. Uma abelha zumbe na flor de um arbusto que brota na umidade, e entra no seu cálice. Uma lâmina abrasadora de sol ilumina o musgo sobre uma pedra e corta a ponta de uma bota. Aqui e ali, homens deitados sobre folhas da estação anterior espiam para o alto através dos galhos frondosos, como se contemplassem o próprio olho leitoso do céu. Mais adiante, onde uma velha estrada abre uma clareira através do teto de folhas, um fotógrafo com colete preto e chapéu de aba larga ocupa-se com seus instrumentos, que retira apressado de uma pequena carroça quadrada.

De repente, um cantil cai com um ruído metálico; uma folha cortada rodopia devagar até o chão. Como dorminhocos que acabam de acordar, erguem a cabeça. O quepe de um soldado voa de um galho. Eles se levantam de um pulo. O solo da floresta, como um pomar exageradamente grande, está coberto de pequenas maçãs duras e verdes. Em poucos segundos, gritos alegres e selvagens devolvem vida à sombra. Eu os vejo correr para o abrigo dos muros das pastagens e das árvores quebradas, uma mão firmando o quepe na cabeça, a outra aninhando suas camisas recheadas de munição. Por um breve instante, parecem esquecer de onde estão. O calor ondulante, a orla da mata, a ordem — que não tardará — de avançar pelos campos abertos (uma ordem que o próprio Longstreet precisará dar com um sinal de cabeça, sem condições de falar): tudo isso se confunde uma última vez como a distância em uma tarde de verão, e eles se divertem. Como se divertem as crianças. Como se a morte fosse uma história que os fizesse, assustados, ir para a cama, e na qual escassamente valeria a pena acreditar.

E ainda o vejo ali, meu menino que ficou tão alto, tão magro, os pulsos se projetando 10 centímetros para fora das mangas. Posso sentir seu sobressalto com o impacto brutal, a pressão de uma pequena bolota verde em seu flanco. E o vejo mordê-la de leve uma vez, depois outra. Seu estômago está contraído e duro como um punho fechado. Ele cai atrás do muro e come as outras quatro de seu bolso, cospe os pedaços que não consegue mastigar e logo pega mais duas que encontra junto às suas pernas. Um homem jovem deixa-se cair ao seu lado, encharcado de suor, rindo. "Bombardeei Wiley!", diz, com um sorriso largo, o peito subindo e descendo cada vez que aspira o ar. "Se fosse um esquilo, estaria na panela a esta hora."

Em algum lugar, mais uma vez, Longstreet faz um sinal com a cabeça. Pickett rabisca seu bilhete para a esposa, depois dá a ordem. Passa um pouco das 3 horas. Os canhões da União estão em silêncio. Os homens param, levantam-se. Formam fileiras. O quilômetro e meio de campo aberto está pesado de calor, o ar quase branco. O mundo faz uma pausa, se detém. A ordem chega. Os homens entram na luz.

Todos menos um, as calças nos calcanhares, cagando sangue no campo de milho. Todos menos um, que vomita pequenos pedaços de maçã como um demônio, agarrado às plantas que mal chegam à sua cabeça — incapaz de manter-se de pé, muito menos de andar — enquanto o ar explode com o som de 11 canhões e 1.700 fuzis disparando ao mesmo tempo e que, sujo e envergonhado, convencido no seu coração de 15 anos que será fuzilado por covardia e deserção, limpa-se como pode e, sem saber o que mais fazer, chorando de raiva e frustração, rasteja entre os pés de milho, chega à floresta e se põe a caminhar, até que Gideon encilha sua égua em uma manhã quente de julho, levanta os olhos para a estrada e fica paralisado, depois solta lentamente as rédeas e começa a correr de um modo que não convém a um homem de sua idade.

Todos menos um, que me é devolvido como uma guloseima, como um osso, após tudo que eu tinha vivido e perdido.

— Vamos, pegue-o de volta, já que o quer tanto! Ele é seu...

E, por Deus, eu o peguei.

Este livro foi composto na tipologia Sabon LT Std,
em corpo 10,5/15, e impresso em papel off-white 80g/m²
no Sistema Cameron da Divisão Gráfica
da Distribuidora Record.